盗墓家族 III

越王墓

李成事 ⊙ 著

DAOMU JIAZU

中国華僑出版社

图书在版编目(CIP)数据

盗墓家族Ⅲ——越王墓/李成事著. —北京:中国华侨出版社,2012.4

ISBN 978-7-5113-2237-1

Ⅰ.①盗… Ⅱ.①李… Ⅲ.①长篇小说－中国－当代 Ⅳ.①I247.5

中国版本图书馆 CIP 数据核字(2012)第 038855 号

●盗墓家族Ⅲ——越王墓

著　　者/李成事
策　　划/周耿茜
责任编辑/棠　静
责任校对/孙　丽
装帧设计/无设计
经　　销/全国新华书店
开　　本/710×1000 毫米　1/16　印张 17　字数 200 千字
印　　刷/北京紫瑞利印刷有限公司
版　　次/2012 年 7 月第 1 版　2012 年 7 月第 1 次印刷
书　　号/ISBN 978-7-5113-2237-1
定　　价/30.00 元

中国华侨出版社　北京市朝阳区静安里 26 号通成达大厦 3 层　邮编:100028
法律顾问:陈鹰律师事务所
编辑部:(010)64443056　64443979
发行部:(010)64443051　传真:(010)64439708
网　址:www.oveaschin.com
E-mail:oveaschin@sina.com

目录

盗墓家族Ⅲ——越王墓

引　子

清朝雍正年间，雍正帝为了搜集阿哥党犯罪证据，组建了一支秘密队伍。消灭阿哥党后，这支队伍在不同的统治者管理之下慢慢发展起来。到了嘉庆初年，已经形成了一个按照十二生肖排列的十二人密探组织。及至光绪年间，慈禧掌权，这支秘密组织又为慈禧所管辖。

甲午战争之后，慈禧迫于财政压力，命令这个组织的人员秘密寻找古墓下落，以期减轻财政赤字。八国联军侵华之前，有感于紫禁城即将面临覆灭的危机，慈禧秘密将这些密探召回，各自嘱托了一些事宜，便将这些密探遣散了。

我的祖上便是这十二大密探之首的鼠字辈密探李乘风，依据祖上传下来的说法，慈禧是要密探的后人聚在一处，共同寻找一处古墓。而后人们相互联络的信物便是一块被分割下来的古玉和密探令牌。

当年各大密探离开北京之后，便与朝廷失去了联系。因为密探之间互不相识，所以密探离去之后，相互间也都杳无音信。不过，幸运的是，几经辗转和波折，我们家已经和虎字辈、兔字辈的后人联姻，加强了密探后人之间的联系。

在这些密探后人中，马字辈密探的后人唐勇最先肩负起了寻访其他密探后人的任务。他很快找到了牛字辈的后人蒋乾坤、羊字辈后人熊文彬和猪字辈后人胡松泽。如果算上我们家的三组后人和蛇字辈的后人陈道和，那么所知道的后人已经有了八家。

相传，这十二位密探，每个人都有一块金牌，可是这古玉却只由六个人掌有。在这知晓的八家密探后人中，其中有五家是有古玉的，而另外一块古玉在龙字辈密探后人手中。金牌可以复制，古玉却来自同一块完整的琉璃龙凤玉，因此寻访最后一块古玉就显得尤为重要。

为了寻访古玉，这八家后人先后派出了两批人马到四川的群山之中。此次寻访十分惊险，造成了大批人员伤亡，不过，艰难的寻访最终有了线索，让我们在群山中找到了龙字辈密探后人刘玄所留下的日记。

依据刘玄日记和崖颠石洞所写的内容，刘玄后来离开了四川的僰人悬棺，去了江西龙虎山。而我的四叔因为预先发现了这一线索，提前去了龙虎山。

第一章 道　观

四叔寻访到刘玄的线索之后，便独自去了龙虎山。至于为何一个人行此大险，我也不解其中缘由。他没有途经家中，也没有告之唐勇等人——用意十分明显，他不想被别人知道此事。

可是这也有一个问题，如果他再次出现，他将如何解释自己的失踪。

不管如何，他还是活了下来，单凭这一点，就足以令众人欣慰了。

不过，自我回家之后，四叔也很久没有再打电话回家了。因为四叔也没有留下电话，家人们联系不上他，所以大家也都日渐着急起来。为了接应四叔，我和表弟邱涵决定去江西龙虎山走一趟。尽管我们也没有电话联系，可是知道这个线索，也就有了去处，因此，带着家人的嘱托和期望，我们出发了。

表弟邱涵在经历僰人悬棺一行之后，也曾回到过家里，只是他一个人在家中，时常怀念几日前那激荡的岁月，无人和他共享这其中的激动和成就，故而没有几日，又再次来到了我的家中。和他预想的一样，当他跨进了我的家门，便受到了三代人的夸赞，都说他智勇双全，特别是背负绳索，独攀绝壁，可谓英雄。在众人的夸赞声中，邱涵有些飘飘然，当得知我有意去寻找四叔的时候，邱涵当即表示，愿意陪我同往。

因为路上会有安检，所以我们两人除了衣物和洗漱用品，并没有携带太多的东西，当然，我并没有忘记将星宿刀藏在身上。我们先是坐汽车到了上海，然后再由汽车转车到了鹰潭。

龙虎山风景区隶属于鹰潭市，所以我们先找了一个旅馆住了下来。

当我们住进旅馆，邱涵就开始激动了，因为他看到我们对面的屋子住进了两个美女。

这两个美女看上去比我们入住早几天，透过房门的余光，我们可以看到她们的房间已经摆满了各式各样的生活用品。

为了能够从正面观察到对面的美女，邱涵有意提高了自己的灵敏度，只要听到对面的房门响了，他都会充满求知欲地摆动双腿，飞快地打开房门。

要说邱涵还真是一个做侦探的材料，只是几次开门就打听清楚了这两个美女的所有信息。那个穿着一身白色衣服的叫舒珊，穿着一身黑色衣服的是颜羽微，看上去都是二十上下。

邱涵激动地握着我的手，幻想着如何瓜分美女。可是我看了看他隐约反弹的体型，淡淡地说道："女生看到你，会感觉太油腻的。"

听完我的话，邱涵那高涨的情绪跌进了万丈深渊。他摸了摸自己的肚子，默默走到了墙壁旁边，做俯卧撑去了。邱涵的举动让我想起柳歌给我讲的一个故事，说柳歌读高中的时候，有一个喜欢她的男生。这个男生表达自己的感情非常独特，每次看见柳歌就可劲地拉引体向上，直到把脸拉得像绛茄子似的方才罢休。

经过了一天的奔波，我们两个人都很累，所以也就很快入睡了，这一觉一直睡到次日临近中午。我们吃了些东西后，换上了衣服，便去了龙虎山风景区。龙虎山风景区距离鹰潭市区并不是很远，我们坐上车子之后，不足半个小时便到了景区。

进入景区后，我们惊诧地发现，此处竟然人头攒动，游人格外多。

景区多的地方，美女自然也多，邱涵一时间看花了眼，兴奋得不知如何是好。可是我知道，此行并非只是来旅游的，更主要的目的是寻找四叔，当然，旅游的事也得兼顾。

龙虎山位于江西省鹰潭市西南20公里处贵溪县境内，是道教正一派的祖庭。东汉中叶，正一道创始人张陵曾在此炼丹，传说“丹成而龙虎现，山因得名”。据道教典籍记载，张陵第四代孙张盛在三国或西晋时已赴龙虎山定居，此后张天师后裔世居龙虎山，至今承袭63代，历经1900多年。

龙虎山之得名有二说，《广信府志·山川篇》谓其为象山山脉之一支，历台山西行数十里，折而南，分两支，环抱状若龙盘虎踞，故名龙虎；《龙虎山志》载云：“山本名云锦山，第一代天师于此炼九天神丹，丹成而龙虎见，因以山名。”

龙虎山占地约200平方公里，境内峰峦叠嶂，树木葱笼，碧水常流，如缎如带，并以二十四岩、九十九峰、一百零八景著称。其中二十四岩、九十九峰，尽取水之至柔，绕山转峰之溪水，遍纳九十九龙之阳刚，山丹水绿，灵性十足。

除却自然景观，这里还有着举世闻名的道家观宇，道教宫观庙宇星罗棋布于山巅峰下河旁岩上。据山志所载，龙虎山原有大小道教建筑50余处，其中著名的如上清宫、正一观、天师府等。由于这些观宇屡遭天灾兵火，大部分建筑先后被毁废，今仅存天师府等少数观宇，为全国道教重点开放宫观。

当然，对于我们来说，这些都不重要，因为我们是奔着山崖上层叠的悬棺而来。

对于悬棺，我已经不再感到陌生。

一个多月前，唐勇偕同大熊、蒋乾坤、胡松泽来到我们家，并自报家门，说是密探的后人。依据唐勇所说，密探后人中的五块古玉已经有了下落，只剩下了刘玄的那一块，而这六块古玉，很有可能就是一幅地图。为了寻访刘玄，我们先后组织了两支小队到四川的芙蓉山。尽管我们找回了蒋乾坤和斗爷，可是我们最终却没有找到四叔和刘玄。

刘玄是龙字辈密探上清道人刘道君的后人，刘玄父亲还是一名团级军官，但是因为旧伤复发，病逝了。刘玄父亲给刘玄留下的是一块金牌和一个琉璃龙凤玉，相传，刘玄得此玉后，便有些疯疯癫癫。后来他到了芙蓉山，这个老小子便一门心思地求仙去了。

相传，刘玄到芙蓉山的时候已经60多岁了，时隔30年，他也应该死了很多年了。当然，这也不排除一个例外，这位大仙能像神一般地活着。想当初，刘玄以60多岁的高龄，翻越电网，穿越大山，充分表现出了他老当益壮的身体。不过，他如果活着，那也有90多岁了，像这样一个精神错乱的人，我极度怀疑他是否还能在这个世界飘荡。

在僰人王的陵寝中，我们看到了刘玄的日记和墙壁的题字，刘玄在日记中写着，僰人悬棺暗藏凶险，远离道家求仙之法，非上乘之道，所以，他转而向东，来到了龙虎山。

刘玄既然来到龙虎山，那么他定然也是奔着这山上的悬棺，因为悬棺是和芙蓉山唯一的联系。

我和邱涵先是去了天师府。天师府是龙虎山最重要的景点之一，来到这个景点单纯是为了游览，因为我们确信四叔不会在这里。

邱涵蹦蹦跳跳地上了天师府的台阶，我让邱涵走得慢些，等等我。可是邱涵却回头笑了笑，猥琐地说道："哥，我是怕人家以为咱俩同性恋，影响我正常的桃花运。"

我瞪了邱涵一眼，随即登上了台阶。

天师府是一个巨大的道观，道观的门口摆着香案，一个道士穿着道服，正在卖香。在道观的院子里，有一个巨大的槐树，槐树并不高，但是却异常粗大，粗壮的枝干覆盖着大半个院落。在院落的正中间位置摆着的是一个巨大的香坛，香坛浓烟滚滚，香火鼎盛。

我们刚要步入观内，回头的时候却见两个美女迎面走来。这两人一人穿着黑色的运动衣，一人穿着白色，竟是格外惹眼。她们扎着黑色的马尾，长长的头发顺直地束约在自己的太阳帽中，一式咖啡色的太阳镜衬托出二人雪白的皮肤。

这二人正是昨晚住在我们对面的那对美女——颜羽微和舒珊。不过这两人的气场实在是太强了，我和邱涵已经不由自主地退到了一旁。

就在我和邱涵走进去时，一个道士拦住了我们。

“两位施主，我师叔祖请两位进去。”

“你师叔祖？不认识！”邱涵道。

“请两位施主务必到后堂一续。”小道士说道。

“走吧，走吧。”我拍着邱涵的肩膀说道。

邱涵见我已经同意，便随这小道士去了后堂。

我们绕过大厅，从偏门行至后堂。到了后堂后，小道士让我们先在左边的椅子上坐着，他去请师叔祖。趁着小道士离去的一会儿，我观察了一下后堂，这后堂比前厅较窄，长20多米，宽却不足10米，远没有大厅的恢弘气势。后堂的中间，设有一处高大的古旧桌子，桌子前张贴着一幅天师像，桌子上摆放着些许果盘和一个四足的方鼎香坛。

我和邱涵刚刚坐下，后堂的院子里就走出了一个留着白须的老道士。这道士从年龄上看，分不出是70岁还是80岁，但是他鹤发童颜，体态轻盈，却犹如画中的仙人。我和邱涵都不禁一呆，心道：这道观中原来有高人。不过，这还不是我们感到惊奇的，我们惊奇的是，颜羽微和舒珊也在这老道人的身后。

第二章　神秘的老道士

“几位请坐。”老道人用他那洪钟一样的声音说道。

我和邱涵看看舒珊和颜羽微二人，那二人也看了看我们，似乎是说，真的好巧。

是很巧，我和邱涵虽然没有和她二人说过话，可邱涵如此踊跃地活跃在她们眼前，二人自然不能视而不见。尽管有些发胖的邱涵没有小时候好看，但是他高大的身躯总是能映入他人眼帘。只是这两位美女虽然能经常看到邱涵，却没有和他说过一句话，此时，我们四人眼睛相对，不由得从心里发出一声惊叹。

见到两位美女后，我开始还以为她们和老道长是旧相识，但是想到她们也是在门口买香入门，猜想应该和老道长并没有什么渊源亲故。不过对于老道长为何叫我们进来，我的心中却更加疑惑了。

我们坐下之后，那位老道人在我们对面也坐了下来。众人落座，小道士非常勤快地给我们倒了一杯茶水。如此，我才第一次近距离地观察了颜羽微和舒珊二人。颜羽微穿的是黑色运动衣，舒珊穿的是白色运动衣，她们留着同样的发型，面部都十分白净，如果不是姓氏的不同，我甚至会怀疑两个人是双胞胎。她们的确都非常漂亮，不过，舒珊看上去要比颜羽微更加漂亮，这是一种纯粹从鸡蛋里面挑骨头式的对比，如果非要个理由，我想应该是舒珊的五官比颜羽微的看上去更加协调。

看到舒珊，我想起了柳歌，也想起了胡松杉。柳歌是那种带有大美女式的气质，胡松杉带着南国娇人的美，当然，胡松杉给我的印象一直都是美国大兵式穿着，带着运动的美感。舒珊似乎有着两者的统一点，她身上既有模特式的身材，也有着运动的美感。

邱涵一直说我的桃花运很好，他自己好像是个美女绝缘体，可是他却不明白我心中的痛苦。虽然，和柳歌的相好只是一时的顽皮，但是我却不能因为这伤害柳歌，而去和胡松杉走到一起。说起来，两个人对我的感情都是很深的，只是表现的方式不同。正如此想着，老道长说话了。

“几位都是远来的客人，不知道几位对龙虎山的印象如何?”老道人说道。

众人见道长问话，对视一眼，都道好。

那老道人继续说道：“不知道各位觉得这茶如何?”

我和邱涵听得莫名其妙，不禁呷了一口茶，而颜羽微却忍不住说道：“道长，我们不懂茶，有什么话还请道长直说吧!”

“咳咳，既然如此，老道就直说了。敢问女施主到访龙虎山，定是寻找什么吧?”老道人问道。

“不，只是来景区随便走走。”颜羽微冷冷道。

“不尽然吧，小施主说话有些言不由衷。我观你面有黑气，特别是双眉间黑气凝重，想来你近日定然去过坟下吧?”老道人冷言道。

颜羽微和舒珊听罢，脸色顿变，连拿着杯子的手都有些抖了：“道长真是神人!”

“你年纪轻轻，又是女流，竟然半夜三更盗墓，老道很是佩服你的胆色。可日子不可长算，只怕天长日久，你被尸气所冲，五脏俱损，其时已晚，恐施主虽悔之，亦难挽狂澜。还望施主早日回头，切莫走火入魔!”

“多谢道长提醒。”

我看到颜羽微和舒珊的身子已经明显发抖了。

这时，一旁的邱涵身摇体晃不止，似是极为高兴。他靠近我的耳朵，悄悄说道：“真是太好了，咱们竟然遇到同行了。”

“不对，还可能遇到师妹了。”我笑道。

我们正嘀咕着，老道长转头对我们说道：“两位不必窃笑，你们两个的情况似乎要比两位女施主严重得多。两位施主黑气聚顶，身带尸臭，十米之内，昭然可闻。如果我没有猜错，两位十日内定然去过古墓，还是千年以上的古墓。”

听罢，我和邱涵勃然变色，心道：这道人果然非比寻常，只观面相便知人近日的所作所为，当真了不起。当下，我问道：“道长，不知道这可有解法?”

“解法是有，你们只需不再进入他人坟冢，消得三五月，黑气自去。眼下你们黑气聚顶，贫道只是劝解各位，莫要从事这污秽之行当，各位年纪轻轻，切莫自毁前程。”老道长说道。

众人听罢，虽然知道自己若要停止入墓，怕是不可能，但是我们深感道长的厚意，于是全部起身拜谢。

我们一行四人离开了后堂，穿过正堂，到了院内。此时，受到道长的提醒，众人心情都有些沉重。不过，在我们众人中，邱涵独是乐天派，他早已将道长的话抛在了脑后，而是将所有的注意力集中到了两位美女身上。

邱涵乐呵呵地对两位美女说道：“不知道两位美女竟然是和我同行，小弟倍感荣幸，今晚可否让小弟坐庄，请两位美女吃个晚饭?”

颜羽微浅浅一笑，说道：“谢谢你的好意，我们两个还有事，你若有意，咱们明天晚上再吃如何?"

邱涵有些失望，不过他还是不放弃自己的努力："那我们一起回去吧。"

"我们还有些事，真是不好意思。"颜羽微道。

她的这句话实际上是说，现在也不想和我们一起了。

"好吧，那明晚见。"邱涵彻底地死心了。

两位美女走后，邱涵有些怅然若失。他回到我的身旁，和我一路漫不经心地沿着山路向前走着，看上去好不失落。走了一段路后，在前面的一个山头，我看到颜羽微和舒珊的人影消失在了前方的一个山脚中，心中不禁产生疑惑。现在日近夕阳，已是黄昏时，这两名女子不往出口走，却直奔大山之中，极为奇怪，难道诚如那老道人所说，她们就是为盗墓而来?

有的盗墓人有探墓的习惯，他们或者伪装成要饭的，或者伪装成收破烂的，总之无所不用其能。在常人看来，两名少女去盗墓，实为不可理解，不过，这也正是一反常规的做法，两名少女探墓反倒不会被他人怀疑。

想到这里，我便将心中的疑惑说与邱涵。邱涵一拍大腿，表示支持我的观点，他说道："我们应该继续追踪!"邱涵说完，已经加快了脚步，他抖擞的精神与刚才的委靡状态呈现出强大的反差。

若说颜羽微二人，还真是奇怪。她们穿着单色的衣服，犹如黑白双煞，如今夜幕将至，二人不寻出境之路，反倒投奔深山，似乎若有所求。

我和邱涵沿着山道一路向西，却发现颜羽微二人消失的山脚竟然在河水的对面。如此看来，她们二人是匆匆渡河，只是她们哪里来的船呢？正疑惑着，我们在河水上游的不远处看到了一处吊桥，此处山路颇为陡峭，溪水又很激荡，修建吊桥很是必要。

如此，我们二人便快速通过了吊桥，到达了对面的一座山丘之下。这座山丘相对较大，但是路径清晰，我们沿着山丘原有的小路一路走去，竟然越走越高，最终行至山崖的顶端。从崖顶处向下俯瞰，可知此山高约百米，乃附近众山中的最高山。此山丛林密布，乱石丛生，崖顶的左侧是一处断崖，崖下正是深浅不知几何的湖水。按照我在僰人悬棺所积攒的经验，此处山崖定然摆放着各式的棺材。

“那俩女的跑哪儿去了，哥，你看清了吗？咱可别白忙一场！”邱涵道。

“放心，错不了，就是不知道她们现在去哪儿了。你给我好好看看，弄不好这俩女的和咱们找的东西一样呢！”

“莫不是她们也在找刘玄的那块古玉？”邱涵惊诧道。

“很难说，否则谁没事来这儿呢，你看这里像是有宝贝的地方吗？”

“那倒是，呀，快看那里，你看那边是不是？”邱涵指着我们正北方向说道。我顺着邱涵所指的方向看去，果见一黑一白的两个影子在几百米处的山头飘荡。只是这山路的几百米比寻常的平路三里路还要远，一时间，我们怕也难以追上。

“这两个人脚底难道长毛了，怎么走这么快？”邱涵道。

“看来我们猜得没错，那里已经不属于风景区，她们肯定要做见不得人的事，我们快追上去。”我说道。

“怎么追，她们走这么快。”邱涵急道。

“能走这么快，肯定是沿着山路走的，直接翻山越岭至少需要半个小时。”我说道。

“有道理，那咱们继续沿着山路走，遇到向北的路口，就立即往上攀缘。”邱涵道。

“说得对。”

正说着，太阳慢慢掉进了山窝，夕阳慢慢被山墙遮蔽。一时间，我和邱涵处在了山影之中，只觉得天渐渐暗了下来。

果然，我们沿着山路一路向西行走了百米，出现了一条向北折返的山道。此山道虽然没有山顶的山路这般开阔，但是小径悠然，路面并无杂草，倒也能容得下脚。

看清路径之后，我和邱涵明显加快了脚步。只三分钟的工夫，我们便走到了刚才颜羽微二人经过的山脚之上。此时，我们倒不用担心颜羽微二人的去处了，眼下，此山仅有一条山道，而山上草木斜生，并无立足之处，她二人只能沿着山道行走。也许是她们二人急着赶路，并没有注意到我和邱涵一路尾随，我们在天黑的时候，终于追到了离她们不远处。

此刻，我们倒也不急了，眼下要做的，就是看看颜羽微和舒珊要做什么。

她们两人沿着小路一路向北，越走越慢，最后竟然打开了手电。我不知道她们什么时候在身上带了手电，但是我猜想，她们肯定在景区出口的山上藏了一个包裹。在离开的时候，她们找到包裹，来到了这里。

我们两个人又行走了一段路，邱涵低声问我道：“颜羽微二人为什么停了下来?”

“我也不知道，不过我猜想她们应该也是第一次来。她们对这里的地形不熟，自己也不知道该怎么走。”我回答道。

我们没有照明设备，漫天繁星也无力照亮这个山头，我们只能从山头的黑暗程度来辨别哪里可以走，哪里有树枝。颜羽微和舒珊在前路商量了半个小时，终于决定了前进的方向。不过，因为天太黑，我也不明白她们所去的方向，只能沿着她们手电光所走的方向一路追去。

这样的跟踪是艰辛的，我和邱涵都萌生了退意，只是眼前的形势令我们骑虎难下。一方面，这路实在太过难走；另一方面，我们无法在伸手不见五指的山路上找到回去的路，再说，即便真找到了路，景区也没有了回到市区的夜车。似乎我们眼前已经没有了退路，我们只能继续往前追着，因为就算是回去，我们今夜也注定要露宿山头了。

果然，后面已经没有了路。我们一路拨着树枝，整个行走就像是登山一般。如此又行走了一会儿，山的东边竟然升起了月亮，整个山头慢慢有了微微的月光。有了月光，我们的行走就方便了许多，只是这七拐八绕之后，我们也不知道自己身在何处了。

看上去颜羽微和舒珊也不知道自己到了什么地方，她们不断地停下来，似是在确定方向。我看着手表显示的时间，现在是8点，那么我们已经在山上走了两个小时了。

“这俩妞倒底是在找什么?”邱涵忍不住抱怨道。

“我也不知道。”我也在为这次跟踪感到沮丧。

“我看今晚是回不去了，我们还不如在山上找个地方睡一觉吧，我实在不想走了。”邱涵道。

“这一觉咱们肯定是要在山上了，不过也不能在这里安营扎寨不是，满地荆棘，怎么睡？再说，这个地方名字叫做龙虎山，要是有老虎咋办?”我吓唬邱涵说。

“哎呀，别担心，就算是被老虎咬死了，咱们兄弟一起上路也有伴不是!”

我没有想到邱涵还挺重情义，于是拍了拍他的肩膀，说道：“咱们找个平坦的地方，睡起来也舒服一点。”

突然，邱涵后退一步，大喊一声“谁”。

我听到邱涵的一声呵斥，顿时警戒起来，也赶紧后退了一步。

“什么情况?”我问道。

“前面有个蓝色的东西!”邱涵道。

果然，顺着邱涵所指的方向，我看到了一个蓝色的东西。从我们的角度看去，真的像是一个穿着蓝色衣服的人蹲在那里。在这个荒无人烟的山中出现这样的一个东西，无论如何都能引起我们的警惕。

看到那个东西许久没有动静，我便捡起了一根棍子向它戳去，却不想那个东西发出了金属一样的碰击声。我和邱涵长出一口气，原来是一个牌子。邱涵将这块牌子拽了过来，只见它约有半平方米大小，蓝色的油漆已经脱落大半，显得腐朽不堪。不过，这都不是最重要的，最重要的是它上面写着“山上危险，游人止步”八个宋体大字。

“老弟，这上面写着游人止步，咱们回去睡觉吧。”我说道。

“不，咱们不是游人呀，咱们是探险家，咱们是密探后人，有使命的密探后人。既然是有使命，咱们就得冲上去是不是?”邱涵忽然一转刚才离去的态度说道。

“不是，你是不是要为这两个女的把自己的命搭上呀！我可跟你说，咱们身上可是除了两把匕首，什么都没有。”我说道。

“哥，我敢打赌，这两个女的肯定不知道这个牌子，咱们不能见死不救。”邱涵认真地说道。

邱涵的话说动我了，可是这两个女的不要命，非要往这深山里扎，我们也没有办法。我说道：“我们不能见死不救，可是也不能为了救她们，把自己搭进去。”

“哥!”邱涵发出了最后一声哀求!

我知道他喜欢那两个女孩，看到邱涵渴求的眼神，我最终答应了。

看到我点头，邱涵欣喜地往山上走去。可是，当我们向上去的时候，我已经看不到颜羽微二人了。原来，我和邱涵讨论的时间太久，她们已经走了很远了。

“完蛋了，月亮出来了，她们关上了手电，我们这回彻底找不到她们了。”邱涵说道。

我登到山顶，看到山下松涛阵阵，山影斑驳，哪里还有颜羽微二人的影子。现在，我也没有办法了，我对刚才的犹豫也感到懊恼，现在我们只能沿着山上被分开的树枝来确定她们二人的踪迹了。

好在这山上很少有人活动，颜羽微二人走过的地方枝杈分开明显，我们依稀能分辨出她们的活动轨迹。但是这样的跟踪并非一帆风顺，当我和邱涵来到一处平地的时候，我们两个彻底产生了绝望，只见凸起的山头上有着大片光滑的石块，毫无踪迹可寻。

“这真是老天给我们哥俩安排的床铺，这回平坦了。”我对邱涵说道。

“可颜羽微她们就危险了。”邱涵依然不忘两位美女的安全。

“老弟就别操那份闲心了，我看她们一点事都没有。人家既然有本事进来，根本就不怕这个。再说，你看咱们现在遇上危险了吗？咱们没有遇上，她们肯定也不会遇上。”我拍着邱涵的肩膀安慰道。

哪知道我的话还没有说完，我看到邱涵身后的远处有一个白色的影子从山下的林子上飘过。如果我没有去过僰人悬棺，我一定会以为这是有人在拍电影，可是我是一个见过大风大浪的人，我知道自己看到的是什么。

第三章　头七撞邪

不过，我还是不太敢相信自己的眼睛。虽然我也慢慢相信这个世界有着科学无法解释的现象，但是我还是无法理解这种东西为什么会明目张胆地跑出来，难道真的犹如老道人所说，我黑气聚顶，阳气低弱吗？

当邱涵还要对我进行进一步的劝说的时候，我立即对那个破旧的蓝色警示牌有了新的认识，我拉住邱涵的手，严肃地说道："兄弟，我觉得咱们今晚不宜行动，我刚才看到有个白色的影子在山下的林子飘过。"

"这么嚣张。"听我如此说，邱涵的态度再次发生了可喜的转变，"我们手无寸铁，也救不了人啊！那就听你的吧，咱们回去准备一下再来救人。"

就在我们二人打算沿着原路返回山下的时候，我们的周边想起了一阵歌声。这歌乃是女人所唱，歌声算不得悠扬，但却格外地婉转凄凉，令我和邱涵不禁感到毛骨悚然。

"想不到颜羽微二人跑到这里来唱歌哈！"邱涵企图用他的幽默来缓解眼下的紧张气氛，可是我却从他的眼神中看到了恐惧。

"我看我们还是哪儿都别去了，就在这里老实地待着吧，要是正在树丛里跑着被女鬼拽住，我们俩今天就等着给人家当消夜吧。"我也十分紧张地说道。

“哥，你咋那么㞞呢，就算是被鬼消夜了，咱死后也是能报仇的，怕啥！不对，这歌声怎么越来越大了?”邱涵四处张望道。

“还不都是你个臭小子胡说八道把人家引来了。”我也感觉那歌声越来越近了。

“哥，你说女鬼会不会把我们弄去做压寨鬼王?”

“想得美。”

“可是人家已经来了，你看啊。”

我顺着邱涵所指的方向看去，只见大约20米处的一棵大树的树梢上，一个穿着古装的美女正站在上面挥舞衣袖，作歌舞状。

看到这般场景，我顿感天旋地转，站立不稳。而一旁的邱涵却依然双目盯着树梢的那个古装女子，如痴如醉。我想提醒邱涵，赶快想个办法离开，却觉得胸口缓缓有块巨石压了过来，与此同时，四肢也像是被人抓住了一样，丝毫不能动弹。意识到自己身体不能动弹，我心中的恐惧陡然倍增，浑身的力气也全部爆发出来，经过一到两秒的挣扎，我像是冲破意念一样，身体向前打了一个踉跄，肢体感官随即恢复了知觉。

肢体感官恢复之后，我仓皇地拉着邱涵沿着来时的路狼狈逃去。可是邱涵却像是失去了意识一样，嘴里咕噜咕噜地说着我听不懂的话。

我拉着邱涵，很快钻入了我们来时经过的林子。可是眼前的这个林子似乎并不是我们所走的林子，甚至连我们之前见到的那个破旧警示牌也看不到了。不过，这都不是最糟糕的，最糟糕的是那个歌声一直在我耳边，像是从耳机传入的一样，无论如何我都摆脱不掉。

越是这样，我越是紧张，跑得越是快。可是越是如此，我越是觉得那声音就出现在我耳边一样。就在我狂奔的时候，我感到邱涵的手越发地冰冷。我回头看去，却看到在我身后的不是邱涵，而是一个穿着淡蓝色古装的女子。这个女子束着长发，带着发髻，白齿红唇，面若金纸。

看到这一幕，我的心里再一次受到了重大撞击。之前邱涵虽然像是中邪一样从嘴里发出咕噜咕噜的声音，可是他毕竟是作为一个人站在我的身后。眼下，我已经无法分辨自己拉着的是否是邱涵了，心中难免有一种孤单的恐惧，而这种恐惧正是建立在这荒山之夜看不见人的客观环境上。

就在我头脑发蒙的时候，这个眼窝塌陷、面部却丰盈的古装女人对我咧开了她那像是刚吃过死人一样的红唇，露出了那副整齐的牙齿。与电视中所见的不同，这个女鬼并没有格外长的牙齿，相反，倒是十分整齐。不过，她并没有咬过来，只是表示友好一样地对我笑了笑。

其实，在这个时候，我完全可以从下面的靴子里面掏出星宿刀给身后的古装女人来一刀。可是人在过度紧张的时候容易失去理智，我完全是继续忘我一般狂奔，像一个马拉松选手一样不知道停步。

歌声依然没有停止，继续环绕在我的耳畔。我想过松掉紧拉着邱涵的这只手，可我也担心，一旦我放手，邱涵可能就此命在旦夕，也许，我现在所看到的正是一个幻象。

可能是太过紧张，尽管我看到身后发生了异样，我依然没有松手。不过，情况却越来越糟糕了，我发现自己一直走在一个山圈里，似乎永远也走不出一样。同时，山上还响起了不太符合音律的笑声，这笑声越来越大，震慑山谷，我感觉自己的脑袋越来越晕。

就在我快坚持不住的时候，远处的山里响起了几声敲锣的声音。这声音隔两秒钟敲一次，开始声音还不算大，到了后来，却觉得震人耳膜，它像是从天外传来一样，能够刺穿云霄，直达我的神经。尽管如此，这声音听起来却舒服，我感觉自己的脚也没有刚才那么沉了，似乎像是从十字架上放下来一样。

当这锣声慢慢压过山林的笑声的时候，我看到身后的古装女人的眼窝变得更加深邃和浓黑。她原本苍白的脸上像是被涂抹了石灰一般，额头激起的厚厚的褶子则似是在表达她正在承受痛苦，而周边的山上的笑声也慢慢小了起来，继而变成了痛苦的哀号。

我惊诧地看着这一幕，自己也终于意识到应该停下来。此时，我也不知道自己跑了几圈，而自己所站的地方正是刚才和邱涵所在的那个光秃秃的山头。我已经忘记了恐惧，本来嘛，经过僰人悬棺的探险经历，我早就具备了良好的心理素质，只是眼前的一幕来得太过突然，才导致自己过于紧张。

话说我立定之后，我看到身后的古装女人的脸上露出了一副痛苦相，她甚至还伸出双手来抓我，只是当后面的一声锣声响起，她才不得不用手捂住自己的胸口。两秒过后，那响亮的锣声再次传来，身后的古装女人终于在痛苦的号叫中从我身前向远处飘去，只剩下站在地上的邱涵。此刻，他双腿无力，目光呆滞，已经认不出我了。

凭借我的经验，邱涵这是被女鬼附身了。

这也难怪，自从我们回到家中，我们身上佩戴的古玉全部换成了烧制的假玉。我们身上原本的那块琉璃龙凤玉是祖上传下来的古玉，具有很好的护身作用，为了防止陈道和等人对我们的古玉进行偷盗，我们的古玉和金牌已经全部做成了假的。但是假玉不具有护身作用，而我们又刚从僰人墓出来，身上的阳刚之气受到了极大的削弱，这才受到山上的邪气侵袭。

至于为什么邪气侵袭到邱涵，而没有直接侵袭到我，我猜想是因为我腿上放置了那把星宿刀。

邱涵在邪气冲破之后，慢慢地倒在了地上，现在，他除了脉搏跳动之外，再也没有了一点活着的迹象。他拥有人类应该具有的温度，只不过有点超标，他的额头甚至可以烤熟鸡蛋。他翻着白眼，无论我如何叫他的名字，他都没有任何的回应。

此刻，我在心中一百遍地埋怨自己，悔恨自己没有拉住他，不去跟踪那两个女的。现在，那两个女的没有追上，还把兄弟搭了进去。

我看了看手表，马上就要 9 点了。刚才的锣声冲破山上的邪气之后，锣声就再也听不见了。现在我只能把邱涵背下山去，然后找到住的地方，休息一下。当然，最好能到下面的天师府去找那个老道士，也许他能救活邱涵。

主意定下之后，我便将邱涵背了起来。要说邱涵减肥成功，我是信的，现在的他至少没有高三时候那么胖了。可是他现在的体重依然能将我的身体压得喘不过气来。我将他背在背上，在山路上左摇右晃，却发现自己根本就找不到来时的路。原来，自己不仅仅是因为中了邪气才迷路，而是确实迷了路。

我背着邱涵在山上走了有半个多小时，也不知道走到了什么地方，突然发现前面有一些灯火。这些灯火成点状分布，在前面的山下聚成了一片，看上去倒像是一个村落。

看到这里，我不禁再次警惕起来。

像这样的荒山，怎么会有这样的一个村子呢，难道是刚才的那些女鬼的大本营?

正想着，天上刮过来一片浅云，很快遮住了月亮。月亮被遮住之后，天色并没有变暗多少，不过，远处山下薄薄的雾纱里的灯火却更加明亮了。

我说道，这个地方千万不能去，否则这辈子就甭指望见到爹妈。当下，我沿着这个灯火相反的方向走去。说来也够幸运，自此之后，山路便开始好走起来，而邱涵也偶尔能说两句话了。

这样走了一段路后，我突然听到有一个人咳嗽了一声。我回头一看，路边有一个老头正在低头抽烟。我心中奇怪，刚才自己走过来的时候怎么没有看到路边蹲着那么一个人？心中虽然奇怪，可是想着毕竟有一个大活人，刚才的那股紧张情绪毕竟还是滑落了一大截。

老头看我们过来，说道："你们这是从哪里来的，怎么这么晚还不回家?"

"我们是来旅游的，迷路了，我弟弟在山上摔伤了。"我连忙解释道。

"这小娃伤得不轻，这附近有个村子，那里有医生。"老头说完，在自己的鞋壳上磕掉了烟斗里的烟灰。

我心里知道，即便找到大夫，我这个弟弟的"伤"也治不好。可是如果不去，我也不能一直在山里走个不停。于是我便问道："大爷，这个村子怎么走呢?"

那老头一转眼又在烟斗里灌了一斗烟，他滋滋地抽了一口之后，说道："我刚从女儿那里回来，正往村子里赶路呢，你和我一起吧。"我听老头那么一说，心中一阵高兴，心想今晚终于有了落脚的地方了，于是便答应了。

老头一路很少说话，路上只是抽烟，后来我觉得这个气氛不太好，总觉得这个老头出现得太过古怪，便找了个话，问老头为什么这么晚才回家。当老头再次跟我说他刚从女儿家回来，我才意识到自己太紧张了。

为了缓解紧张的气氛，我又问了一些无关痛痒的问题，直到我看到了他们村的一户人家，我心中的紧张才再次有所降低。

这个村子的人已经睡觉了，但是奇怪的是，他们每家每户的门灯都还亮着。

江西的建筑风格和我们老家存在着很大的差别，但是这些建筑上的砖头却是一样的。农村的房子不像城里的房子，还要刷漆粉墙，而是直接裸露着砖头。当我看到这些红色的砖头，强烈的熟悉感使我的心一下就踏实了下来。当然，这也不能完全地放松警惕。四叔曾经一再教导我，有时看到的越是清晰，很有可能就是假的。

和老头亦步亦趋地走着，过了几分钟，终于看到有几个人站在自己家的窗户里。那些人看到我们，表情都是非常怪异，对我们两个不速之客，好像很是惊奇。

我对老头说道："大爷，这些人看见我们，怎么有点不太欢迎啊！"

老头呵呵地笑了一下，却是不说话。

不过，当我们走过之后，这两家的窗户赶紧关上了。我甚至听到了因为窗户关闭得太过急切而发出的"砰"的声音。

又走了一段，我们看到了一户奇怪的人家。这户人家灯火大亮，内外通明，门口聚着几十口人。更加瞩目的是，这家门上挂着白布，墙上贴着白色窗花，门口挂着白幡，支着灵棚，倒像是有人在出殡。

主事的人看到我和邱涵，赶紧来招呼我们，知道我们是错过了宿头，就给我们安排了一个住的地方。主事的叫我们和吹喇叭的喇叭班住在一起，还给我们请了一个大夫。喇叭班住所实际上就是几个草席，当时江西的天气很热，在水泥地上铺上一张草席，晚上盖上一床被子，不仅不会感到太大的寒意，相反，还会觉得很凉爽。

我把邱涵放在地上之后，就赶紧出去了。为了验证我不是走进了鬼窝，我认真地摸了一摸这个房子，我甚至还找到了厕所，在确定是臭的情况下，方才回到屋子里。

在屋子待了十多分钟，一个身材中等、穿着绣有"农用饲料"的白大褂的人进来了。通过主事人的介绍，我才得知，这是村里的唯一一个大夫。这位大夫的装扮的确让我感到有些发笑，扭曲的皮鞋已经很久没有擦油和清洗，面上黝黑的褶皱和身上透出的汗臭鲜明地展示出他的身份，而那身白大褂更不知道是他何年从饲料厂淘来的。

我没有指望他能够给我提供有效的治病信息，因为我知道邱涵的病起于何因。不过，这个大夫也并非凡人，当望、闻、问、切地刺探了十多分钟的病情后，他终于给出了一个中邪的结论。

对于这个结论，我是十分惊讶的，因为我没有想到在这样的一个村落里还能有这样的高人。可是当这个村大夫走后，主事人才告诉我，这个赤脚大夫是瞎说的。在一些村子，总是有这么一些大夫，当自己无能为力的时候，为表示自己并非医术不精，他们会告诉病人家属，这是中邪所致，然后让家属带着病人去找道马子（乡村巫师的俗称）。

这个赤脚大夫告诉我的道马子是山上的一个道观，他说那里有个很有道行的道士，专治驱邪附体之类的病症。

送走了赤脚大夫，我又和主事人闲聊了几句。通过闲聊，我才知道这户人家七天前死了人，今天刚好是头七。按照习俗，头七那天，死人是要回来探望亲人的，只不过各地习俗不一样，对头七的处理方式也不同。有的地方，头七那天晚上，全家人是需要全部睡觉的；有的地方需要烧一个梯子，让死者升入天堂；有的地方甚至有头七阎王爷派黑白无常来向死者索命的说法。

我们老家比较重视“五七”，到了“五七”那天，所有的亲友都必须到场，行祭拜之礼。不过，我没有想到这个村子将头七做得这么隆重，显然，他们已经将头七和出殡结合在一起了。如果我猜得没有错，他们头七结束后，次日便会下葬。

此时，我看到地上撒满了香灰，而这些香灰从路口一直撒到这户人家的正屋。沿着香灰两侧，插满了蜡烛。主事人看了看时间，将蜡烛点着，然后来到了灵棚前。

“各位亲友，子时已到，各自就位。”这位主事人喊话完毕，刚才还不见踪迹的亲人的家属随即哭开了，他们从四面八方涌来，全部站到了灵棚之前。先是年长的儿子，跟着是大儿媳，继而是次子，次子媳妇，他们按照顺序进入摆放棺材的灵棚之内。儿子跪完，是孙子，他们叩了三个头后，依次进入棺棚之内。

亲属叩拜之后，全部在棺材两侧跪了下来，准备答谢亲友。

见亲属就位，主事人随即开始按照亲疏顺序安排亲戚叩首、追思、上供。

这是一个复杂的程序，至少要持续两个小时，很多亲戚一跪半个小时，常常需要本家亲人再三扶起，才能起来进入下个程序。

只是按照这种程序，必须有一个前提，那就是死人必须准时回来。按照他们的习俗，子时是亲友的祭拜时间，那么也就是说，在晚上 11 点和凌晨 1 点的这两个小时之间，死者的灵魂必须回到家中。如果灵魂没有回来，大家等于对着死者的尸首叩拜。

那么死者会回来吗?

我不知道。

我想起了路上遇到的那个老头。

这个老头将我带到这里，我十分感谢他，可是我还没有来得及说一声谢谢呢。

刚才我将邱涵安放在屋子里的时候，我看到他蹲在一棵大树下面抽烟，现在我再去看他，他已经不见了。

不见了也好，这个老头看上去总是怪里怪气的。

我想靠近灵棚凑个热闹，看看这个地方的风俗。

可是当我走进灵棚的时候，我发现一件可怕的事情，死者的肖像竟然和刚才的那个老头极为相像。虽然我并没有看清楚那个老头的具体容貌，但是老头的大致轮廓我还是记得的。怪不得老头一个人出现在深夜的山路上，怪不得我和老头说话的时候别人感到诧异和惊慌。我终于明白，为什么老头回来没有一个人和他打招呼，因为现在只有我一个人能看见他！

难道说老头在路边咳嗽只是在试探我能否听见他说话吗？老头现在去哪里了，这个村子是真的吗？我越想越是可怕，后背忍不住起鸡皮疙瘩。

这个村子会不会只在夜间出现？

如果是，我一觉醒来，会不会发现自己正睡在一个棺材里？

快逃吧！

想到这儿，我悄悄潜回屋子，趁着众人吹吹打打、哭哭啼啼之时，赶紧背着邱涵夺路而逃。

好在这村子里灯光明亮，每户人家又紧闭房门，这一路上并没有被发现。

我背着邱涵，沿着原路，一路往山上奔驰。这样的疾驰，速度还是比较快的，不过，也是非常累的。当我彻底离开这个村子，站在山崖上的我恍然间又看到了那片点点灯火。我长吸一口气，看着山下灯火的密集处，想到了刚才祭奠死者的那户人家，明白自己刚才去的就是这个村子。

第四章　深山古刹

说来也奇怪，自己本来是沿着相反的方向走的，怎么就去了这个村子呢？难道是那个老头故意将我引入彀中，然后趁我熟睡，再进行烹杀？

尽管这个村子也有些活人的气息，但是死人也能创造出这种假象，总之，我想离开是明智的。

这个时候，背后的邱涵再次醒了过来："哥，我们这是到哪里了？"

我将邱涵放下，说道："我也不知道，只怕是深山老林了。"

"对不起，哥，我不该那么任性。"邱涵有气无力地说道。

我说道："别这样，咱们生死兄弟，说这些就见外了。"说完，我从靴子里掏出匕首，在邱涵的左手食指上轻轻地划了一刀，乌黑的鲜血顺着刀刃流了出来。

邱涵对星宿刀的反应还是很大的，那一刀下去后，他立时浑身抖动，当血止住后，他还依然不停地咳嗽，不过，面色却好多了。

休息了一会儿，快到凌晨1点了，而下面的头七祭奠仪式也快结束了，不知道那个老头是不是真的能升天。不过话说回来，如果下面是个鬼窝，也就无所谓升天了，弄不好每天晚上老头都回来参加一次。

我再次将邱涵背起，并沿着来时的路的相反方向走去。这条路的相反方向实际上是正对山下的村子去的，既然背道而驰能进入村子，正道就肯定回不到村子。我如此想着，便沿着山路去了。果不其然，此路看着是奔着下面的村子去的，却七拐八绕地向别的方向去了，不多时，便再也没有了这个村子的踪影。

不过，一直这么走下去也不是个事啊，这样什么时候是个头。

正苦思的时候，一声不太响亮的锣声传入我的耳中。

这个锣声虽然不响，但是却给了我方向。

刚才在我和邱涵落难的时候，多亏了这个锣声才将我们救下。现在我们分不出方向，辨不明真假，最好的办法就是去寻找敲锣的人。

如此想着，我便奔着那个方向去了，而背上的邱涵似乎也没有刚才那么沉了。

这样的寻找持续了大概一个小时，我终于在一处道观门口找到了这个铜锣。这个铜锣被安放在一个亭子里，它直径长约 5 米，厚约 3 寸，只怕我这辈子所见的铜锣堆落在一起，也没有这一个大。而在铜锣的正面，绑着一根小腿一样粗的木棍，想来便是用来撞击铜锣的。

我知道，现在这个时间道观里的道士应该已经睡着了，所以我也不打算去敲门。反正现在已经是安全地带了。我将邱涵放在道观正门的墙下，打算就此睡下。哪知道到了 3 点，一个小道士敲锣的时候发现了我们。

小道士将我们请进屋中，叫醒了一个年纪大一些的主事道士。这个主事道士见邱涵病得严重，连忙叫醒了观主。那观主是年近 60 岁的老道士，他在查看邱涵的病情后，立即叫醒几个小道士，开始布置道场。不过，这个道场比起电视中的稍微简单一些，只是一张桌子、一个香坛、一支桃木剑而已。只见观主挥舞了几式桃木剑，然后用桃木剑斩掉一只大公鸡的鸡头。小道士见鸡头被斩，立即用碗将鸡血接住，跟着另外一个小道士用匕首割破自己的食指，也将血滴入碗中。

观主接过血碗，用桃木剑蘸着血在一张黄纸上画了一张极度难以识别的符，然后他口中若有所语地将那符烧于一碗清水中。符烧毕，灰落于瓷碗，观主又像搅拌鸡蛋一样，用桃木剑搅和一阵，直至犹如一碗墨汁，方才递交给我，让我灌给邱涵。

看着这一碗得之不易的“墨汁”，我犹豫了。这能喝吗？喝下这个，只怕不死也得死了。可是看着观主满头大汗，众人又十分卖力，我又毅然地将这个东西给邱涵喝了。

邱涵当时还处于昏迷状态，当他喝下这个东西之后，面部持续抽搐，像是喝下毒药一般。过了一会儿，他拨开众人，奔向屋外，在房外大吐不止，直过了半个小时，方才停下。

我见邱涵脸色一会儿红润有光，一会儿面如金纸，内心也跟着激动，不过，当他停下之后，他的脸上已经恢复了原有的气色。

真没想到，这黄符竟有如此功效。看到邱涵已经痊愈，我心中涌起对观主莫大的感激，当下跪在地上，给老观主磕了几个响头。老观主面上露出满意的微笑，将我扶起，跟着又让一个小道士将邱涵扶回床上。老观主告诉众人，大家暂且睡下，明日再续前后。

听老观主如此说，我的心一下就踏实了。当下，我和邱涵睡在了一张床上，只因今日困倦异常，很快就睡着了。

次日，日上三竿，邱涵和我已经从睡梦中醒来。

“师兄，求你了嘛，再帮我一次。”

“师弟，这不好，你不能每次都从我这里找人，他们村子里有事，自己解决就好。”

“他们要是能解决，也不会来求我了，我要是能解决也不求你。”

“我们道观一直不愿帮助这个村子，你是知道的。”

“求道不就是为了挽救世人吗?”

“话是这么说，可是……”

听这话中音，是观主的一个还俗的师弟有事相求于观主，只是事情难办，观主不敢答应。

“师兄，这是我们多年的约定。我还要继续在村子生活，你必须帮我。”

我和邱涵此时已经起床，听到两人对话，从内房走出。

邱涵说道：“观主不知有何难处，我们兄弟二人为报观主救命之恩，一定竭尽全力。”

哪知道邱涵说完，观主没有搭话，观主那师弟反倒搭话了：“这位小兄弟仁义至极，我看两位都挺合适。”

我转身去看这人，只见这人身材中等，年过四十，衣着朴素，有如农夫。

观主见邱涵应承，遂说道：“此事嘛，由他们代劳也不是不可。只是这位小施主大病初愈，不宜担此大任，可由这位施主代劳。”说完，观主用手指了指我。

那人听后，大喜，遂领着我们二人出了道观。

出了道观后，那人介绍说：“我叫吴正，是太平观观主的师弟。幼年和观主一起在太平观修行，成年后，还俗去种地了。”

“我是邱涵，这是我表哥李一水。”邱涵也自我介绍道。

“你们是如何来到这里的？”那吴正问道。

“说来话长，我们来旅游，到山里迷路了。后来晚上中了邪气，误入观中，幸亏老观主救了我们。”邱涵道。

“来旅游？中了邪气？”吴正皱起了眉头，“昨晚有两个丫头也是中了邪气，不过我给她们灌了一把锅灰，她们就没事了。”

“啊！”我和邱涵不禁发出惊叹，如果没有什么意外，这两个丫头就是颜羽微和舒珊了。想不到她们也中了邪气。

“怎么，你认识她们?”吴正问道。

“旅游的时候见过，后来走散了。”我撒谎道。

“嗯，她们也说自己是来旅游迷路的。”吴正道。

“您怎么只用锅灰就治好了她们?”我惊奇地问道。

“这锅灰属土，主阳，主生，是由火变来的，去除污秽，当然最合适不过了。当然，这里还有个解释，夜入阴风，偶感风寒，邪气入体，积攒污秽，锅灰不能下咽，吞下的人必然呕吐，只要吐出口中的脏物，便可痊愈。她们昨晚睡了一觉，应该就没事了。”吴正道。

“老观主给邱涵治病的时候可不是这样。”当下，我将老观主给邱涵治病的过程说与吴正。

吴正听后，哈哈大笑，他说道：“我的师兄平时作法事习惯了，其实那都是唬人的。真正发挥作用的是那个灰，目的是让你吐出来，可惜了一只大公鸡呀!”说完，吴正走到了我们的前方。

吴正说完，我和邱涵发出一阵嘘叹。

正走着，我突然想起什么，又追了上去：“吴大叔，找我们是要帮什么忙呢?”

吴正听见我问话，随即停了下来，盯着我看了一阵儿，然后说道：“引路。”

听到这个，我的脑袋瞬间蒙了。

引路，这并不是一个陌生的词汇，它是指死者死去的若干日内，由被引导者引入天堂。然而各地有关引路的习俗也不近相同，在吴正的这个村子，被引路的对象是绝门绝户者，也就是俗称的断子绝孙的家庭。因为死者没有子女，所以只能找村子里年轻的未婚男性代为引路。寻常引路是不会有事发生的，就像是头七祭拜一样，可是也有例外，有的引路人不堪压力而疯掉的也不罕见。

显然，连太平观的观主都不同意自己的弟子做的事肯定有着相应的危险性，我现在又觉得邱涵有点莽撞了。邱涵也是知道引路是有一定危险性的，当他知道吴正是要我引路的时候，急忙说自己愿意代替我去。

可是吴正说，引路必须找阳气弱一些的，否则死者不敢跟来，会导致引路失败。现在我们两个人阳气都弱，可是邱涵刚中了邪气，担心他身体撑不住。不过，这又产生一个问题，既然我也弱，他怎么就知道我能承受得住呢？这就像是瓶子里快要过期的药，看着还有一个月才能过期，但是质量已经扛不住了。

不知不觉间，和吴正聊了半个多小时，当我还想再问一些有关颜羽微二人的情况时，我发现了一个熟悉的场景：广阔的山崖下，一个不大的村落分布在一处口袋状的山谷里，正是我昨晚经过的那个村子。

吴正看见我惊讶的表情，说道："怎么，你来过这里？"

何止来过，我甚至有过惊魂的经历。

当下我将昨夜遇见的那个老头的经历告诉了吴正。

吴正听完我的话，长吸一口气，说道："看来你的阳气也不够强了，竟然连头七回家的死人都能看到。"

"是啊，当我看到死者的肖像，我背起表弟就跑，当初以为这里是个鬼村。"

"这不是鬼村，我就住在这个村子。昨晚有人送殡，我救下两个女孩子后，早早地就睡了。不过，你的行为也是可以理解的，毕竟你见到这么多的古怪现象，又辨别不出是人是鬼。"

听吴正如此说，我才想起，这个村子的一切感觉都是真实的，无论是人还是物，当然也包括那个厕所，还有那个村大夫，都是真实的。还有那个村口的人家看见我对着空气说话，一定也是因为吓坏了才关闭窗户。只是因为当时的神经太过紧张，我才出现判断错误的情况。当然，即便是现在，我也后悔自己做出的谨慎行为。

沿着昨晚老头带我的那条路，我们走了一个大迂回的下坡，过了半个小时，再次来到了这个村子。村子里的人有的见过我和邱涵，看到我回来，指着我说道："这个人昨晚不是不见了吗，怎么现在又出现了?"

其他人看到我们，又说道："你没看见那两个年轻人和吴正在一起吗?"

看来吴正在村人心中的地位很特别，竟然连这种突然消失现象都能够合理地解释，他们一定是猜想，我为了救邱涵，将其送到了吴正那里。

吴正随后将我们带到了自己的家中。吴正的家和别的农户没有什么区别，两层的红砖小楼没有刷过涂料，门口还摆着一些农具。吴正家的屋子比较敞亮，墙面也没有想象中那样挂满了各式的有关道教的壁画。

看到吴正回来，吴正的五六个孩子从屋子跑了出来，他们像是台阶似的从高到矮地排着。孩子们一出来就开始摸我和邱涵的口袋，看到一无所获，随即失望地回到了屋子。

吴正尴尬地说道："孩子太多，不太好管，见谅!"

我和邱涵干笑了一声，随后对视了一眼，心道，终于明白吴正为何要还俗了。

这时，从屋子里走出两个姑娘，这一黑一白，正是颜羽微和舒珊。两位姑娘看见我们，面上露出了吃惊之色，她们无论如何也没有想到我们会到这里。

"你们怎么也在这里?"颜羽微问道。

这的确是一个难以回答的问题，因为我们不能说我们是在跟踪她们。

“我们这是为了赴约。”我笑道。

两个女生听我这么说，随即都笑了。如果我说我们是旅游迷了路，她们一定不会相信，反倒不如间接告诉她们，我们跟踪了她们。

我们相互说了一下别后的情景，原来，颜羽微二人进入山林之后，也听到了歌声，看到了古装女人。两个人反应的速度比我们要快，她们甚至还掏出刀子，要和女鬼拼命。只是当她们的手刚刚伸到腰间，身体就动不了了。后来她们冲破意念，往山外跑去，差点死在山上。幸好有锣声救了她们，不过，锣声停后，两个人也晕倒了，醒来的时候，就在吴正家里了。

说到这里，我们就忍不住去问那个锣声是怎么回事。吴正听到我们问铜锣的来历，便将铜锣的来历说了一下。这个铜锣是太平观的镇观之宝，自建观的时候就有了。在太平观有个规矩，每隔两个小时就要敲七下铜锣。相传，这个铜锣是为了震慑山上的邪气而留下的，至于有没有效果，他也不知道，他只知道道观每天都要敲十二次铜锣。而因为这个铜锣太吵，周围数公里的山上都没有村子，吴正的这个村子是离太平观最近的村子。

吴正虽然不知道铜锣的效果如何，我们却深切地体会到了铜锣的巨大作用。只是那个山脚为什么会有这么大的邪气？

关于这个问题，吴正也解释不了，他说他的家族是百年前迁到这里的，具体情况需要再打听。

说完铜锣，另外一个问题又出现了，为什么颜羽微和舒珊要来这里？

当吴正问出这个的时候，颜羽微两个人都低下了头。过了一会儿，颜羽微才说道："我是一个盗墓人，我们有自己的门派。门派有规定，出师以前盗墓学徒需要独立完成盗墓，并以盗墓出来的水货作为考核标准，考核通过的，才能出师。如果没有盗出陪葬品，就还不能出师。舒珊虽然和我一样大，但是我的晚辈，我已经出师了，这次主要是考核舒珊。"

颜羽微说完，我们三人都把目光投向了舒珊。舒珊害羞地点点头，表示颜羽微说的是真的。

这个时候，吴正拍拍自己的头，笑道："哎呀，要说盗墓，我的祖上也是盗墓的，据说还是一个重要的门派，只是我们祖传的东西在我这里怕是要丢了。"说完，吴正去屋子里取出来一个东西递给我们，众人一看，不由得大吃一惊，那不是一块密探令牌嘛！

吴正看见我瞪大了眼睛，却不说话，以为我们不认得这个东西，他指着令牌说道："这是清朝密探的令牌，我的祖上就是，可是后来他们全部盗墓去了。"

这个时候，我和邱涵也都从身上掏出一个假令牌，说道："我们也有。"

"不是吧？"吴正说道，"还挺巧，看来咱们得好好聊聊。"

正当我们惊讶的时候，颜羽微二人也惊讶得说不出话来。舒珊说道："这个东西我也见过。"哪知道舒珊刚刚说完，颜羽微用胳膊捅了舒珊一下，舒珊知道自己失言，就不再说话了。

"老婆，开饭没有？咱们遇上故人了，今天我得好好喝一杯。"吴正高兴地喊道。

"这就好。"吴正的老婆喊道。

说话间，众人都来到了饭桌上。

"来来来，咱们大伙得喝一杯！"吴正举杯说道。

"叔叔、阿姨，咱们得喝一杯!"吴正的一群孩子举着酒杯说道。

看到几个可爱的孩子，我们都笑了。

"见笑，见笑，我和你们叔叔阿姨有事说，你们去一边玩去!"吴正道。

"为什么你们不能去一边说事？在这儿影响我们吃饭!"吴正的小女儿说道。

"你……"吴正哑口无言。

"叔叔，没事的，咱们说自己的事，他们吃他们的。"我笑道。

"见笑，见笑。"跟着吴正便将自己的家族经历说与了我们听。原来，百年前，吴正的太爷爷正是清朝的"猴"字辈密探吴敬祖。吴敬祖原本年少修道，做密探的时候，已是清朝末年。当年慈禧死后，吴敬祖和其他密探一样，全部离开了北京。在吴正的讲述中，似乎吴敬祖十分热爱修道，即便是后来袁世凯召集各大密探的时候，也没有找到这位执迷于道学的密探。吴敬祖一生习惯了自由，不愿接受门派的约束，因此并没有进入道观修行。后来，有一天，吴敬祖云游到了龙虎山，他在观察了龙虎山方圆一百里的地形之后，决意在此定居，住在了现在的这个村子。

吴正说完，抿了一口酒下去。他告诉我们，他们家三代人，凡是年少的没有成婚的男孩子都必须在道观中修行。我们四人点点头，都说挺好。吴正拍了拍一旁的小儿子的肩膀，说道："这是我最小的儿子，老大和老二全部都在道观修行呢!"我们几人惊得目瞪口呆。

酒喝到此处，我便问了问吴正有关引路的事。吴正告诉我，引路并没有想象中那么难，但是也绝非那么容易。他说，被引路的人是一个老太太，按说寻常引路并没有什么难处，可是这个老太太早年丧父，中年丧父，晚年丧子，人生的三大不幸全部占上了，没有人敢为她引路。听吴正说完，我倒抽一口凉气，心道，真是一个老怨妇，只怕自己也扛不住。

可是我刚要拒绝，吴正便说我身上阳气较寻常人弱，老太太敢往我身上靠，这才是作为引路人的一个重要条件。我又问吴正，既然阳气弱的人不可以，那么他为什么要去道观找小道士呢？吴正说，小道士引路是需要用针去真火的，而去真火对身体不好，需用三个月才能恢复，这也是观主不同意小道士引路的原因。

正当我们讨论激烈的时候，村长带着一行人进来了，我一看，这村长不是别人，正是昨晚的那个办丧事的主事人。

第五章 引 路

那个主事人看到我，极为热情，他笑道："没有想到你自己找到了吴师父，可真是太好了。"然后他又看了一眼邱涵，继续说道："小伙子现在已经没事了，吴师父真是妙手回春。"我和邱涵对主事人说着感激的话，可是主事人似乎无心和我们答话，跟着便又坐在了吴正的旁边。

"吴师父，我拜托你的事怎么样了？"村长说道。

"哎呀，难办啊，这是一个无儿无女的老太太，大家都不乐意。"吴正跷着二郎腿，呷了一口酒说道。显然，他有意在卖关子。

"吴师父，这个事情只有你能办啊！我们这些年有事都找你帮忙，你们家世居村子四代，我们可没有拿你当外人。"村长恳求道。

村长的话似乎对吴正触动很大，只听他说道："既然村长这么说，那我一定尽力。"

"哎呀，太好了，你可是帮了我大忙了。不知道是不是你亲自上手呢？"村长道。

"怎么会，我自己的阳气这么盛，是这位小兄弟。"吴正指着我说道。

"噢？"

在这些村民的眼中，阳气弱就是肾虚的意思。一时间，我看到很多村民都用复杂的眼光看着我，似乎是在想，这个人究竟是因为什么阳气这么弱。

村长愣了一下，随即热情地握着我的双手，喜道："全靠你了。"

我也不知道说什么好，我只知道被吴正推进了火坑。

村长说完就带着人走了——他还要继续带人去给死者办理丧事。看着他步态轻盈，我知道他现在一身轻松了。

村长走后，我问吴正，什么时间引路，吴正告诉我，是明天晚上。

我心中一震，明天晚上，那不正是传统的盂兰节嘛！每年的农历七月十五是中国的盂兰节，也就是传统的鬼节。相传，在盂兰节这天，所有的小鬼都会被放出来回家省亲。如果在我引路的时候，真的飘来这么一群家伙围观，我不就悲剧了嘛！吴正这么做，简直就是预谋杀人！

我接连摆手，说自己不干了。吴正见我不干了，也不说话，只是笑着让我喝酒，等我喝得差不多了，就把我送去睡觉了。当时也不知道那酒的后劲怎么这么大，我一觉睡了 24 个小时，一直睡到第二天中午吃饭的光景。

等我起床的时候，我才知道现在已经是第二天的中午，还有几个小时我就要被派上阵去引路了。我当时不知道这是吴正的缓兵之计，等我明白他是故意将我灌醉，那时候我已经走不了了。在当时，我能做的就是赶快去察看地形，然后询问引路的规则和要求。

我到了老太太家的时候，已经是下午 3 点。那个时候，天上刚下过一场雨，不过因为高温的缘故，路边早已干了。老太太的家位于村子的西北角，是我们熟知的"死"门方位。老太太家的房子是重新起盖的新屋，不过家具显得还是那么破旧，据村长介绍，老太太一生坎坷，老太太中年丧夫，晚年丧子，家里只剩下了一个孙子。老太太觉得自己的命运不好是风水导致的，于是她拿出一生积蓄推倒了从前对着山脊的旧屋子，然后在老屋子的前面菜园子里盖了一个新屋子。可惜的是，这一切似乎并没有使老太太的命运发生改变，就在去年，老太太唯一的一个小孙子在上山采药的时候因失足而跌进山崖。这件事对老太太的打击很大，自此，她一蹶不振，精神一日不如一日，在七日前死掉了。

介绍完老太太的家庭背景，吴正开始跟我说引路的规矩和办法。原来，我们这里的规矩是把糯米面和玉米面掺在一起，然后在十点后，从老太太的鞋子的地方开始撒面，一直撒到马路上。到了马路之后，直接将盆子丢在地上，引路便即完成。有关撒面的具体要求就是，第一，这面要撒成一条线，一直通到外面的马路；第二，碗里的面用完后，不能添，要一口气撒完所有的路；第三，不能回头。

听完吴正的话，我便去看了一眼老太太家的宅子，结果发现老太太家正靠着马路。也就是说，我只需要走出她家的院子，向西走 10 米就行了。看到这儿，我心中一阵轻松，满口答应了。

看着天时还早，邱涵拉着我回去和颜羽微二人打牌去了。当时的邱涵牌意正浓，加之有两位美女相伴，更是乐不思蜀，早把此行的目的忘得一干二净。有鉴于当时的牌势正好，我也打得格外投入，直到吃晚饭的时候，我才想起还有引路那么一回事。

天黑的时候，吴正和村长一起把我叫了过去。晚上 8 点，邱涵三人在吴正家中共同为我壮行。我接过半瓶黄酒，一饮而尽。这时，三人齐刷刷地看着我，似乎并没有到一旁助阵的意思。我心中懊恼，心道，这算是什么事儿！

到了老太太家旁边的马路上，吴正和村长已经在那里等着我了。村长在我的腰上和头上各扎一根麻绳，意思是为其守孝。跟着他又让我脱了鞋，说引路必须赤脚进行，等我引路结束，鞋子就还我。

九点的时候，吴正把装面的大瓷碗给我，说道："你小心了，这个碗里的面你一定要省着点，一直撒到马路上。到了马路，你就把碗一丢，千万不能再回来拿，否则你就会把她再引回来。"我看着这个和洗菜盆大小的瓷碗，心道，这么多的面，足够了，于是我点点头，表示记住了。吴正见我记下，接着说道："你引路的时候，要一边撒面，一边说，老人家，请往这里走。"

九点半的时候，吴正和村长再三嘱托我引路的事项后，就走了。临走时，村长一再交代我，引路的时候不能回头。我当时不明白他话中的意思，也就对他说的话没有放到心上。村长嘱托完，还把手表留给了我，说老太太是十点零五分死的，让我十点零五分撒面，不到时间，一定不能提前撒面。

吴正和村长走后，四周便没有了人。吴正说，村长已经通知了周围所有的住户，告知了引路时间，所以现在没有人出来。我一个人从院子里走向老太太的屋子，现在，屋里屋外一片漆黑，仅仅在老太太尸体的头顶处的桌子上摆放着一盏煤油灯。此时，我才发现，我之前甚至连这个屋子的具体情况都没有看一下。

当下，我将从吴正家中偷来的三根蜡烛点着了，然后插在了屋子的桌子上，顿时，屋子里一片大亮。此刻，虽然屋子里杂乱不堪，尸味很重，但是我却觉得整个世界敞亮许多。我大步流星地走到正屋门口，然后赤着脚蹲在停放老太太尸体的床边，等候着十点的到来。

九点四十的时候，我听到了一声猫叫，我心道：这是哪个天杀的这个时候还把猫放出来，不是要我命吗？我起来左寻右找，也没有见到那个猫的踪迹，心想是不是我听错了。

没有找到那只猫，我便继续蹲坐在老太太的尸体旁，过了五分钟，外面刮起了大风，这风越刮越大，天色也黑暗不少，显得阴森无比。

我本来胆子还是很大的，可是看着这个大风，我突然觉得浑身起鸡皮疙瘩。如果是让我看到僵尸，兴许我不会害怕，可是看到一个死人慢慢变成僵尸，那么我就觉得恐惧了。而此刻就让人感觉在等一个僵尸出现。

看着这越来越大的风，我觉得身上凉飕飕的，觉得浑身冰冷起来。突然，外面吹来一阵大风，大风将屋子里的三根蜡烛吹灭了两根，而摆在老太太头顶的那盏“煤油牌”长明灯只因为有灯罩得以幸免。不仅如此，铺在老太太尸体上的床单也被吹走了，床上露出了老太太祥和的遗容。我向老太太看去，只见她面色红润，眼窝微略塌陷，两边的腮向外扩散，露出两排不太齐全的牙齿，看上去像是对我微笑一样。我心道，这么热的天，老太太的尸体竟然还没有腐烂。

那风把老太太身上的白布吹走后，我心里立即恐慌起来，生怕老太太会突然坐直身子拍拍我的肩膀，然后对我说：“儿子，咱们上路。”我看了看摆放在桌子上的手表，还不到九点五十分，这样说来，还要再等十五分钟。

阴风肆虐地刮着，周围的瓦片时而静谧，时而飞卷，我甚至还能听到枯枝断落的声音。再看这个院子，掉落的树叶卷成了一堆，被大风卷成小型的旋涡，那旋涡向外刮去，竟然出了院子的门。看到这一切，我心里越来越紧张，不知道接下来会发生什么。

我目不转睛地盯着院子，却看到那个小旋涡出去之后，跟着过一分钟又飘了进来。只见它来到了院子中间处便不再前进，而是一直打圈。我看得这场景诡异，心道：我还是快点离开这里吧，这比古墓恐怖多了。

我继续盯着院子里的那个小旋涡。只见小旋涡在院子转了约有一分钟后慢慢地变大，形状也越来越散，再过一分钟后，竟然风吹散了。

我长出一口气，心想这个诡异的旋涡总算消失了。

我看着手表，恨不得把指针调快十分钟，然后早点离开。就在这时，我听到院子里出现了脚步声，尽管我看不到院子哪里有人，可我确定这个院子的确有人走过来。只听这脚步声越来越近，感觉近在眼前了。哪知道那脚步声从我身后经过一直到了屋里，我感到背后冰冷，似是被冷气吹到了一样。

那脚步声进到屋里之后，外面变得安静起来，风也停了，甚至猫也不叫了。这一切太过平静，平静得出奇，我注意观察了一下周围的环境，却发现不知道在什么时候，老太太的手臂搭在了我的左臂上。我吓了一跳，赶忙将手抽了出来，却也不敢再动了。

我看了看时间，现在已经十点，还差五分钟就要开始了。

身后的脚步声还一直在我身后徘徊，我明显地感到背后有股凉气在四处乱窜。那个脚步声持续了三分钟后，终于离开了正屋，向院子门口走去。只是那个脚步声并没有离开院子，似乎停在了门口处。

不过，这一切终于平静了，对我来说，短暂的平静也是平静。过了两分钟，这个小床发出了“吱咛”一声，跟着摆在床前的蜡烛和屋子里亮着的最后一根蜡烛也被吹灭了，眼前的世界只剩下一片漆黑。面对这样的场景，我早有应对之策，当下，我不慌不忙地从口袋中掏出早已准备好的打火机，再次点着了那盏煤油灯。当这一切完成之后，我看了看时间，心中一阵欣喜，太好了，已经十点零五了。

看时间到了，我心中狂喜，当下端起碗就开始撒面。按照要求，撒面是由床下的鞋子处开始撒起，一直撒到马路边上，而且地面上不能存在断面的地方，而用完了面也不能回去取面。

当我把面撒到地上，我便开始向前走去，由于风比较大，我只能弯着腰撒，保证线的连贯性和均匀性。出了堂屋的门，我听到身后也响起了脚步声，这脚步声入耳听来，让人如坠冰窟，惊恐不已。若是僵尸什么的也就罢了，可是这看不见的东西最难对付，于是我头也不回地向前撒去。

哪知道我走得快，后面走得更快，待我手里的面撒完再伸手去抓时，那脚步声已经到了身后。我只觉左肩一凉，就像是一个人的一只手搭在我的肩膀上。若是以前，我早就回转身去了，但是这次我却没有。吴正说过，千万不能回头，虽然我不知道回头的后果是什么，但是我明白一定很严重。

那胳膊搭在我肩上后，我便觉身后凉风习习，有如吹着冬天的冰风。跟着我感到脖颈处有冷风吹来，身后响起了沉重的呼吸声。我继续向前撒面，恨不得一步就撒到院外。哪知道肩上好像有着千万斤力量压着，挪不动步子，于是我只得像拖着巨石一样一点点往前撒去。

之前吴正还一再交代我，要我边走边喊“请往这边走”，现在看来，这是多余的，人家知道怎么走嘛！

刚走了两米，一个湿滑的东西从我的脖颈扫过，像是被什么舔了一样。我非常吃惊，难道这老阿太要把我生吃了？此刻，我真想和她斗一斗，可是我身上的刀子也没有了，何况我现在赤着大脚，想打都不可能。想到这个老太太半生孤独，我便忍了，还是送走她最后一程吧。

可是那舌头一样的东西舔来后，开始绕着我的脖颈周全舔了起来，像是在吃棒棒糖。我被舔得难受，便忍不住伸手向背后的脖颈摸去，哪知道我手刚伸到脖子处，那舌头竟然舔了我的手指。我十分慌乱，另一只手里端的面碗随即掉落在地上。我赶紧蹲下，把面重新装进碗里，可是这面已经少了一小半了。看看碗里的面已经不多，而前面至少还有 20 米要走，我心里就有些慌了，我想就是 20 里的山路我也愿意换了。

就在我要站起来的时候，我觉得背上一沉，像是一块巨石压在了我的身上，接着两只胳膊也搭在了我的肩膀上。我心说，坏了，这老太太还要我背她。可是想了一想，背就背吧，这样跑得快点。当我拿着碗继续往前撒去的时候，我的耳边响起了老太太大笑的声音。这声音让人神经凝结，毛孔扩张。

我顾不得身后的笑声，继续一步步向前走，如此又走了两米，身后又传来了婴儿的啼哭声。我心说：这里怎么会有婴儿的啼哭声，是不是身后又有了其他东西？哪知道这啼哭声只是响了十几秒就结束了，我心中好奇，身后却又响起了大人大骂孩子的声音，声音真是真切，犹如在耳边发生的一样。由于孩子的声音哭声太大，我感到身上有如毛毛虫在身上乱爬一般。

那孩啼声结束后，身后传来了唢呐声，似是迎娶新娘。里面一片欢天喜地，还有庆贺的声音。这声音结束后，跟着又是丈夫打骂老婆声，只听这声音悲鸣惨淡，痛苦不已。这丈夫打骂老婆的声音刚过去，耳后传来的是女人的哭叫声，听里面的内容，像是死了丈夫。人家说人生三大不幸是少年丧父、中年丧夫、晚年丧子，这老太太中年丧夫的确可怜。可是这丧夫的不幸刚刚消失，又传来了“我的儿”的哭声，竟然像是儿子也死了。

我听这声音惨厉至极，像是在回忆着老人的整个一生。正当我为老人一生悲痛经历而沉痛的时候，身后又响起了老太太的大笑声，好像是要升天了一样。我回过神来，继续向前走去，可是因为身体太沉，脚步迈得过于艰难，行走很慢。只觉得我前面热得像是出了很多汗，后面却像是被扔进了冰窟，当真是冰火两重天！

“嘿嘿！”

这莫名的笑声，实在是恐怖！

“你为什么不回头看我呀！”

“你回头看看我！”一个极为柔嫩的声音在我背后叫着。

我知道这是背后的一些为了引我回头的声音，可我铭记吴正的话，坚决不回头。

这本来一切都很顺利，可是当我要出了这个院子的大门时，我听到了一声猫叫。我对猫的叫声是十分敏感的，当时我在元代将军墓的时候，正是一只黑猫给我们带来厄运。当时我吓得魂飞魄散，立即就回过头来，却见院子里哪有猫，倒是背后背着一个年约八旬的老太太。这老太太面带微笑，眼睛睁开，几个参差不齐的牙齿斜斜地歪在嘴里。她的身上穿的也不是床上的那件朴素的灰色衣衫，而是死人专门穿的故衣。

我看到这个场景，再次吓得丢掉了手中的碗。碗掉后，我立即趴在地上，捡起碗来，但是这次地上洒落的面太多，面积较大，回收的并不是很多，剩下的15米路，怕是不太够了。这碗是一个比较大的瓷碗，按说足以和脸盆匹敌，可是经我两次摔跌，已经不多了。好在这瓷碗并没有摔破，否则我真的不知道该怎么办了。我用胳膊全力把面粉聚拢到一起，面粉里面掺杂着泥土，使得面粉混杂不堪。

我把力量集中在腿上，加速向前撒去，可是这面粉看上去依旧不是很够。现在，我已经破了一次规矩，而身后的风开始狂刮起来，我甚至听到了树枝断裂的声音，跟着身后也变暗了，煤油灯再次被吹灭。我心中更加紧张起来，心想不会是老太太要掐死我吧。

哪知道我并没有什么事，而我身后老太太的笑声却变成了哭声。她的哭声越来越大，那声音直令人痛不欲生。我听到哭声后，也哪还管老太太，继续向前撒去，这时就听一个爆炸声传来，听声音的方向，应该是大门的灯泡炸了。

我真是悔恨听吴正的话，把那把匕首连同鞋子一起给了他。要是带了匕首，万一出个意外，我还能来个正当防卫。可是再看眼前的情况，我今天算是要栽了。眼下，我能做的就是拿着碗，像耕地一样一路撒过去。

我如此想着，也是这么做的。在出了大门后，我端着那个装着面粉的瓷碗风驰电掣般狂奔到马路。在狂奔的时候，我手里还攥着一把面粉，那面粉被我一把撒了四五米，两下就撒到了马路上，瓷碗里的面粉竟然还剩下半碗。到了马路后，我把大碗向天上一抛，便向吴正家跑去，我听到身后传来了那碗掉落的声音。

我刚跑了约有 30 米，就看到吴正和村长等人堵在了路口，问我情况怎么样。我见吴正后，真想打死他，这么危险的活，竟然交给我，差点要了我的命。我说道："里面的煤油灯灭了，门顶的灯泡炸了，我也不知道为什么。"

吴正听后，非常吃惊，问道："你是不是回头了？"

我说："是的，身后响起了猫叫的声音，我怕诈尸。"

吴正气道："那不是猫叫，是你身后的幻觉，那个老太太想看看你长什么样子，就想办法引你回头。"

我一听，立即就瘫软了，哪还有制造这个声音来引我的？我问道："给老太太引路前，有一个脚步声走近屋里，那是什么？"

吴正叹了一口气，说道："那是冥间的引路人，估计是老太太的老头子来带他走了。"

第六章　二次引路

我又问："那些哭声呢?"

吴正说道："应该是老太太走前在回忆自己一生的经历吧。她是不是还笑过?"

我点头，只听一旁的村长叹气道："这个老太太小时候家里穷，吃不上饭，经常偷家里的东西吃，被她爹打过不止一次。后来嫁到我们这里来，他丈夫经常喝酒，也打她。不过她 30 多岁的时候，她丈夫又死了，到了 60 岁的时候，两个儿子也在外地挖煤一起死了，儿媳妇也改嫁了。老太太命苦啊，早死早投胎，所以老太太会笑，这怪不得她。好后生，咱们刚才的引路失败了，老太太还没有走出去，你还得再引啊。"

我一听，这哪行，让我再引，我不得死了过去。我现在是明白为什么有人在引路后会疯掉了，如果我不是见过"大世面"，我也得疯了。

这时候，我们听到远处传来了"啊啊"的号叫和嘶吼声，像是野鬼在悲鸣。村长脸上流露出了恐惧的神情，只听他说道："这个任务非你莫属。你引路引了第一次，失败了，第二次肯定还是你。老太太潜意识里就认准你是他儿子了，别人谁去都得死。如果你不去，以后每天晚上，这里都不得安宁，这个鬼叫声会一直存在下去。如果你去了，我们全村都会铭记你的大德!"村长说完，众人都纷纷点头，表示让我再去。

看到这形势如此不好，我也无法推却，只不过要再次冒险了。我问道："第二次引路是怎么引的？"

只听吴正说道："第二次引路和第一次不同，你只要从大门处开始撒面就行。不过这次你要在你右手的食指上划一下，流出血滴在大门的正门口，否则她看不到出去的路。等她的胳膊再次搭到你的肩上，你记住，要三步一回头。"

"为什么要三步一回头？"我好奇地问道。

"老太太记住了你，认为你是她儿子，所以她怕换了人，走错了路。"吴正说。

我听明白之后，说道："你们把面给我，然后把我的刀也给我。"

吴正说道："你那刀好像不太寻常，刀锋太盛，还是用普通的水果刀吧。我怕你的刀带在身上，那个老太太不敢过来。"我听后心道，就想要来防身的。

过了一会儿，有人把面粉送了过来。我看到那面粉非常地黄，不像刚才的那个，便问道："这面颜色不对呀！"

吴正回答说："这个面只有玉米面。玉米面是黄色的，意思是带她去往黄泉路。第二次只能用玉米面，不能掺有米粉面了。"

当下我也不再多问，接过刀子和碗向来时的方向走去。只听村长对我喊道："后生，这次只能成功，不能失败呀。"

我心说：再不引走老太太，我就得被引走了。

回去方向的路比较黑，当真是月黑风高。路边的柴草堆像是刮起了长毛，风声鹤唳。走得 10 米，前方便越来越黑，好在远处有少许洒来的淡光，让这里还勉强能看到些黑影。只不过这些黑影远远看去，就像潜伏在黑夜的猛鬼。想到自己也是见过大场面的人，我便直起腰板，大步流星向前走去。可是我虽然装作勇敢，背上还是忍不住发抖。

院子里的鬼叫哀号声越来越清晰，虽然我知道老太太还在床上躺着，可是这个哀号声却十分真切。我慢慢地来到了老太太家的大门处，里面一片漆黑，看不到任何东西。但是里面的响动却十分大，跟外面的大风和黑暗相比，里面有如狂风骤雨和被泼了浓墨一样。我把碗放在地上，轻轻地划破右手的食指，然后把刀习惯性地放在腰带上。那血滴在地面，过了约莫半分钟，院子里的惨叫声小了起来，我这才发现背着老太太的时候，院子里的那些哭声是那么地安静。

我端起地上那装面的碗，背对着大门，就听身后的院子里慢慢平静下来。跟着我在滴血的地方撒了一米多长的黄线，身后传来了抽泣的脚步声。那脚步声越来越近，直到我身后，我想起吴正对我说的话，于是先是回了一个头，看到身后什么都没有，便又前行了一步。哪知道我刚走，肩上跟着就凉了一下，只觉得一只胳膊搭在了我的左肩。我又继续往前走，手里的面撒够两步后，停了下来。我一边抓面，一边回头，只见我的身后站着一个高约 1.5 米、身穿黄色故衣的老太太。她右手搭在我的左肩，面无表情，却直直地看着我。

这时我听到前面也有了一个脚步声，我心下恐慌，知道又是那个冥间引路人。我再次向前走去，行走了两步之后，才想起还要回头，于是我走了一步，回过头来，只见身后的老太太正在对着我笑。我想这笑总比哭好，再看看前面的路还有 10 多米，大概需要 15 步，还要再回 5 次头。

我抓了一把面后，突然觉得身体又沉了下来，原来是那个老太太又爬到了我的身上。我勉强向前走去，却是步步艰难。那老太太越来越沉，我就像是在背着一座大山一样。走了三步之后，我再回了一次头，只见老太太和蔼地对我笑着。跟着我把头再次转回去，抄了一把面，向地上撒去。我嘴里默数着“一、二、三”，哪知道身后响起了老太太的声音，她的嘴里不停地念叨着“三、三、三”，听得我耳朵发毛，一下子不知道自己究竟走了几步。虽说这路不长，可是一旦有了干扰，我还真的怕自己数错了。只听一个声音在耳边回响：“到三了，到三了。”

看到这般情景，我不知道该怎么办，还以为自己真的走够了三步。我刚要回头，才发现手里的面并没有撒出去，心里立即清醒许多，暗自说了一声好险。当下我继续向前撒面，手里的面不撒完，我绝不回头。如此行走了八九步，眼看就要到马路上了，地上响起了蛇的吐芯的声音。我心道：这里哪来的蛇？心里害怕，我禁不住往后退。哪知道前进难，后退却是极为轻松，竟然一个踉跄，向后退了好几步。

我暗自悔恨，心想这劳动白白地浪费了。于是我不顾一切地向前走着，心想就是真的有蛇，我也要走过去。坚定决心后，我不管身后的嘈杂声，自己默数着“一、二、三”，然后数完三后向后转了一下身，瞪向那个老太太。令我感到意外的是，自打我瞪了老太太一眼后，身后的嘈杂声竟然小了起来，跟着步子也轻松了。当我再数下一个三步，回头去瞪那个老太太，她就从我身上下来了。

我再回两次脸的时候，就到了马路，身上再也没有了重力。原来制伏这老太太需要坚定的信念，不能害怕。而这意念又是此消彼长，假如我强了，老太太那方跟着就会削弱。待到了马路后，我把那碗扔向了身后的天上，跟着地上再次响起了那碗掉落的声音。

因为摔了碗后不能回头，我直奔前方走去，对于身后的事也就不再管了。走了约莫 30 米，又遇上吴正他们，原来这些人都在这里等我。吴正言道：“怎么样？”

我说道：“已经按你说的做了，就是这个老太太总是在我耳边喊三。”

村长叹气道：“你是不知道，老人一生孤苦。有你引路，她以为自己有了儿子，所以不想走。”听吴正如此一说，我就明白了老太太为什么总是刁难我，而后来我瞪了她后，便远离了我。想到这儿，我突然觉得这个老太太真的很可怜。

回到吴正家里，已经十一点多了，我看到邱涵正在没心没肺地和颜羽微、舒珊二人斗地主。看到我们回来，三人齐刷刷地站了起来，好像是为了掩饰自己的快乐。邱涵特意解释了一会儿，说他们等得都急了。不过，我已经没有心思听他说任何话，我只想躺下来休息一会儿。

遗憾的是，尽管我躺在了床上，可我的睡眠质量并不好。在熄灯后的夜晚，我双目闭合，心头却是思绪万千，脑袋里不断闪现刚才出现的画面。窗外的树影让我错以为有人在走动，黑猫的叫声让我惊怕，还以为老太太正守候在我的窗前。如果不是邱涵的呼噜声，我甚至连眼睛都不敢闭上。

好不容易熬到了天亮，吴正等人早已起床。这天早上，吴正对我说道：“你帮我一次，我也帮你一次。你来到这里肯定是有事要办，说出来，看看我能不能帮你。”

我听吴正一说，心说，说不定他还真能帮上忙。于是我将他拉到一边，将刘玄古玉的事说了一下，又将四叔来龙虎山寻访刘玄的事说了。吴正听罢，陷入沉思，过了半晌，他说道：“找你四叔的事也是我的事，我也是密探的后人。按照我父亲传下来的说法，古玉事关一个清朝留下的宝藏，只是其他的内容我就不知道了。”

“原来你也知道一些情况！”

“身为密探的后人，我肯定也知道一些信息，只是我知道的不多。

现在我们机缘巧合地相识，就一起来开启这个秘密。”

经过这一番谈话，吴正也觉得自己有必要协助我找到四叔，寻找到古玉。

当下，我们重新回到家里，却发现颜羽微和舒珊也在等我们。

颜羽微等待吴正，是想请吴正帮助舒珊从附近的古墓中盗取一件文物以作为门派考核的依据。颜羽微说，虽然她和舒珊是门派里不多的女性，但是也一样要遵守规定，独自完成盗墓任务。这次的标靶是颜羽微的大师兄从门派现有的古墓档案中随机选的，具体的难度当时谁也不清楚，也是经过了前天晚上的事情才知道的。

颜羽微说完，吴正皱了皱眉头，他问道：“你们门派是怎样知道这里有古墓的？”

“这个就不清楚了，门派提供地点，我们只需要按图索骥。”颜羽微道。

“你知道这个村子叫什么吗？”

颜羽微摇了摇头。

吴正说道：“这个村子名叫保墓村，意思就是守陵村。”

“啊！”

众人忍不住发出一声惊叹！

“也许这就是我太爷爷看中这里的原因。”吴正说道，“说实话，这么久以来，我始终不知道这个墓的位置，甚至这个村的人也不知道他们的祖先是专门给人守墓的，他们一直奇怪自己的祖先为什么给村子起了那么一个奇怪的名字。”

“原来是这样！”众人言道。

“以你一个人的能力，想从这里偷走东西，那是不可能的。如果是想借助村民的力量，那更是痴心妄想了。”吴正给舒珊泼了一盆冷水。

几个人正说着，村长进了吴正家的院子。

“几位年轻人来得好啊，给我解决了大难题，我特别要感谢这个小伙子！”村长指着我说，“如果不是他，可要把我愁死了。听吴正说，这个小伙子那个什么东西虚，今天我特意让老婆做了一桌肉，给他补一补，大家都去！”

本来说去村长家搓一顿也无可厚非，可是经过村长那么一说，好像我真的肾虚似的。不过，虽然我不乐意去，邱涵他们可想去来着，于是经不住他们的劝说，我还是答应了。

想到这墓盗不成了，舒珊反倒高兴了，她手舞足蹈，好像已经盗墓成功一样。她一会儿抱着颜羽微，一会儿拍着邱涵的肩膀，很是自在。

进了村长的家，本来会以为有什么“豪宅”，结果还不如吴正家——四间瓦房加一个院子。村长家的正屋里摆放着多是一些竹子做的家具，有些已经十分破旧。我们入座后，村长开始给我们倒酒。

当酒转到我的时候，村长还嘿嘿地笑了两句，说这酒很补。

我无奈地接过酒杯，将酒摆在自己面前。村长将酒倒完，开始惯例训话：“几位年轻人远道而来，作为村长，我略尽地主之谊。这酒都是我们家自己酿的，口感很好，大家尽管放开了喝。”

接着，村长开始提酒：“大家一起喝三个，女同志就一次半碗，男同志一次一碗。”

我和邱涵对看了一眼，不禁有点头大，这碗可是装米饭的碗，一碗酒少说也得四两以上。可是我们拗不过村长的热情，还是慢慢地喝了，直到将三碗喝完。好在这酒度数不高，喝了一斤多，我和邱涵还没有倒。喝完碗里的酒后，我已经晕晕乎乎、肠胃空空了，于是加紧吃菜。

别说，村长老婆的手艺很不错，我和邱涵都在没命地吃，只有两个女生比较腼腆，酒也喝得不多。就在两个女生喝完了第二碗酒的时候，村长站立起来，高兴地说道："下面我宣布，喝酒正式开始!"

啊！这才正式开始!

听完村长的话，我和邱涵是彻底崩溃了!

这是什么村子，太彪悍了吧!

没有办法，我和邱涵还是要喝!

村长给我敬酒的时候，我就嘴里含着出去吐出来，碰酒的时候，就故意用力一些，以期能洒出去一部分。即便是这样，我还是喝趴下了。

当我出去真的上厕所的时候，邱涵正在里面用手指在自己的喉咙里抠来抠去，好像很有手感一样。这家伙刚才喝酒是真舍得下本，一饮而尽，最为可恶的是，他还故作英雄状，坐得特别直!

"哥！是你吗?"邱涵和我说话的时候，两根手指依然含在嘴里。

"是我，你怎么这么耸，跑到这里吐了。"我说道。

"这是喝酒吗，这是谋杀！老子喝了那么多年的酒，今天是遇到硬茬了!"说完，邱涵又吐了。

看着邱涵摇摇欲坠的样子，我赶紧把他扶进屋里。

"快坐下，快坐下，喝得还好吧!"村长笑道。

显然，村长对他的待客效果很满意。

现在，村长的老婆已经把桌子收拾得干干净净，他正坐在当门处抽着烟。吴正喝得也不少，不过看上去他还能扛得住。两位小姑娘喝得也不少，不过却也不像我们两个这般狼狈。

"老婆，上点花生。"

"别动，我来，我来。"邱涵甩着身子，像是发情的公牛。

“哪能让客人来。”吴正的老婆拦着邱涵。

“在哪儿？在哪儿？”高速运转的酒精刺激着邱涵继续主动要求给大家拿花生。

“在这边。”村长的老婆拗不住邱涵。

我一看，这哪成，邱涵喝了那么多的酒，哪能拿东西。于是我站起来，说我来。

一番争执之后，邱涵终于臣服。哪知道，我刚刚迈出步子，他就向屋外的厕所狂奔。

我跟着村长的老婆，小心翼翼地走着，生怕跌倒了露丑。

村长老婆提着装着花生的口袋给我，我接过口袋，没有走，两只眼睛却死死地盯在了一个半米高的瓷器上！这个瓷器白中透青，线条明快，花纹精致而又渗入胎内，绝对是好东西！

“哎呀，一个腌菜的罐子，有啥好看的！”村长老婆说道。

我两只眼睛瞪得浑圆，惊讶道：“什么？这是咸菜罐子！”

一旁的村长见我盯着罐子，乐呵呵地说道：“从前家穷，家里什么都没有。我老婆比较精明，和兄弟分家的时候，从我娘那里抢来这个罐子，从此每年腌咸菜有了东西！”说完，村长脸上洋溢着一股幸福状！

“这个东西是哪里来的？”我问道。

“谁知道，打我生下来就见过这个东西，据说世世代代都是用来腌咸菜的！”

我抱起这个罐子，强大的视觉冲击告诉我，这是个真家伙，应该是宋代的青花瓷。不过，我此刻还不能太过张扬，我得想办法给买下来，再由四叔转手卖了。

哪知道我的这个构思还没有完成，舒珊就跳了起来。她急速运转的脑细胞带动着她活跃的肢体，只见她从我怀里抢过罐子，左看看，右瞅瞅，最后言道："这是宋代的哥窑的瓷器，全球仅存100多件，要值一千多万呢！"

"哎，妈呀！"村长老婆叫道，"小妹妹你说的是真的吗？"

村长嘴上的烟头也惊讶得掉了，等他反应过来，烟头已经烧破了他的拖鞋。他随即跳了起来，然后抱起菜罐子，狠狠地亲了一下。等他兴奋完了，对着我们说道："你们就是福星啊！哈哈，今晚继续喝！"

村长说完这话，邱涵就进来了，他左手撑着门框，右手捂着肚子，说道："再喝你们喝，我喝不了了。"

村长放下罐子，回到座位上，说道："其实不光我们家里有好东西，我们这个山上也有好东西。你们知道我们这个村名不，我们村的名字叫保墓村。其实我们这个村是给越王守陵的，别人不知道，我却知道，而且只有村长知道！如果说将墓里的东西挖出来……"

村长长吸一口气，继续说道："那就不得了了。"

"不过这个墓也不能挖，不是我舍不得，是因为这个墓凶啊！"村长道，"这个墓的西北角有一个陪葬坑，杀了100多人，全部是年轻的女人，凶得很，我们只能在墓的东北角住下！"

说完，村长又狠吸了一口烟，这口烟将烟头直抽到了过滤嘴处。

听到村长的介绍，我们的酒也醒了大半，甚至连邱涵也都忘了自己喝醉了。

"村长，村长，不好了。"一个年轻的村民从门外慌慌张张地跑了进来。

村长惊讶地站了起来："怎么回事？"

那个村民看见我们，憋着不说。村长指着我们说道："这些都是我的朋友，没事的！"

“山上不知道什么时候出现了一个大洞。”那村民道，“今天我和我老婆去山上干活，站在山上的时候，我老婆看见远处的山下多了一个黑洞。开始我还不相信，可是走近了，的确是一个黑洞，周围到处是被炸飞的石头。”那村民说道。

听到这里，众人的酒都醒了，而村长更是猛吸了一口气。

“那洞有多大?”我问道。

“大得很，只怕有两三米宽。”村民道。

“这么猛。”我心说坏了，这只怕是四叔干的。能炸出这么大洞而又不发出声音的只有四叔能够做到，他现在来龙虎山寻刘玄，估计是下去找线索了。

“在哪个山?”村长道。

“越王峰。”

“你先去吧，我自会有安排。”村长说完，那个村民就下去了。

第七章 棺材里的活人

那村民走后，村长又坐了下去。他点起一根烟，然后对我们说道：“这越王墓只怕要在我们这一辈打开了，这里面的东西得卖多少个一千万啊！”

村长仰望着房梁，似乎已经畅想到了未来的富裕生活。

我们对村长的态度大吃一惊，我们没有想到村长是一个贪婪之人，他竟然想打开自己祖祖辈辈守望千年的陵墓，显然他已经被钱冲昏了头脑。

不过村长也没有错，如果村民知道自己的村子附近有陵墓，也许他们早就动手了。现在的村民早已对越王墓丧失了使命感和责任感，如果他们知道这个陵墓，他们会毫不犹豫地下手。越王墓的消息之所以守护得如此严密，也是和这个原因有关。

村长的左手有节奏地敲打着桌面，突然，他丢掉手中的烟头，跺着脚说道：“几位，咱们一起到山里看看。要是真的有值钱的东西，你们帮我卖卖。”

最先同意的是舒珊，因为她还要等着回去交差呢！接着是吴正，毕竟他四代人都盯着这个墓呢。而我和邱涵当然也没有意见，我们见惯了盗墓之事，也需要寻找四叔。如此，一拍即合，众人很快就同意了。

得知这可能是一个盗洞，村民们十分欢快，他们很快聚集到了盗洞周围，指指点点，似乎对盗洞非常感兴趣。等到我们赶来，村民就炸开了，这些村民不知道自己是守陵村的后人，也毫无保护坟墓的意识，他们都等着村长的命令，准备下去呢。

正说着，一个胆大的村民从盗洞走了出来，他拍拍身上的碎石末，大声说道："妈呀，好大的洞，里面还有个向下去的洞，也有两三米宽，深不见底。"

"哎呀，那这个是盗洞吗？"村民不禁质疑道。

正当众人争吵的时候，地上再次发出了一声低沉的轰响，众人只觉得天摇地动，像是地震了一样。

大家被这突如其来的地震惊到了。

没有想到里面的人依然在忘我地工作，他一定没有想到外面一个村子的村民都在围观。如果知道，他一定不会如此尽情地开山。

"谁要和我一起进去？"村长说道。

听到村长要进去，几个胆大的村民都踊跃地举手，村长挑了三个个子大的青年之后，走到我和邱涵面前，说道："两位都像是有大本事的，你们打头阵吧。我们跟在后面，有东西的话，我们也分你一份！"显然，这个村长是要拿我们当炮灰。

不过，邱涵并没有识破村长的这个计谋，他见这是一个表现自己的机会，踊跃地说道："村长放心，我们一定能完成任务。"

听见邱涵主动冲在前面，我狠狠地掐了一下他的大腿，可是不知道是不是酒精还没有下去的缘故，这小子竟然纹丝不动。

"村长，给我们准备一条粗绳子吧，越长越好。"邱涵一副胸有成竹的样子。

村长说道："绳子我已经让人带来了，这是我们村子最粗最长的。"说完，一个瘦瘦的村民将绳子递给了邱涵。

邱涵接过绳子，转过身，对着村长说道："村长，你还得交代村民不要让这事说出去，不管是多么近的亲戚。否则咱们什么都捞不到不说，这一票人还都得进监狱。"

"这个我晓得。"村长转过身，对着村民喊道，"大伙都安静了，大家可得守住秘密，否则我们就得一起被咔嚓。"

"村长你就放心吧。"一群村汉们说道。同时，这些村汉们也扭头对自己的婆娘进行强化性的叮嘱，千万不要去自己的娘家和自己的女儿家。

本来说，盗洞里有人正在盗墓，蹲守在盗洞口是最佳的选择，因为一旦进入盗洞，我们都会面临不可预知的危险。可是想到里面可能是四叔，我还是不禁担心起来。万一村民遇上的是四叔，四叔解释不清，与村民发生冲突，后果就严重了。

当下，村长带着三个青年和吴正、邱涵、我一起进了盗洞之中。颜羽微和舒珊因为是女性，没有被允许进入洞中。

村长事先给我们准备了几把手电，这些手电没有唐勇准备的装备好，储电弱不说，而且聚光性也不好。不过，透过这不强的光线，我们能够清晰地看到这被爆破的墙面。这是一座褶皱山，山岩呈挤压装，层层错落，因此，这里的盗洞有着很多的碎石。

不知道这盗洞是怎么炸的，盗洞竟然是平的。当向内行走 20 多米后，我们看到了一个向下去的盗洞。这个盗洞直径有两米多宽，也十分幽深，向下看去，少说也得 10 米。人的视觉是有错觉的，当目测 10 米，实际深度很有可能会有 15 米以上。我们用手电照了照下面，只见下面一片漆黑。

洞里面有盗墓人之前使用的绳子，绳子被拴在一根铁桩上，耷拉在洞口，深入洞内。看来，邱涵之前让村长准备的绳子不需要了。

邱涵转过身，对村长说：“留下一个村民带着绳子守在洞口，也有个照应。一旦下面有需要，就把绳子扔下来。”村长听罢，留下了其中一个村民守在洞口，其余人皆陆续下了盗洞。

要说这个盗洞被炸得的确蹊跷。盗墓的人为了不被他人发现，通常都是在晚上打盗洞，没有白天动手的。可是这个人却是奇怪，非要白天动手。以四叔的智商，他不可能不知道。通过这一点，我心里就踏实不少，心想，这应该不是四叔干的。

我是第三个下去的，这个盗洞果然超过了 15 米，而且地面松散不堪，多是被炸开的碎石。我立稳脚跟之后，发现这里十分奇怪。为什么呢，因为这个洞里容纳了很多的碎石。

这么多的碎石哪里去了？

如果非要有个解释，那只能是我们的脚下本身就是一个墓室，它有足够的空间容纳很多的碎石。想到这里，我便将这个想法告诉了邱涵。

邱涵自从在厕所吐了一次之后，酒醒了很多，来到山上后，酒意也去了大半，听我如此说，他也注意到了这个问题。果然，他在墓室的下角处看到了一个不大的洞口，这个洞口呈椭圆状，刚好能够容纳一人。邱涵扒拉开一个大石头，用手电向里面照了一照，随即脚朝下、头朝上地钻了进去。

见邱涵进去，另外两个村民也顺了进去。

当我进去的时候，我才发现外面是一个甬道。由于石头加高了墓室的缘故，我们出来的洞口位于甬道的顶端，而采用脚朝下、头朝上的方式，刚好可以顺出去。

甬道的下面也有很多的石头，爬出洞口后，刚好可以踩到石头。

当我落下脚的时候，邱涵已经在观察整个地下环境了。我们所在的位置是一个墓室的一角，如果按照方位，我们应该处于墓室的东南角。由于炸弹爆炸的缘故，墓室被石头顶出了一个巨大的裂缝，这间墓室面临着随时倒塌的危险。

“真大啊!”

看着这条巨大的甬道，村民们感慨着。

“别吱声，这里面还有人呢。”邱涵说道，“把灯往脚下照，咱们到里面先猫着，听听里面的动静。”

几个村民听他这么说，都立即闭上了嘴，然后丢掉拖鞋，光着脚丫子沿着甬道向左走去。大家都把手电照着地面，不敢往远处照，生怕惊动了里面的盗墓人。

不过，还别说，我们走了一阵，也进了很多的墓室，也没有找到那个盗墓人。

这里的墓室大多有 10 平方米大小，而且呈长方形，此墓的甬道很长，看来这里真的有可能是一个越王墓。

我们对越王的了解基本停留在对越王勾践的了解上。勾践是春秋晚期的最后一个霸主，他少年得志，可是却被吴王夫差打败。后来他卧薪尝胆，终于灭了吴国。

可是那个时候，国家的人力、财力以及生产力很有限，开挖这样一个陵墓难度极大，必须耗费举国之力。看这个墓如此雄壮，如果真的是越王的墓，也不是没有可能。

我们所去的方向是墓室的后殿，沿着墓室甬道走了约 50 米，我们来到了一处空旷的空地。后殿的墙壁勾画着一些浮雕，这些浮雕多是刻画着一些神仙。神仙们形态各异，倒也是姿态万千。去了一些古墓后，我们对眼前的场景也并不感到奇怪。不过，令人惊异的是，这座后殿两侧的金黄帷幕竟然非常地完整。难道说，春秋时期的生产力就达到了这种发达的程度了，我对眼前的场景不禁发出惊叹。

村长见到这般场景，低声叹道："真是雄伟，就是没有看到值钱的东西。"

我们又沿着后殿绕到了另一侧，却在另一侧的墓室里见到了兵俑。这些兵俑并非用泥做的，而是用石头雕刻的。兵俑的数量并不是很多，却十分精美，想来这些兵俑是为了镇守陵墓的。到了第二个墓室，里面却是一些棺材形状的箱子，如果我猜得没错，这里面应该是重要的陪葬品。

当然，我们现在还不能去打开这个东西，我们当前的首要任务就是找到墓室里的盗墓人。如果没有找到这个人，我们将面临着很大的危险。

不过，村长看到这些箱子，显得十分兴奋。他拨开众人，一马当先地冲了过去，试图打开这些箱子。

为了阻止村长，我说道："村长，咱们还不能动这些东西。等找到里面的盗墓人，我们才能打开这些箱子。"

邱涵也附和道："是啊村长，我们要先找到盗墓人。"

"不行，看到这个东西我就不想走了。我得先打开这个东西，否则我会一直惦记这个东西。"村长道。另外两个青年见村长如此，也去帮村长。

他们手上并没有任何工具，只能徒手打开这些箱子。不过，他们用尽全力也不能打开这些箱子。我、吴正和邱涵站在甬道里，静观他们三人的举动。只见村长和那两个青年一会儿抬抬箱子盖，一会抠抠箱子板，可是一直不见有何成效。

经过十多分钟的折腾，三个人终于知道这个箱子是无法开启的。三个人脸上一阵茫然，正当他们焦躁不安的时候，村长又将注意力投入到了其他的箱子上。这些箱子全部没有上锁，也没有用钉子封死，却是格外严实，村长转移注意力所产生的行为必然也是没有结果的。

不过，正当三个人打算离开的时候，拐角的一个箱子盖却自己打开了。村长三人脸上马上呈现出欣喜之色，他们赶紧回过头去，哪知道当他们赶到那个箱子面前的时候，三人的脸上却露出了土灰之色，他们不断地后退，甚至因为一个箱子的阻挡，一名青年村民还摔倒在了地上。

我们三人知道前方肯定有情况，于是赶紧往前跑去。到了那个箱子前，我们也吓了一跳，只见一个衣衫褴褛的人正在箱子里躺着。尽管这个人的衣服比较破，可是我们还是能够从他那带着鲜血和污垢的衣服上认出这是一个现代人。

这个人的头发上有着很多的碎石和土灰，脸上还有着很多血迹，最为重要的是，他还活着。他两只眼睛布着血丝，睁得比牛眼都大，当他看到我们的时候，看上去已经疯掉了。他试图站起来，可是他还是躺回了属于他的那个箱子。这些箱子有点小，不过这个人的身材更小，是足够装下他了。

他伸出两只手，试图去抓我们，可是因为站不起来，只得将两只手抠在了箱子上。我清晰地看到，凡是他手指经过的地方，箱子被抓出了筷子粗一样的痕迹。过了几分钟，他越抓越凶，最后鼻孔开始慢慢流血，直到他嘴里也吐血的时候，他才最终死去。

这一幕对于村长几个人来说，打击是巨大的，甚至连吴正也不例外。他们从来没有见到这样可怖的场景，对于这个人为何躺进这个箱子又为何死去就更不知道了。

一个青年结结巴巴地说道："村长，我回去了，啥东西我也不要了。"说完，他就向外跑去。显然，这个人已经被眼前的场景惊吓到了。

村长也被眼前的场景吓得不知所措了，他甚至连一句拦着那个青年的话都没有说。

等我们反应过来的时候，那个青年已经跑远了。

我们慢慢退回甬道，打算进一步打探墓室的情况。可是村长也被眼前的场景吓到了，心中已经有了退意。

我见村长如此，又见四叔不在墓中，口中长出了一口气，心想：走就走吧，毕竟这里面也没有看见啥宝贝。

当下，我们沿着甬道加速向前走去，然后绕过大殿，来到了墓室东南角，也就是我们进入墓室的地方。

“咱们找一下强子吧。”村长道。

“强子是谁?”我问道。

“就是刚才跑掉的那个人。”吴正说道。

刚才那个人是从后殿方向走的，而我们是从前殿走的。现在我们走差了，我们只需要沿着去往后殿的方向去，便能找到强子。

“啪！啪！啪!”

我们几个人没有一个人说话，却能清晰地听到自己的脚丫子发出的脚步声。

可是当我们绕着甬道走了一圈，也没有见到强子的影子。没有三分钟，我们又回到了墓室的东南角的位置。

“这小子是不是出去了?”另外一个青年说道。

“很有可能。”

此时，大家都认为强子已经出去了。

既然强子已经走了，我们也早点离开这里，避免再横生枝节。

最先离开这里的是那个青年，其次是村长。

可是就在吴正将要上去的时候，我听见墓室里发出了咚咚的声音。

这个声音异常清晰，就来自前殿。

难道说强子没有走？

难道说这个墓室里还有人？

难道说墓室里白天闹鬼？

强大的好奇心告诉我，不能走，好戏就在这里。

邱涵一把拉着了吴正，将他拖住了，毕竟人多，心踏实。

吴正也听到了这个声音，他也不愿意走。此刻，我们一点都不担心村长和那个青年，因为以吴正对他们的了解，他们会毫不犹豫地爬上洞口，离开盗洞。

我们现在将鞋子都穿好了，既然前面有动静，那么就要做好战斗准备。

不过，我们没有作战武器，这不能和在僰人悬棺相比，毕竟唐勇给我们提供了很好的枪支，能够应对一切困难。

但这并不能阻挡我们发挥创造力。

我们每个人扛着近百斤的大石头向发出咚咚的方向走去。

在花了10分钟走了10米之后，我们终于找到了发出咚咚的那个地方。

这是一堵普通的墙，和别的地方墓室的墙仅有一处不同，那就是里面不时地发出咚咚的声音。

“咚咚！”

这个声音每发出一下，我们的心就跟着跳一下。

“这堵墙有毛病！”邱涵说完，举起百斤的石头砸向了那堵墙。

邱涵这一砸，让我想起了小学的那篇课文《司马光砸缸》，有点不太一样的是，邱涵这缸没有砸漏。看到邱涵砸墙，我也砸了起来。果然，不到5分钟，这墙便被我们砸破了。在这堵墙的里面有一个洞，用手电照去，我竟然看到一双眼睛。

对视的结果就是我后退到了甬道的一旁。

“里面是什么东西?”邱涵叫道。

“有鬼。”我惊恐地说道。

“你看看，说不让你砸，你非得砸，这回出事了吧?”吴正急道。

吴正这个老小子刚才并没有说话，现在见出事了，开始把责任推在了我们身上。

就在我们要逃的时候，我们身后又传来了“轰”的一声，跟着一个人影从洞里走了出来。我们跑到盗洞口，每个人再次抱起百斤的石头，对准前面的那个人。

“你们别砸，我是人，不是鬼!”

这声音如此耳熟，竟然是带着我们老家的方言。

难道是四叔?

“四叔?”我尝试着问道。

“是一水?”

“是我。”我惊愕地答道。

没有想到我们在这里找到了四叔。四叔怎么会白天炸开盗洞，又为什么深陷囹圄，困入古墓?

“原来这个人就是你的四叔啊，真是了不起!”吴正不无揶揄地说道。

想到这里不是说话的地方，我们便和四叔一起离开了墓室。

离开墓室是一件十分顺利的事，只是到了洞外，此事便有些不好解释了。

众村民见我们带出一个陌生人，都感到十分奇怪。我也不好解释当前的奇景，便说是从墓室救出来的一个人。众人听说四叔深陷古墓，便很快忘却了四叔是一个盗墓贼，反而生出了同情之心。

我告诉村长，这个墓室并没有什么陪葬品，让他赶快把盗洞封住，别被别人发现了，否则整个村子里的人都会被抓起来。村长刚刚在墓室里受到了惊吓，哪里有心思再下古墓，便让大家把墓室封住了。

第八章　盗墓人的会合

将四叔接出来之后，我和邱涵便拉着四叔到一边聊了起来。

原来，四叔和蒋乾坤、斗爷等人去了芙蓉山后，确实有一场惊心动魄的盗墓经历。四叔等人进山之后，白天倒还平静，到了晚上的时候，山上野人一片。有剥皮的，有烧烤的，真是两不耽误。就在众人打了子弹而没有发挥作用的时候，四叔和蒋乾坤等人跑散了。等他回过神来，周边只剩下他一个人了。四叔一个人走着，却不想被两个干瘪的怪物劫了过去。跨过一座破桥之后，四叔也被送到了新娘的屋子里。

四叔知道这是女鬼，就想着办法逃跑，可是他跑到哪里，那个女鬼都能追上。也是后来僰人王来了，把他送到了山顶。不过当时四叔并没有晕倒，他是亲眼见到自己被送到山顶，又被关进了棺材里的。当时四叔并不敢从棺材里出来，直到天亮了，他才从棺材里出来。四叔在山里住了好几天，才打探到摘星峰那座山。他白天入山，晚上住进那个棺材，一直相安无事。后来他到了摘星峰，找到了刘玄的日记和他留下的字后，自己就离开了这座山。

四叔当时最初的想法就是找到那块古玉，壮大我们家族的实力，提高家族在密探后人中的地位。在他看来，我们家有三块古玉，如果找到刘玄的那块，就会有四块，实力可想而知。因此，四叔离开四川后，并没有联系唐勇，也不想回家里，就急着去了龙虎山。

说到这里的时候，四叔的思想局限性就表现出来了：其实，这不是一个人的工作，他一个人孤军奋战，很难取得成效。再说，即便是找到了刘玄那块古玉，没有唐勇和蒋乾坤的那块，依然还是没有什么用处。

到了龙虎山，他每天都来一趟山上，光天师府都去了三四次，最后按照地理志找到了现在的这个古墓。他说他也不知道这个是谁的墓，只知道这里是一个越王墓。他认为，既然刘玄来到龙虎山，最有可能去的就是这里了。他知道昨晚是盂兰节，于是他就冒出了一个想法，既然是盂兰节，小鬼都要出去散步，自己刚好能够乘虚而入。于是他就雇了几个民工来给他帮忙，哪知道自己的火炮太过威猛，炸出的盗洞跟窑洞那么大。

那几个民工见下面真有大墓，便也都跟着下来了。开始他们还觉得正常，哪知道几个民工看到那个箱子都疯了，他们疯狂地去撬箱子。他们刚打开之后，自己就钻了进去，而且不由分说地将自己盖在箱子里。四叔知道这些人很有可能是中邪了，他想顺着绳子出去，却发现自己也在古墓里面迷了路。

其实这墓室的表层结构极为简单，两条甬道便将整个墓室连了起来。可是四叔却走进了一个死胡同，他看到了一个奇幻世界，这个世界里人山人海，却没有人理会他。四叔知道自己遇到不干净的东西了，可是却非常无奈。

后来四叔被请进了一个屋子，四叔本来就困，进了屋子就睡着了。哪知道醒来之后，他发现自己被困在了一个狭窄的空间里，这才知道自己被鬼砌到墙里了。当时的惊恐对四叔来说是无以言喻的，他把自己身上剩下的唯一的一根雷管点爆了，却不想炸错了方向。直到我们的脚步声才使四叔知道甬道的方向。这件事也告诉我们，夜间切勿睡在陌生人的家里，否则你第二天醒来后会不知道自己睡在哪里。

现在，四叔的身上多处擦伤。对于四叔来说，没有被爆炸的石头砸死，就算是幸运了。不过，四叔现在想开了，他觉得危险不能由一个人承担，毕竟寻找刘玄是大家的事，不是他一个人的。

听完四叔的讲述，我和邱涵背后不禁冒出一阵冷汗，想不到四叔昨晚会有这样的惊险经历，如果不是我们及时赶到，四叔只怕要命葬于此了。

当晚，我们还将吴正介绍给了四叔，告诉他这是另外一名密探的后人。四叔听说这是另外一个密探后人，感到非常吃惊，他觉得好像有大事要发生了，这么多的密探后人突然出现，难道是一个巧合吗？不过，即便是这样，还是有三家密探没有出现，这些人究竟隐藏在哪里，特别是刘玄，又究竟是何等人物？他有没有后人？如果有，他的后人又住在哪里？那块古玉究竟失落在了何处，真的在龙虎山吗？

想到这里，四叔就心烦意乱，他觉得凭借自己一个人的力量很难解决这么多的问题。不过，尽管四叔的心情不好，可是当他看到吴正这么多的孩子还是笑了。他惊异地发现，吴正的孩子虽然多，但是并没有把他给吃穷了，日子依然过得非常滋润。

四叔是一个口才非常好的人，也是为人最为潇洒的一个，孩子们都围着四叔，让四叔给他们讲故事，就连舒珊也都凑了过来，听得津津有味。

由于白天饮酒过多的缘故，我们晚上很早就睡了。到了第二天，我们和颜羽微二人就要向吴正辞别了，虽然要走了，心中多少还是有些不舍。我知道以后早晚还是会找到吴正，所以留了村长家的电话。这部电话是村子里唯一的一部电话，是村委会用的，但是村委会就设在村长的家里，因此这部电话又成了村长的私人电话。好在村长对外联系的事项不多，这部电话一直闲置，并不常用。

吴正将我们送出村子，告诉我们出山的路后，就自行回去了。

颜羽微两个一直走在我们的后面，我们三个走在前面。邱涵遗憾地说，这次进了越王墓里，并没有捞到什么宝贝，下回一定要淘些值钱的。

我笑道："这个墓哪有什么值钱的东西，就连棺材我都没有见到呢。"

四叔一拍大腿，说道："对呀，为什么这座墓里没有棺材呢？难道就为了挖一个山洞吗？"

经四叔一说，我们三个都想到了这么一个问题：难道说，这个墓室还有我们没有去过的地方？想到这里，我们三人都不禁来了精神。可是想到这个墓室如此危险，大家又摇了摇头。既然这次是来找刘玄，就不必在不必要的事情上纠缠，免得黄鼠狼没有捉到，反倒惹了一身骚。

就在我们即将离山而走上大道的时候，村长心急火燎地从后面追了上来。他告诉我们，昨天和我们一起下去的强子到现在还没有找到，估计是被埋在墓里了。我们大吃一惊，想不到强子竟然没有出来。

"今天强子妈告诉我，强子一夜没有回来。我当时就急了，心说怕是还在墓里。几位还得留下来帮我找到强子啊，要不我怎么跟他爹妈交代。"说到这里，村长急得快要哭了。

"可我们昨天找过了，村长你当时也在，墓室里什么都没有。"我说道。

"是啊，我是在。可现在村里人说，没有见到他出来。"村长道。

邱涵一听这个村长又让我们去当炮灰，不禁恼火起来，遂说道："我们有事要回家了，你们组织村民自己回去找好了。"

“我们哪有这个本事，还请你们帮忙啊!”村长道。

这个时候，颜羽微走了过来，她对四叔说道：“四叔啊，听说每个王侯墓室前殿的宝座都是纯金做的，要不咱们再进去?”

四叔还没有答话，那村长说道：“你要是有事的话，你们先去忙，我回去组织村民自己去找找。”说完，他转过身，一路小跑地回去了，那表情，显得格外地欢快。

回到鹰潭之后，我们在宾馆又住了下来。这天，邱涵真的就和颜羽微二人吃饭了。

回到宾馆，我问邱涵，你喜欢颜羽微二人中的哪一个。邱涵悄悄告诉我，他喜欢颜羽微。我问为什么，他说颜羽微的辈分高，舒珊得叫颜羽微师叔，要是他跟颜羽微好上了，舒珊也得叫他师叔。

这是什么取向?这是什么逻辑?

邱涵真是人才。

不过，颜羽微却不太爱答理他。据舒珊所说，颜羽微对邱涵这样的男生见得多了。

在宾馆住了几天之后，正打算回去，宾馆却来人了。这些人中有唐勇，还有斗爷、蒋乾坤，更为重要的是，五叔和四婶也来了。众人进了屋子，有说有笑，一时间，房间像是被撂下了一颗原子弹。五叔和四婶对再次看到四叔表现出了极度的欣喜，而斗爷和蒋乾坤等人则表现出极大的惊讶，他们不知道四叔是如何从死神的眼皮下走出来的。

不过，相聚是一件好事，我担心的是四叔如何向唐勇等人解释他为何一个人来龙虎山，毕竟团体协作中最忌讳的是私心。事实证明，我的担心是多余的，口才出众的四叔再次发挥了他那张嘴皮子的作用，他口若悬河地讲述自己的惊险经历，将自己意图独自占有刘玄古玉的行为说成是为了保护古玉不被陈道和所占有，在联系不到唐勇的情况下，他被迫只身来到龙虎山寻找线索。对于我和邱涵秘密来到龙虎山，他解释为主要不想打草惊蛇，一席话，赢来了众人的热烈掌声。

聊了将近一个小时，唐勇才将此行的意图说了出来。他说，据线人报告，最近陈道和那边将有大的行动，具体的行动很有可能和刘玄有关。在僰人悬棺，陈道和在消失之前，曾经在一堆陪葬品中拿走了一个盒子，而从线人得到的消息中得知，这个盒子里所装的正是一个羊皮做的古墓地图。唐勇猜想，这个地图就是埋藏僰人祖先的一个古墓。如果刘玄来寻找求仙之道，很有可能就会去这座墓。

得到这一消息，唐勇赶紧把大熊、斗爷等人找了过来。当然，唐勇也没有忘记在僰人悬棺有突出表现的我和邱涵。在得知我和邱涵已经来了龙虎山，唐勇等人也快马加鞭地过来了。同时，应奶奶的要求，五叔和四婶也来了。

此外，唐勇还告诉我们，蒋乾坤回到家中后，他发现自己的古玉竟然是假的。如果他没有猜错，这块古玉便是陈道和在照顾斗爷的时候，将斗爷脖子上的古玉掉包了。

经唐勇如此一说，我才想起，陈道和不可能空手而走。在僰人悬棺的时候，陈道和突然从众人的视野中消失了，在他消失之后，悬崖上的绳子也都不见了。当时我们没有任何发现，只是以为陈道和断了我们回去的路，却没有想到他拿走了我们身上最重要的东西。陈道和果然不简单。

说完这一切，唐勇才注意到屋子里还有两个姑娘。而在这之前，大熊的两只眼睛就像是定位器一样早早地锁定在她们身上了。美女总是会引人注意，特别是对于大熊这样一个饥渴男性更是如此。

“你们两位是?”唐勇问道。

“这是邱涵的朋友。”大熊抢答道。

“哦，朋友，是做什么的?”

“学生，我刚才问过了，一个刚考上大学，一个读大三。”大熊继续抢答。

“那怎么在这里？大熊你不得再说话了。”唐勇终于不再忍耐大熊。

“我们是来旅游的嘛!”舒珊回答道。

哪知道舒珊刚刚说完，众人都深吸一口气。在我们这个经常盗墓的人中都有一个隐晦的借口，这个借口就像是暗语一样，凡是我们密探系的盗墓人都说自己是去旅游的。

看到众人警惕的眼神，我知道我们大家面临了尴尬，众人谁也不再讨论盗墓的事，而是讨论对江西的所见所闻，好像我们真是来旅游的。

次日早晨，邱涵将我摇醒，他说，颜羽微和舒珊不见了。我说，急什么，说不定人家去吃早餐了。可是邱涵告诉我，她们是真的不见了，连放在这里的行李箱都不见了。

我心说坏了，这两个女的不是被大熊猥琐的眼神吓跑了吧。哪知道，就当我们两个在这里讨论的时候，大熊冲进屋里，他心急火燎地说道：“不好了，美女不见了。”

已经接受现实的邱涵不屑道：“和你有什么关系?”

大熊吼道：“你是不急，我急啊！好不容易见到一个长得好看的，咱们怎么能放手。”

我和邱涵对视一眼，莞尔一笑，心道：这家伙看上美女，不知道美女能不能看上他。

得知颜羽微二人不见了，唐勇长出一口气，他说他总觉得这两个人怪怪的，自己走了挺好。

这天，众人又休息了一天。当天晚上，唐勇给大家召开了紧急会议。他告诉我们，线人今天传来消息，陈道和的几大弟子已经进驻了龙虎山内，这次他们来了不少人，怕是今明两天就要动手。

众人大吃一惊，想不到陈道和那边的人动作这么快。

唐勇说："陈道和那边的首领是陈道和的大弟子大炮，这个人盗墓本领平平，不过他师父的阴狠手腕却是得到了真传。不过，我们现在还不用急，他们即便是有地图，那也是几千年前的，由于制图技术和河流山川的变更，他们一时间也找不到古墓的所在。"

众人听唐勇如此一说，心中的紧张才稍稍有些平复。

不过，和陈道和一方的对阵似乎就要开始了，双方全都严阵以待。

次日下午四点，休息了一个上午后，众人被唐勇的几辆车子拉到了龙虎山风景区的一个山脚。这个山脚是经过我和邱涵千挑万选而确定的，它不是景区的正门，却能快速进入景区。

进入山区之后，我们的首要目标就是在天黑之前占领附近的悬棺山崖，等待大炮的人马的到来。可是直到晚上十点，我们也没有看到这个山崖上有何光点，又等了两个小时，我们才在遗憾声中收队。

因为没有地图，我们并不知道古墓具体的位置。就像是四叔，他只能一直寻找，可是找了一个月，最后跑到了大山内的越王墓里。既然没有大炮等人的消息，我们只能撤回市区。

这样的撤回是非常失落的，大家好像是受到了沉重的打击一样。我们不禁开始怀疑唐勇的那个线人的消息。在失望中，众人又在宾馆里睡了一夜。直到第二天，唐勇才收到新的消息，说大炮等人已经将目标锁定在越王墓，我们才精神稍有好转。

这个越王墓应该就是之前四叔去的那个越王墓了。

只是这里有几处疑点：第一，从越王墓的内部结构看，这座墓的年龄并不一定能超过四川的那个宋金时期的僰人王墓；第二，这个古墓之前并不像是有人进入过；第三，刘玄没有取到地图，并不会安照地图寻找古墓；第四，刘玄寻找古墓的目的是为了求仙，而这座越王墓极其霸道，并无升仙之象，刘玄也不会跑到这里面等死。

出于这几点考虑，我认为这座越王墓中并不能找到刘玄和他的古玉。我将这一想法说出后，很快得到了四叔和邱涵的认同。他们是去过这座越王墓的，里面什么情况，他们都知道。不过，尽管如此，唐勇认为，这些人就算是去拜神，我们也要瞧瞧热闹，大不了，我们不插手，只作壁上观。

见大家都认同唐勇的观点，我又提出，大家可以暂去吴正家里，以见机行事。跟着，我又将吴正的情况说给了唐勇等人，唐勇等人听后，不禁大喜，表示赞成。

我们作下决定之后，随即出发了。不过，我们不是开车去，而是打车过去的。这次，我们带足了装备，绳索、枪支、照明工具、食物等一应俱全。吴正对我们的到来感到十分吃惊，他没有想到我们仅仅走了几天又打马回来了，还带了这么多的人。

其他人见到吴正也都像是见到了自己人一样高兴，毕竟有一个密探后人有了下落。

他告诉我，村长前些天又带了些人进越王墓，不过什么东西都没有带出来，最后不得不把洞口给封住了。说到这里，他还告诉我，颜羽微和舒珊带了一票人去了村长家，说是准备购买村长家的那个咸菜坛子，现在正在那里住着。

众人听了都不禁感到奇怪，颜羽微和舒珊怎么会来这里呢？

不过，最为兴奋的还是邱涵和大熊，他们太希望见到这两个姑娘了。对于他们来说，没有什么能比见到这两个姑娘更能引起他们的兴奋点了。他们甚至想直接去村长家，好好和颜羽微两个人聊聊。

好在他们的冲动行为被我们给阻止了，按照唐勇的猜想，这票人很有可能就是大炮，而颜羽微两个很有可能和他们是一伙的。如果贸然出现，很有可能会打草惊蛇。

为了观察颜羽微那伙人的动静，吴正还专门派了自己的大女儿到村长的邻居家门口去蹲点，一旦有何动静，迅速向吴正汇报。

吴正的大女儿的作用是相当明显的，晚上八点左右，吴正的女儿来报，说一大堆人连同村长都背着一个石磙子大的包往山上去了。这一消息对我们来说，十分及时，也十分重要。当下，我们立即集合所有的人马，然后带上东西，往山上追去。

这种追踪是隐秘的，因此和正常的走路不一样，必须沿着没有光线的阴影走，避免被大家发现。当众人出了村子，前面的照明灯很快就给我们提供了一个定位，不过，我们并没有跟着去越王墓，而是去了距离越王墓约百米远的一个山头上。站在这个山头上，我们可以清晰地看到下面的场景。

第九章　强子死了

从下面的人影上看，那两个留着马尾、身着一黑一白衣服的人正是颜羽微和舒珊。而和她们两个站在一起的还有七八个人，这些人都背着包，看上去像是身怀绝技的高手。在这些人中，有一个人看上去颇为眼熟，只是因为距离比较远，一时间想不起是谁。

此刻他们正站在四叔先前炸开的洞口处，看上去是在做分工。哪知道就在这个时候，山上想起了一阵歌声，这歌声极为凄凉又颇为幽怨，让人不禁垂泪。我和邱涵都知道，这个歌声是来自墓室西北角，村长曾经说过，那里有上百个女子曾经被杀，用以守卫越王墓。现在这个山上每天都是歌声连连，起伏不平。

山下这些人听到这歌声并没有我想象的那样慌张，甚至还比较平静。他们迅速手拿机枪，背靠背围成了一团。可是这歌声并没有因此变小，反而有所增大。又过了几分钟，山上飘起了白影，那些白影在树枝上飞来飞去，慢慢向山下的人群靠拢，对人群形成了一个偌大的包围圈。

“哎，快看，有人影出现了。”四婶喊道。

听到四婶的叫喊，众人不禁向她看去。众人看她不是因为她在叫喊，而是惊讶她为什么这么晚才看到有人影。难道说，四婶的体质现在比我们都要好吗，她的阳气已经超越了我们？

惊讶过后，我们看到人影已经团团地围住了山下的人群。这些白色的人影不停地在人群中打转，就像是在僰人悬棺中的四鬼迷魂阵一样。就当我们以为这些人即将完蛋的时候，山上如期地传来了一锣声。不同的是，这次锣声只响了五下，但就是这五下，山下重新恢复了平静。

山下的人全部坐在了地上，他们刚从死亡的谷口走出，有些惊慌失措。对于这种过程，我和邱涵也是有过亲身感受的。只是，此时经历这个过程的不再是我们，而是山下的他们。看来，这些阴魂也是有针对对象的。

过了一会儿，他们才恢复了精神。这些人商量了些什么，好像是在安排分工，过了一阵之后，他们便开始豁开洞口的石头，这样的过程持续了半个小时才结束。待洞口打开，众人便进入了古墓。

这些人进了古墓后，我们都在商量要不要进去。支持者都认为，不能让颜羽微等人抢了先；反对者认为我们的主要目标是为了寻找古玉，既然古玉不在里面，我们没有必要跟着冒险。有过惊险经历的四叔尤其支持后一个观点，他认为这座古墓凶险无比，身处其中的人往往莫名其妙地就死了，因此没有必要进去。加之他已经没有了火药，他更是不愿以身试险。

可能是由于四叔将此墓描述得过于凶险，众人都打消了进入古墓的念头。大家静坐在山顶，像看话剧一样，注视着下面的动静。

就在众人要打瞌睡的时候，从山下来了几个穿着白色衣服的人。这几个穿着白色衣服的人出现前后不足30秒，却做出了一个极其骇人的举动，他们向盗洞里投掷了一组炸弹，随即匆匆离去。那炸药威力极大，声音也很响，将半个山腰几乎都炸了下来，一堆山石将原有的盗洞堵得死死的。

我们被这几个人的行为吓到了。

他们是谁？

他们为何要这么做？

他们为什么要将这些人埋进坟墓之中？

大熊和五叔跑下山去，试图去抓这几个人，却不知为何，没有追上他们。他们索然无味地回到山坡，问大家打算怎么办。当时，众人谁也不知道该当如何处置。如果不去救，那一票人就死于墓里；如果去救，这些人又可能是陈道和的门下，而且救出这些人后，他们还很有可能怀疑是我们释放的炸药。

不过，理性很快占据了众人的思想，毕竟这是大把人的性命，其他的一切都是次要的。即便是陈道和曾经对不起他们，他的徒弟并没有做过对不起我们的事。

商议到这里，众人很快就下了山，为了不引起那些穿白衣服的人的注意，大家并没有打开照明灯。这样的劳作持续了半个多小时，盗洞才重新被打开。里面被困的人被炸弹声所吸引，早已守在了洞口，他们见到一批陌生人在救他们，很是惊讶。这样的对眼实际上是很尴尬的，一方进入了古墓，另一方不愿意进入古墓，而在山上盯着山下。可是当进入古墓的人遇难了，山上的人又下来救了他们。

"怎么是你们？"舒珊看到我们，惊诧地说道。

"我们来到这里公干，不想你们遇难，于是伸出了友情援助之手。"邱涵道。

"珊珊，这人是谁呀？"一个中年男人冷言问道。

"这是我在龙虎山遇到的一个人，这个盗洞就是那个叔叔炸开的。"舒珊指着四叔道。

"原来是这样。"那中年人道。

"几位好，我叫唐勇，不知道各位怎么称呼？"唐勇道。

“什么？你就是唐勇！”那中年人惊叹道。

“主任，你怎么来了？”

这时候，从舒珊身后走出一人，我定睛一看，那不是霍刚嘛！怪不得在山上的时候看着山下有个人影这么眼熟，敢情是真的遇上熟人了。在学校的时候，霍刚曾经和我、四叔、五叔一起进入古墓，共同经历了难忘的盗墓旅程。当时我就觉得霍刚非比寻常，只是此事过后，我就很少见到他了，平时交往的也少，想不到竟然在这里见到了他。我走上前去，拉着霍刚的手，说道：“霍刚，这么巧，想不到你也在这里。”

“你是一水，你怎么在这儿？”霍刚喜道。

“这事说来话长。我们来此是为了寻找一块古玉。”

“啊，我们也是。”

说到这里，双方都不禁释然了。这一帮人的确是陈道和的人马，只是陈道和不在而已。与此同时，他们对我们的身份也不可能一无所知，他们知道我们甚至可能会比我们自己了解得还多，只是没有见过我们。那颜羽微和舒珊的突然失踪就证实了这一事实。

这个时候，那个不说话的中年人说话了：“各位，咱们井水不犯河水，在下感谢你们的救命之恩，日后你们若有需要，小弟也鼎力帮助。只是今日之事我们需要自己解决，还请各位不要插手。”

“你怎么能这样说话呢？这个墓可是我四叔炸开的。”邱涵叫道。

“是你们炸开的，可是你们也是弃之不顾的。你们之前守在山上，也无意进入古墓，直到出了事，所以你们应该不会干涉！唐勇大哥，你说是吧！”

“哈哈，的确如此，的确如此！”唐勇干笑道。

如果我们抢先进了古墓，按照规矩，这些人肯定是不能插手的，毕竟这墓是四叔炸开的。可是现在我们已经走出来，又躲在山上不愿意进去了，那么当别人进去的时候，我们也就无权干涉了。

哪知道唐勇刚刚说完，另一个长着浓密络腮胡子的中年人说道："都是密探后人，寻找古玉也是为了相同的目的，我看大家一起进去挺好。"

霍刚指着留着胡子的中年人向大家介绍道："这是我叔叔霍梓皓，刚才那位叔叔是陈师叔祖的大弟子，绰号叫做大炮。"

众人相互介绍之后，霍梓皓说道："咱们同是一脉，又有着相同的使命，抛开任何一方，终究难以成事，我看咱们大家还是同心协力，一起进去的好。"说完，霍梓皓给大炮递了一个眼色。那大炮见霍梓皓如此说，也随即转了话锋，说道："还是师兄说得对，我听师兄的。"

见他们相互投递眼色，我心中明白，霍梓皓是担心我们在洞外使坏，叫几个人尾随他们，可以保证他们的安全。一旦我方有人进入墓室，双方必然投鼠忌器，不敢乱来。

众人见霍梓皓"盛情"邀请我方介入，都不禁摇头。我们都知道，古玉不可能在这里面，下去了也是徒劳，何况还这么危险。唐勇将这一想法和盘托出之后，霍梓皓哈哈大笑，他说陈道和离开僰人古墓之后，带走了一块地图，那图中所绘，正是这附近的山峦走势。听霍梓皓如此一说，我们委靡的精神再次振作起来，对陈道和偷走地图的事情也不再放在心上，反倒对霍梓皓的坦诚不禁有些钦佩。

一番计议之后，我们也认为只是守在洞外的确不是一个好办法，最好能跟着进去一批人。但是为防止再有人向洞内投掷炸药，众人决定双方各自留守几个人。

我方留守的是五叔、四婶以及蒋乾坤。四婶是女性，不宜入墓；五叔体格弱，留在洞外比较好；蒋乾坤是唯一留下的实力派，我们后方的安全就全部靠他了。对方原本打算将颜羽微和舒珊二人放在洞口，可是两人死活不同意，大炮便留下了他最信赖的手下阿帝等四人。

突然，大炮问道："刚才大家听到铜锣响了没有?"

众人摇了摇头，无人回答。

大炮继续问道："珊珊，山上的铜锣多久才敲一次?"

"两个小时一次。"舒珊道。

"嗯，这铜锣两个小时才敲一次，而上一次又仅敲五下，说明这次的铜锣声镇不住山鬼两小时。现在快过去一个小时了，为了安全起见，阿帝，你点上两炷长香，守在墓室西北角，千万别让它灭了!"大炮说道。

这些铜锣是为了镇压山鬼用的，如果铜锣不按时敲响，身处深山的我们就会有危险。大炮说完，果然递给了阿帝两炷长香，阿帝点上长香后，他和五叔一起去越王峰的西北角蹲着了。

阿帝和五叔走后，大炮说这两炷香能烧一个小时，一个小时内，大家必须出来。

安排好人马之后，众人鱼贯而入。有鉴于对洞内的情况比较熟悉，我入洞比较早，仅排在村长之后。入洞后，我拍了拍村长的肩膀，冷笑道："村长，你好积极啊!我怎么瞧着你不像是守墓的，倒像是盗墓的。"

村长被我突如其来的问话吓了一跳，他已经完全丧失了在村子中的那份威严，听到我的问话，声音有些发抖地说："这有宝贝谁不喜欢，我就是想弄些宝贝给娃儿读大学。"

村长的那几个娃我是见过的，蓬头垢面不说，长的是五大三粗，说得一口流利的脏话，根本不像是读大学的苗子。他说这话，纯属是骗人。不过，我也不予计较，别说是这个村长，就是我们这些人，谁又没有点心思呢。

下了盗洞后，众人很快挤满了甬道。此时，墓室的甬道成了菜市场，人来人往，锣鼓喧天。刚才大炮等人其实已经下了甬道，只是这墓室的景色还没有来得及观光，便被洞口的炮声吓得缩了回来。不同的是，现在墓室的外面已经布置好了人马，大家可以放心地察看整个墓室了。

可能是出于荷尔蒙的刺激性扩张，邱涵再次表现出了他活跃的一面。在僰人悬棺的时候，他仅在胡松杉出现的时候才表现出来，而今胡松杉不在了，墓室里有了颜羽微，他活跃的一面再次得到了展现。

他开篇向众人介绍了墓室的结构，随即向众人解说墓室的主要地点和关键位置，然后领着大队人马向另一侧的箱子处走去，告诉大家，这里是最为奇特的地方。当众人问他为什么那里最为奇特的时候，村长出现在了众人面前，他说，这里的箱子全部打不开，里面装的都是死人。

众人又感到奇怪了："既然打不开，你又如何知道里面有死人的呢？"

那村长嘴上慌张，不知道该说什么，思考了几秒后，随即指着四叔，说道："不信你可以问他！"众人听村长如此说，目光全部投向了四叔。

四叔见众人看着他，说道："我曾经雇了几个民工，那些民工见了这几个箱子就直奔箱子里钻。他们拿着盖子往箱子上一盖，任由我怎么叫唤，就是不出来了。"众人听四叔如此一说，顿时倒抽一口凉气，刚才邱涵给大家带来的轻松气氛瞬间消失得无影无踪。

墓室里安静了一会儿，谁也没有说话。

正当众人心里七上八下的时候，眼前的箱子发出了"咯吱"一声，引得众人更加紧张起来。那箱子和其他箱子没有什么区别，是位于墓室里正中间的一个。众人凝望这箱子，期待那声咯吱只是一个偶然。可是那箱子继续响着，甚至还发出了连续的吱吱的声音。这样的吱吱声持续了几秒后，箱子慢慢出现了一个裂缝，然后从裂缝中伸出一只带血的手来。

看到这里，众人脸上无不变色。眼看旧事就要重演，大炮抱起一支微冲就向那个箱子里扫射，无数的火点全部聚向那个箱子。受到子弹的打击，箱子里发出了啊呀呀的哀号，殷红的血从箱子里流出，墓室里很快充满了血腥的气息。

打完枪中的子弹后，大炮对眼前的场景颇为满意，他将微冲抛给身后的手下，跟着像拍打灰尘一样拍了拍手。哪知道那个箱子并没有因为大炮收起枪支而停止抖动，反而抖得更厉害了，在经过了一阵剧烈的抖动之后，箱子盖被推开了。

这是一张活人的脸，这人扭曲的表情告诉我，他曾经承受了一段苦难。再看他的面部，左右两边的脸颊上都有一个留着鲜血的弹孔，想来正是大炮那一枪的完美杰作。

“强子，强子，你怎么在这里?”村长惊呼道。

“原来他就是强子!”

一时间，所有的人将目光都集中到了这个躺在箱子里的人身上。

相信村长已经给大炮等人介绍了强子走失的过程，只是没有想到他还活着。

对了，强子是活着吗?

为什么躺在箱子里的人总是在遇到生人的时候，才知道把箱子盖推开?

就在这个时候，另外几个箱子里也都开始抖动起来。这种抖动过程就像是小鸡出壳一样，没过多久，半数的木箱子里都抖出一个人来。

不过，我看这些人都有些眼熟，打眼看去，竟然是保墓村的村民。

“村长，这是怎么回事?”颜羽微惊道。

“俺这不是听你的话来找强子嘛，哪知道人也没有找到，反倒是搭进去了几个。”村长可怜巴巴地说道。

怪不得刚才村长不让大家看这几个箱子，原来是心里有鬼。想不到平时看着不起眼的村长，竟然有这么多的小心眼。

“快把煤油浇上!”大炮说道。

火烧的确是一个好办法，不管是牛鬼蛇神，遇上火，都要遭殃。这些不知道死了几日的村民在墓室里被焚化，也许就是他们最好的归宿。

大炮说完，身后一个手下随即从背包里取出一大瓶煤油来，这煤油被封住的时候还没有味道，一旦打开了，就钻鼻子。那人将煤油浇在了那些箱子上后，大炮便将这些箱子点着了。

见箱子被点着，众人便又向前殿走去。

来到前殿后，颜羽微回过头来，对着村长道：“不知道村长找到那个金宝座了没有，也好分给大家一些。”

“没，绝对没有！绝对没有!”村长急忙摆手道。

“没有就没有，用不着这么紧张!”颜羽微道。

“这个大殿几乎全部是空的，不太符合逻辑呀！没有必要造这么一个空殿!”唐勇道。

“是的，我和四叔到现在都没有找到棺材的所在。”我回答道。

“哟，有意思了，还有这种事!”大炮道。

“这里有守陵村，又有殉葬人，不会是一座空墓。既然主殿没有，那么在四周的墙壁中则很有可能藏有暗室，以暗室作为主墓室，也是有可能的。”唐勇道。

“说得对，咦，这里怎么回事?”大炮指着四叔曾经困居的一个洞室说道。

“这是我们之前砸破的一个洞。”当下，我将四叔如何被困，又如何被救的事说了一遍，众人听罢，又是抽了一口凉气，不知道这墓室中倒底有何玄机。其中有几人还特意走进了这个洞室，以感受当时四叔所面临的困境。

“各位，各位，我看啊，咱们还是找到主墓室要紧。我听祖上传下来的消息，说越王封墓的时候，里面埋了好几车金银呢。”村长道。

众人听村长如此说，脸色都变了，之前还嚷着非要找到刘玄的古玉，听村长这么一说，都不再提古玉的事了。

“村长你说的可是真的?”大炮的一个手下似乎不太相信，还是忍不住又问了一句。

“要不然我们村干吗老是蹲守这里，肯定是有东西嘛!”

“你果然是一个不折不扣的叛徒!”霍梓皓冷冰冰地说道。

“我……”

村长已经无言了。的确，他是保墓村的村长，本该尽职尽责地保护越王墓的安全，可是他却千方百计地想从中盗取一些东西，说他是叛徒确不为过。

第十章　古墓魅影

由于先前大炮说过那炷香只能烧一个小时，所以大家都在计算着时间，生怕超过时间。不过，进来了也有 20 分钟了，对于主墓室的位置依然没有什么线索。

就在众人彷徨之际，舒珊对着后殿喊道："快看后殿方向，有个白影子过去了！"

当时大家都在围着前殿寻找线索，听到舒珊那么一喊，不禁来了精神，都说不怕他来，就怕不来，于是众人气势汹汹地往后殿跑去。为了保证能够真正堵截到那个白影子，大家还有意兵分两路，分左右两路包抄过去。哪知道，众人刚到后殿，却发现后殿空空如也。

众人大失所望，都觉得是舒珊看错了。舒珊当时觉得特别委屈，差点哭了。大熊还去安慰她，只是被舒珊丢了一个白眼。好在那个白影并不是只出现一次，当出现第二次的时候，大部分的人都看到了，舒珊这才有了释怀的感觉。

仗着人多势众，大家又冲了过去。哪知道大家刚到前殿，头顶便飞下来一堆箭羽，跑到前面的人中奖率百分之百，落后的一箭未中。当时双方各有伤亡，大炮那边死了两个，伤了一个；而我们只伤了冲在最前面的大熊和邱涵，别人都没有伤亡。村长因为跑得慢，得以幸免。

这些箭全部是从头顶落下来的，死的那两个是因为头部中箭，伤的是因为肩部中箭。看着这些死亡和受伤的人员，大家的热情才消减下来。

大家把伤亡人员抬到洞口，准备包扎后送到地面上。可是就在这个时候，墓室传出一股香味，这味道就像是香水一样，令人欲罢不能。我见众人越闻越带劲，便不禁有些生疑：这个墓室里，怎么会有香味？哪知道没过多久，我见众人便开始步伐不稳，像是喝多了一样。

意识到情况不好，我赶紧捂住鼻子，可是那香味的确带劲，竟然透过手指依然能够进入鼻孔。过了几分钟后，我看到墓室里升起了亮光，墓室中央几个穿着薄纱的女人扭着腰肢，正在跳舞。在前殿的位置上，坐着一个穿着华贵衣服的老伯，他一边吃着水果，一边乐呵呵地看着舞蹈。不过，我并没有看到四叔他们，周围好像只剩下了我一个人。

伺候老伯的那些下人看到我，赶紧给我搬了一把椅子，让我一起看舞蹈。我见这些女人打扮得漂亮，舞跳得也好看，忍不住就入神了。到了精彩处，我还忍不住鼓了下掌。也不知道过了多长时间，我觉得有些困了，那些下人就将我扶进了一间屋子。那间屋子有床，也有桌子，倒是非常漂亮，我躺在床上就睡了。

等我醒来的时候，发现四周一片漆黑，而自己正躺在一块裸露的硬地上。我用手摸索周围的环境，我发现自己的身边还有两个人，除此之外，再也没有了任何东西。我用力地摇了摇旁边这人，可是他却像是一个死人一样，一动不动。

我没有想到自己和四叔中了相同的招数。

从前四叔还有个火药啥的，现在我什么都没有。我摸了摸口袋，发现口袋里的东西还在。我欣喜地从口袋里摸了摸，摸出了一个迷你小手电。这个手电是我逛街的时候在批发市场买到的，它的个头只有钢笔这么大，易于携带，当时也只是觉得出于好玩才买的，来的时候也犹豫过是否要装在身上，没有想到现在发挥了大用处。

找到了手电，我的第一反应就是看看地上的两个人是谁。当我看到一身白衣的时候，才知道那是舒珊，而另一个是人高马大的大熊。

接下来的任务就是把舒珊和大熊弄醒，然后想办法逃出去。不过，当时我用了好多办法都没有把他们摇醒，我先是摇晃他们的肩膀，跟着打他们的脸，再然后就是挠脚丫、挖鼻孔，总之是无一奏效。后来我想起急救中的掐人中的办法，于是我的食指往大熊的鼻子下方按去。因为我没有做过急救，不知道掐压人中需要将人中穴掐到快要出血的时候才出效果，所以当时我掐人中也没有作用。

后来我想起了一个办法，那就是往指甲里刺竹签。我的手上当然是没有竹签的，不过匕首还是有的，于是我拿着匕首用刀背往大熊的指甲里扎去。那大熊的手指受到突然一刺，猛然坐了起来，跟着他的双目睁得浑圆，两耳冒烟地看着我，像是被打了鸡血一样。

大熊醒来后不免一阵咋喝："啊！啊！啊！你干什么？"

"别乱叫，咱们被困住了。"

"咱们这是着了什么道？"

"不知道，你的肩膀怎么样了。"

"哎呀，你不说还好，一说就疼，哎呀！越来越疼了！"大熊捂着肩膀哀号道，也不知道那是真疼还是假疼。

说完，我又如法炮制地救醒了舒珊。那舒珊显然没有见过这样的场景，她先是嗷嗷地叫了一阵，跟着又冲我们吼了一阵，最后才挂着眼泪坐在地上。舒珊也不笨，知道我们现在的处境，所以惊吓了一阵后，就独自坐在角落里不说话了。

我收起刀，拍了拍舒珊的肩膀，然后去察看地形了。

这个墓室是一个完全的空墓室，内部空空如也，墓室的构造也是不规则的。这里没有任何机关，找不到任何可以移动的石块。即便是有炸药，也无处摆放。跟着我又用匕首敲了敲周围的石墙，发现这里的石墙都是奇厚无比。如果是用匕首徒手去挖的话，少说也要用上四五个小时。

比起舒珊，大熊算是阅历丰富的盗墓人了，所以他很快就将状态调整了过来，和我一起寻觅出口了。这种寻找的结果是令人失望的，为诠释什么是以卵击石，大熊甚至还很生猛地踢了一脚石墙。

就当我们无可奈何的时候，奇迹出现了，石门竟然缓缓地从下往上提了上去。跟着门外出现了一堆人，唐勇、霍梓皓、大炮等人清晰在目，连受伤的邱涵也站在其中。那舒珊见门开了，随即狂奔而出，扑进了霍刚的怀里。

“是你们救我们的?”我惊愕道。

众人摇头不语，似对当前所见也是不解。

“我四叔呢?”

众人互相看了一眼，果然不见了四叔。唐勇道：“刚才我们也是和你一样被困，正愁着不知道该怎么办的时候，这个门被打开了。”

“原来是这样!”我说道。

这个时候，一直不说话的村长说话了：“不会是让鬼吃了吧?”

我见村长不说话则已，一说话就像下诅咒一样，很是恼火道：“你说什么呢?”

“不是，李兄弟，我跟你说，越王峰可是危险了，这山上经常有人晚上失踪。”

我提着村长的领子，怒道：“那我四叔也不会被鬼吃了!”

见我情绪如此激动，众人赶忙将我拉开，纷纷劝我说吉人自有天相，上天会保佑四叔的。

哪知道就在这时，墓室里又发出了一声隆隆的响动，看上去像是又有一间墓室要被打开了。听到这个声音，我面露喜色，心道：是不是四叔出现了？哪知道走到那间墓室时，我才发现，被打开的根本不是墓室，而是一条弯斜的甬道。这甬道高不足两米，宽不过一米，里面根本没有四叔的影子。

不过，尽管这条通道里什么都没有，可是它就像是一扇窗户，指引着我们的道路。众人商议之后，便决定一同进去看看。

这甬道向前纵深约 5 米便向右折返，众人沿着甬道走了约 30 米，竟然来到了一个小房间里。那房间里叉着腰站着的正是四叔，而地上躺着的竟然是两个穿着白色衣服的人。除此之外，众人的行李包也堆满了这间墓室。不，严格地说，这里只是一个小房间，它已经不属于墓室了。

“呀，老四!”

“四叔!”

一时间，各种称呼都有，大家都惊奇地看着现场。只见这不足 10 平方米的房间里的石墙布满了铁制扳手。

“哎呀，是这么个回事，我吃了一次亏，就上了一次当。上次我被关起来的时候也是看到了白影子，也是闻到了香味。”四叔一边撸着袖子，一边眉飞色舞地讲道，“我这次就留了一个心眼。大家想啊，这味怎么那么巧，进来的时候没有，现在突然会有，肯定不是因为有鬼啊。那鬼都是无味的，谁死了，身上还能有香味？果然，我用袖子把鼻子捂住之后，就没有出现什么古怪的鬼啊神的!”

“竟然是这样!”众人露出不解的神色。

“实话跟你们说，都是这两个家伙干的。”四叔指着地上这两个身穿白衣服的人说道，“他们往墓室里吹有毒气体，这种有毒气体有制幻的作用，凡是闻到的人都会产生幻觉。”

众人听四叔如此说，恍然大悟。

见众人听得如此动容，四叔更加得意了：“当你们像喝多一样四处乱跑的时候，我也得跟着乱跑。过了一会，我就找了一个拐角躲了起来。等到大家都倒了的时候，有一个石门就被打开了，跟着这两个人就出来了。趁他们将你们抬进墓室的时候，我偷偷地溜进了现在的这条甬道。”

“那我们怎么会在里面躺这么久?”众人依然有不解的地方。

“大家看到了吧，外面的甬道很长，我不能上去就抓住这两个人呀！于是我就沿着甬道，一直走啊走啊走的，你们猜我走到了哪里了?”众人还没有猜，四叔便继续说道，“我到了一个道观。”

“不是吧，怎么会是一个道观?”

“当时我也不知道，但是有一点肯定了，这一切都是这个道观的道士做的。”

众人低下头看，地上的这两个人果然留着长发。

“吴正！吴正!”我喊道，“你不是在这个道观修行过吗？你儿子现在不是还在这里修行吗？这是怎么回事，请你解释一下。”

吴正当时也被这突如其来的意外搞迷糊了，他一脸迷茫地看着众人，大家也都一脸仇视地盯着他看，眼看着大家就要把吴正淹没了。吴正结结巴巴地说道：“大家看啊，大家看，我们家是百年前来这个村子的，这个事情和我一点关系都没有。再说我也是密探的后人不是，跟大家同气连枝呀！有关这条密道的事，我的确不知道!”

“谁信啊，你们家世世代代在这道观里住着。”众人道。

“不信大家可以问问村长。”吴正急道。

村长呢？村长呢？

众人要找村长对质，却发现村长不见了。

村长去哪里了？

众人前后左右寻找村长，始终寻找不到村长的踪影。

“村长是不是走丢了？”颜羽微道。

“坏了，这回村长不是出事了吧！”舒珊道。

正当大家满脸疑惑的时候，地上的一个道士醒了。大炮见有人醒了，一把将其提起来，靠在了墙上：“说，你们是不是道观的？”

那个道士一脸惊恐地看着众人，说道：“我是道观的道士。”

“谁让你这么干的？”

“是他。”那个小道士指着地上的那个说，“是观主。”

我和邱涵一听是观主，便将地上那人提了起来，用手电一照，果然是观主。四叔下手也够狠的，这观主年事已高，愣是没醒。这时，大炮从地上的包里取出一瓶水，浇在观主手里。那观主慢慢醒转之后，随即瞪着众人。

“盗墓贼，呸！”

观主的脸上洋溢着一股浩然正气。不过，他凛然的唾骂换回的是大炮的一记炮拳。

“盗墓贼，呸！”

“我们是盗墓贼，可你也是杀人凶手。”我说道。

“那是你们活该。”观主睁大了他那熊猫眼怒道。

“为什么要加害我们？”想起观主曾经救过邱涵，我心中有些不忍。

“因为我们是守墓人。”观主说。

显然，观主给我们带来的这个理由是不可思议的。因为，在我们的意识里，保墓村才是真正的守墓人。

“那……那个保墓村呢?”我问道。

“呸，他们是狗屁的保墓村，这些人是不折不扣的强盗。”

观主如此一说，众人就更加迷惑了，一直将守墓作为祖辈职责的村长怎么成了强盗了。

原来，此墓并非是春秋的越王墓，而是唐朝的越王墓。唐朝初年，太宗有诸多儿子，这些儿子皆被太宗封了王侯。其中有一个儿子李贞被太宗封了越王，封地便是古越国。越王李贞死前，武则天已经掌握朝廷大权，为了巩固自己的实力，武则天千方百计削弱李氏的实力，巩固武家在朝廷的地位，权霸一方的李贞自然成了武则天的心头大患。当时李贞多病，知道自己命不久矣，便命自己的手下在龙虎山守陵，守卫自己陵墓的安全，防止武则天掘他陵墓。

当时李贞的亲信在李贞死后，果然授意一名大将在山上建立了一座道观，他认为建立道观有助于掩人耳目。不过，李贞死后，武则天并没有过分纠缠，反而下令厚葬李贞。在此后的100多年里，这里都相安无事。

唐朝末年，国家动乱，一些人不知道从何处得到的消息，开始打起了越王墓的主意，令驻守在此的道士防不胜防。为了更好地守护好此墓，此墓在宋朝的时候进行过修葺，道观的道士动工修建了现在的甬道，设置了机关，并在箱子上撒下了制幻的粉末，保障了此墓的安全。

哪知道元末明初的时候，陈友谅兵败鄱阳湖，其士兵逃往了全国各地。为求生计，其中一支就来到了龙虎山。这些人消息十分灵通，竟然打听到了越王墓的位置。当时的观主不知道如何是好，开始设法应付这规模性的盗墓。当时民间流行镇魇，也就是守墓。所谓的镇魇是指有钱的财主买来一个孩子于农历十五日月满的时候在墓室的西北角杀掉并以此来守卫墓室的安全。出于自己的职责，观主动用全观的力量到各地买来了100多个妓女、歌妓，然后将她们在越王峰的西北角杀死。由于这上百阴魂的力量，山上的怨气暴增，每到深夜，深山哀号不止。

这一次屠杀百人之后，这支有着数百人的残部便不敢对这古墓下手了。他们一方面在山上扎营，一方面寻找合适的破阵时机，可是过了很多年，他们都没有任何办法。不过这些人并不完全放弃，他们一部人走了，而大部分人在此定居了下来，时刻窥视着山上。

很多年过去了，老观主死后，又换了新观主。新观主认为，越王峰的怨气太重了，这会给周边的人的正常生活带来隐患，于是他花重金买来了三千斤铜，找工匠做了一个铜锣，送到山下的天师府拿去开光。天师府对太平观杀害歌妓一事本来就心存不满，见太平观立铜锣，保太平，便同意了开光。

这开光后的铜锣果然作用巨大，每天敲上12次，每次7下，可保越王峰周边的长久平安。不过，杀死上百妓女的事情的确不是一件光彩的事，所以新观主上任后，要求全观禁止讨论此事，因而后来的道士多不知道此事，唯有观主一人守护着这个秘密，然后传给下一任观主。

老观主说，吴正的祖孙四代人都到观里修行过，其目的就是盗取越王峰的秘密，但是一直都没有得逞。现在吴正的两个儿子每天都在道观诵经，吴正一家的阴谋就更加难以得逞了。

听老观主讲完，众人才知道吴正一家的意图是这么险恶。不过，吴正却解释说，自己并不知道太祖父的用意，他也是按照父亲的要求进入道观修行的。

尽管如此，众人对吴正不免还是多了一个心眼，毕竟生死攸关，自己的性命不能寄托在对他人的信任上。可恨的是村长这个老家伙竟然伪装成一副道貌岸然的样子，他还一本正经地跟我们说，他们村是保墓村，守护的是越王墓。

当老道长讲完，众人对越王墓的背景也就了解了。不过，这也激起了众人对这座古墓的兴趣，里面究竟是埋藏了什么宝贝能让这群老道守护一千多年。

当然，在我们这些盗墓贼眼中，下面一定埋满了金银财宝，一时间，众人兴奋不已，询问老观主如何进古墓。但那老观主如何肯说，只是一个劲地摇头。可是众人又焉能罢休，大家一起把他提起来，但众人还没有上手，这老观主便又晕了过去。

众人把老观主丢在地上，寻求开墓良策。大炮认为，想开墓还是要回到墓室大殿里。四叔认为，想打开墓室，就钻个眼，一炮下去，炸了它。而唐勇认为，要想打开地下的墓室，还是要从现在的这个机关操作室下手。

从墓室下手，是个办法，可是大殿里我们跑了好几趟，根本找不到通往地下的路子。而四叔那带有狂躁性特征的野蛮手法即便打开了古墓，我们只能算是废品收购站的工作人员。事实证明，唐勇的方法是对的，当吴正上蹿下跳地对那些机关手柄摆弄了十多分钟，不知道是哪一根手柄摆弄对了，我们从操作室的对内的窗口缝隙中看到前殿的宝座已经从原有的位置移开，并敞开了一个大洞。

众人呼啸而出，想到这个操控室不能没人，众人又停步了。经过商议，大炮一方已经死了两人，就留下一个女的颜羽微。大熊和邱涵听说颜羽微留下，心中知道这正是英雄救美保护佳人的良好时机，于是觉悟大幅度提高。商议后，鉴于邱涵和大熊二人皆有伤情，众人便同意两人全部留下，与颜羽微一同保障后方安全。

哪知道就在众人将要离开的时候，小道士尖叫道：“不能去啊，不能去。”可是这个小道士的话对于当时的我们来说毫无意义，在我们眼中，他不过是不想让我们从中盗取陪葬品。伴随着大熊雄厚的一掌，小道士再次进入了沉睡期。

到了墓室后，我们再清点人数，此时我方有唐勇、吴正、斗爷、我和四叔五人，对方有大炮、舒珊、霍刚叔侄以及大炮的三师弟小豆、四师弟月漠六人，双方共计十一人。大家陆续来到前殿，然后进入洞内。

第十一章　人面兽

从对小道士的审问中，我们知道，由于观主入山，道观已经正常敲锣了，在观主回到道观之前，锣声会按时地敲下去。现在大家的装备都已经找回来了，手电灯光一应俱全。也就是说，我们已经没有了任何后顾之忧。

去往地下二层墓室的是一个长长的楼梯，它的坡度有 30°，50 米的长度，可谓幽深。不过，想在地下修建双层陵墓，的确需要相应的厚度支撑，这样才能避免坍塌。

由于常年的封闭，这里的空气不是很好，它不仅低温，而且潮湿阴冷，古旧的石壁贴着光滑的石砖，上面沾满了水珠。我们不知道这里的封闭程度如何，也不知道那些守墓的道士在封闭地宫之后是否打开过，好在这里的空气比较潮湿，我们并不觉得这里的呼吸如何糟糕。

尽管我们的人员缩减到了一半，可是我们还是有 11 个人，因此走在这地下几十米深的深山，还不算紧张。不过，大家越是走到洞底，步子越是慢。舒珊已经由冲在前面的人变成了落后的一个，她一只手打着手电，一只手拽着霍刚的袖子，小心前行。

我们终于到了地下，哪知道这地下竟然是一处被改造过的溶洞。这个溶洞并不是特别大，但是从我们落脚处向远处俯瞰，竟也是壮观异常。

在梯子的右侧，是一处呈半圆状的眺望台。这座眺望台地面是由巨石铺就，栏杆由精雕的汉白玉组成，它凌风而起，颇有登仙之感。在眺望台身下是一个巨大的深坑，深坑呈不规则状，却装满了地下水。由于这些水深处地下四五十米，温度相对较高，上面还泛起了薄薄的雾气。

眺望台的对面是一处绝壁，上面写着四个殷红的大字——八仙过海。由于这四个字的位置特殊，因此显得特别扎眼。眺望台距离绝壁并不甚远，但是因为深坑阻隔的缘故，要绕很远方能抵达。

在眺望台的右侧，是深坑的主体部分，它高约 20 米，距离水面深约 30 米，纵深处，一望无际。在深坑的周边，是样式奇特、风格多样的钟乳石。这些钟乳石原本是大型石头，因多为石灰岩构造，被雨水侵蚀冲刷后，形成了现在的奇特景象。

山内水汽较多，这些钟乳石上多凝满了水汽，而地面更是湿滑不堪。好在这些地面经过了墓室工匠的精心修整，沿着眺望台往右走去，竟也有一条不宽的小道。这小道虽然曲曲折折，但是对于这样的环境，也是高速公路了。

众人沿着小道往右去，一个挨着一个，谁也不敢落后。

在小道右侧的绝壁上，上面布满了绘画。这些绘画的主体颜色是红色和黄色，因为黄色颜色较浅，所以红色的线条看上去比较突出一些。出于盗墓人该具有的严谨态度，大家集体驻足观望了一下。

这墙上所绘的是战争的场景，双方在一处大山中开展了会战，左边的旗幡上写着篆书唐字的军队被画得人高马大，威风凛凛；右侧的一方则显得身材矮小，他们长着大眼睛，留着胡须，穿着兽皮，像是从前蛮荒时代的原始人一样。这幅图画明显是有意抬高唐军，丑化敌军，甚至将敌军绘成魔鬼一样。

众人向下又走了一段，见墙壁所绘大抵都是朝拜和战争的场景，这才往下走去。

过了壁画，接下来的是一堆成片的钟乳石。这些钟乳石错落无序，有大有小，在手电光的照耀下，像是无数长在地上的蘑菇。不过，这些钟乳石的所在地落差比较大，也没有完整的路，大家只能从钟乳石的缝隙中穿插着走。由于地面较为湿滑，经常有人滑倒，甚至摔伤，等穿过这片钟乳石的时候，大家身上早已污浊不堪。

穿过这片钟乳石林，我们就到了一块平地上，这里距离刚才的眺望台约有百米远。就高度而言，也比之前眺望台低了20多米，站在这里再向上仰望，便觉天高地宽，有宇宙无穷之感了。

众人拍了拍身上的泥土，哪知道越拍越脏，大家便放弃了。

我们现在所站的这块平地是经过精心修葺的，这里之前像是一块凸起的石块，后来被打平了，被铺上了石砖。因此，这里也显得格外美观。在这块平地的远处，是钟乳溶洞的尽头，大家已经能通过手电光看到溶洞的边缘的石壁。在平地的近处，是一座长约20米的吊桥，这吊桥不知道是被绳子拉着还是被金属锁链拉着，看上去已经十分斑驳，走不得人了。

眼见已经没有去路，众人只得向那吊桥走去。想着溶洞如此之大，只怕找到那副棺材，还需要些路程，也许那棺材正是在这吊桥的一侧。如此想着，众人便去了，哪知道刚到吊桥的入口处，就看到那里竟然摆放着一对铜塑像。这对铜像乃是人面兽身，它长着一个人脸，却有着野兽的身体。那人脸说也奇怪，竟然看上去和异国人比较相像。再说那兽身，也甚为奇特，它高不足一米，长不足两米，三根倒刺在背上赫然而立，一根一米长的尾巴笔直地伸着。

大家看着这分布在吊桥左右两侧的两个人面兽身的铜像，不禁欷歔，都说古墓里的东西千奇百怪，当真什么都有。当众人走到吊桥面前时，又不得不抽了一口凉气。只见这吊桥的拉绳均为锁链，可是这吊桥上的木板却是腐朽不堪，上面不仅有着许多腐蚀的痕迹，甚至有的地方的木板已经掉了下去。眼下虽说这吊桥看上去完整，可是它究竟能否走人，还的确是一个问题。

话说我们当时虽然组成的是一个队，但是相互间也都叫着劲，毕竟大家都是密探的后人，谁都不想被别人看不起，因此我们谁也不愿说后退。不过，话说回来，虽然没有人愿意后退，但也没人敢往前冲，不说这个锁链，就说这个木板，它腐烂不全，多看一眼也令人胆寒了。再往右侧看去，那里是深潭，远处是垂直的绝壁，根本无从绕道。也就是说，这座桥是必须通过的。

“怎么着，唐大哥，是你们的人先上，还是我们的人先上?”大炮最先说话了。

不过大炮既然问了，唐勇自然不能推辞，他肯定要说自己的人先上。可是这是一件冒险的事，谁先上都会搭上性命，于是他说道:“那就我先来吧。”

此时，我们这边的年轻人中只剩下了我一个，我怎么能让唐勇打先锋，便举手说，还是让我先来吧。唐勇见我举手，表示不同意，执意要自己打先锋。我见拗不过唐勇，便退到了后面。

唐勇将所有的东西都装进了包里，由我们从不同的角度给他照亮。只见唐勇双手扶着绳索，深吸一口气后，便轻步迈出，踩上了木板。那木板发出吱的一声，却并未出现断裂的局面。紧跟着，他又迈出第二步，这一步迈得虽重，却也没事。可是他迈出第六步的时候，一块木板发出了断裂的声音，这个声音并不明显，但是我们听得真切。

唐勇不得不收回步子，现在他已经完全将自己置身于半空之中，一旦木板断裂，那么他必然要跌入深潭之中。虽然深潭距离桥面不足

10 米，可是谁又知道这水深水浅，水中有没有别的东西呢。如果遇上浅滩或者水下钟乳石，那么一旦跌落，非死即伤。

唐勇收回步子，然后凝聚着力量，踩在了下一块木板之上，见下一块木板结实，唐勇将全身的力量都压在了那块木板之上。哪知道那块木板承受唐勇一半的力量尚可，当他全身都踩上去的时候，整块木板就断掉了，而唐勇所踩的那块木板也掉进了水潭之中。好在唐勇反应比较快，他双手死死地拉着绳子，两只脚借着上身的力量踩在了下面的绳索上。

不过，经过唐勇这么一次折腾，唐勇身边前后的木板大多掉落在了水里，现在他几乎是悬空在绳索之上。就在大家叫着让唐勇回来的时候，唐勇踩住绳索的两只脚已经踏到了前面的木板之上。看来这里的木板还是有结实的，只是这吊桥上的每一块木板并非是钉死的，而是铺排上去的，唐勇每走一步，必将自己脚下的结实的木板扔到我们的岸边，等他过了这 20 米绳索的时候，已经 10 分钟过去了。

看到唐勇有惊无险地过去，大家每人拿着两块木板，当踩着第一块木板的时候，就用第二块木板铺在自己的前面。不过，即便是这样，由于下面的绳索老是晃动，还是非常艰难。

我是最后一个过的，当我踏上这块木板的时候，我才知道是那么不容易。下面的两根绳索总是打摆，我总是要将木板多出绳索一小部分才敢走过去，否则人很容易随着木板掉下去。因为我是最后一个过的，所以我的背后是没有人给我打灯的，全部是前面的人用手电给我照着。大家都知道，晚上正面照过来的光线是十分刺眼的，根本看不见是谁在打手电，因此我都是低着头过桥。

不过，在桥上的这段路的确难走，时间也比较难熬。尽管我不想抬头，可是我还是忍不住往前看了一眼，哪知道就是这么一抬头，给我带了一个巨大的麻烦。

在我前面的是四道手电光束，对岸的他们从四个方向照过来，使我的双眼从四个角度受到直射。奇怪的是，当我看着手电光的时候，四个怪物从手电光中跑了出来，这种感觉就像是从远处的隧道中跑出来的。我被眼前的幻象吓了一下，赶紧低下了头，却不想当我放下下一块木板的时候，那个木板竟然从锁链的内侧滑落了。而我因为这块木板的滑落而变得重心不稳，跌入水中。

我的跌落引起了岸边人群的惊叫，可是我只能顾全自己的安全了。不过 11 个人过桥，按照比例来说，也会掉进去一两个，只是没有想到的是，掉落进水的会是给大家殿后的我。

那水倒不算凉，不过却有一股怪味。我从 10 多米的吊桥掉下，将水面砸出了一个巨大的水浪，直过了有 10 多秒，我才从水底浮出水面。

“一水，你怎么样了?”四叔在岸上关切地喊道。

“没事!”我喊道。

我将包里的枪掏出来，然后将包扔到了水里，打算游到对岸去，反正也就 10 多米的距离，也不算远。可是就在我刚刚游出几米远，我听到岸上的人发出了惊恐的尖叫。我定神一看，身后的不远处不知何时卷来了一个旋涡。这个旋涡不走直线，却直奔我扑来，显然，这是水下有东西。

因为我身处水中，也无立足之处，根本无法应付水中的东西。好在四叔眼疾手快，他拿着枪就对着那个旋涡打，但是这几枪打出去，非但没见效果，反倒刺激着那水下的东西加快了速度。我见情况危急，赶紧调整了姿势，对着那旋涡的前端打了几枪。意外的是，这几枪打出了作用，那旋涡竟然在距离我四五米的位置消失了。

在我没有看到有血水泛到水面之前，我不能确定水下的这个东西一定死了。当下，我调整姿势，不敢懈怠，仰泳到了足够立足的岸边。

果然，就在我静观水中的动静的时候，水面的中央慢慢出现了旋涡，跟着那旋涡的中心位置出现了一根水柱，那水柱一点点变高，当喷到5米高处，又慢慢降落下来。此时，我已经完全回到岸上，可是那水中的东西却依然在喷着水柱。

此时，谁也没有继续往上走的意思，都想一看究竟，看看水里究竟是什么东西。

过了一会儿，那水柱慢慢下去了，旋涡也消失了，水中慢慢出现了一个头来。这是一个人头，但是却有牛头这么大，看得我们都十分震惊。

四叔最先表达了他的震惊："这孙子是人还是鬼，怎么在水底生活？"

斗爷对四叔的怀疑也有着共鸣："不是活了一千多年的人精吧，我的意见是坚决弄死，否则咱们哥几个根本没法回去。"

"先别急，看完嘛，就当长见识了。"唐勇道。

因为唐勇是最先冒险冲出吊桥的，现在在众人面前的威信很高，大家听他如此说，都不言语，静观水面。

那东西看了看周围，跟着头后的水面露出了三个倒刺。众人看到这里，都觉得这三根倒刺颇为眼熟，再看到这倒刺长在一处宽大的脊背上，便更觉得熟悉了。

众人越看越是觉得吃惊，大家原本以为那吊桥前端的生着铜锈的塑像不过是墓室的设计者主观臆造的，没有想到，世界上竟然真的有这种东西。只见它两只眼睛亮着绿光，像一个绿灯笼，而嘴里也不时地发出饥饿的怒吼。

那个东西在水面上游了一会儿，突然在水面中排泄了一些粪便，黄橙橙的一坨，染黄了大片水域。此时，我才明白这深潭里为什么会有一股骚臭的怪味，原来都是这个东西在作怪。

这时，斗爷笑眯眯地拍着我的肩膀，说道："一水老弟，这水中的味道如何?"

我皱眉不语，斗爷却继续逗我："你说刚才的那股水柱会不会是从这个东西里撒出的尿，你看它一喷几米，很有力量嘛!"

我被斗爷的一番话惹怒了，眼见水下的这个东西即将沉下去，用枪瞄准了就打了过去。那东西被我打中了几枪，不知道是因为距离远的缘故还是这东西皮厚的原因，我还是没有看到水面有血水激起。不过，这个东西却是被我打怒了，它一头扎向水底，用尾巴甩出几个巨大的水浪。

斩草要除根。

过了一会儿，当这个东西出现在近距离水面的时候，所有的人都用枪打向了这个东西，无数的子弹都向水里扫去。这个怪物显然没有预料到岸上有这么大的火力，它被子弹打得嗷嗷叫，于是又扎进水里，再也没有出来，留下泛红的水面久久难以平静。

过了吊桥之后，是向右折返去往书有"八仙过海"四个大字的高崖的一条小道。这条小道起初还算平坦，可是走了约 30 米，便到了向上去的阶梯处。在阶梯入口处，有一处亭子，亭子上写着"望仙亭"三个殷红大字。与古代其他亭子不同的是，这个亭子有点像现代的报亭，它四处封闭，仅有一处小门，像是专门给人留的。

秉承着不放过任何机会的原则，斗爷和我走到亭子门口往里看了看，却看到一个穿着古代铠甲的人站在亭子里。这个亭子除了这个人，什么都没有。

不过，对于我们来说，这个东西已经足够了。

与墓室里所见的其他尸体不同的是，这具尸体身子并不干瘪，而是面部充盈，像是蜡像一样，线条饱满。

“老弟，你看这古代的士兵素质就是好，这都站了一千多年了，人家还不倒。”斗爷道。

“应该不是吧，你看他身体后面还有一根棍顶住呢!”我说道。

“我看看。”斗爷绕到这尸体的身后，果然看到顶在屁股上的那个棍子，然后笑道，“还真是有，有趣，不过你看，这古人还真有意思，竟然还给棍子穿了一条裤子，连鞋子都有。”

看到这儿，我也笑了。

斗爷扭扭这死尸的脸，说道：“要是把这具尸体弄出去就臭了。我决定还是把他作为固定资产保存在这里吧。”

斗爷说完，便出来了，可我却看到那具尸体的脖子像是动了一下。

难不成在这里站了一千年的尸体也能诈尸？

事实证明，一切皆有可能。

斗爷前脚迈出去，这个尸体后脚便跟了出来。由于这次诈尸来得太快，我根本反应不及，无法开枪，只能将斗爷拉到一边。

斗爷显然没有想到他刚才对着这具死尸讲了一句话就给我们带来了如此巨大的麻烦。当时众人全部盯着眼前的梯子，谁也没有留心到这个亭子里会蹦出一具尸体。当僵尸蹦跶出来，所有的人都惊讶地看着现场。

我将斗爷拉到一边，这个屁股上依然夹着棍子的僵尸现在已经跳到了我们的前方。由于我们人多，谁也不敢乱开枪。再说，这个东西也不太怕枪，我们一枪扫过去，很有可能僵尸没有被打死，我们自己人被干死了一排。

好在斗爷反应够快，他飞起一脚踹到了这僵尸的胸口。这僵尸被踹了一脚，它一点也不后退，相反，凭借着他屁股上的那根“神棍”，竟然定在了原处。

“耶？这么顽强。”斗爷也被这个僵尸惊到了，“一水老弟，锁尸功。”

锁尸功是奶奶祖传的盗墓技能，加之杂糅了陈道和的卸尸气，更加勇猛无敌。不过，这个东西这么怪，我也不敢轻易下手。当下我留下斗爷正门吸引住僵尸，自己则绕到僵尸背后，准备从背后直接锁住僵尸，去戳他第七根脊椎骨。

果然，由于斗爷不断在僵尸面前打太极，将僵尸的注意力吸引得死死的。而我已经绕到了僵尸的背后，我见时机难得，迅速扑了上去，双手扣住了僵尸双臂，令一旁观战的人不断叫好。意外的是，正当我以为计谋得逞，打算卸了他的尸气的时候，他身后的那根“神棍”竟然弹了起来，打到了我的裤裆里的命根子，疼得我捂着裤裆乱蹦。

“不是吧，这根神棍竟然还能动！”斗爷惊道。

“这神棍长在他的屁股上了。”我哀号道。

“大家一起上。”四叔道。

听到四叔如此说，除了舒珊，大家都围了上去。

虽然僵尸的力气很大，可是双拳难敌四手，他刚刚发育好的指甲一下也没有碰到大家就被众人撂倒在了地上。大家将僵尸死死地按在地上，而我则捂着裤裆，发誓要拔掉那根棍子，可是任凭我如何用力，我都拔不掉那根棍子。当我将棍子上的那双小鞋拔掉的时候，我才发现，这不是棍子，而是一条腿，也就是说，这个僵尸有着三条腿。

第十二章　长明灯

众人好奇地看着这第三条腿，不禁讨论开了。都说这个人生前一定是一个备受舆论关注的人物，还是个畸形儿。受到好奇心的驱使，大家又把这个僵尸的下身裤子全部扒拉开了，果然见到了这僵尸的第三条腿的发源地。这第三条腿是右侧的大腿处分出来的，它比另外两条主干腿要长，也要细得多。

众人用力地按着这个僵尸，越是讨论，越是觉得有趣，连舒珊都被吸引过来了。她见这僵尸的裤子被扒掉了，尖叫着捂住了自己的眼睛，可是手指忍不住又闪出来了两条缝。

“珊珊，不要看，少儿不宜。”霍刚严肃道。

“没事，小妹妹，尽管看。”斗爷笑道。

就在大家笑得正开心的时候，身下的僵尸终于被激怒了，他浑身用力地抖动，似是对众人的嘲笑十分不满。由于吴正没有压住僵尸的左臂，使得他最终挣脱了众人的按压。他“嗖”地弹了起来，还将大炮和四叔打翻在地。

众人没有想到它会挣脱，都纷纷退到了一侧。那僵尸可能知道舒珊是个新手，上去就奔着舒珊扑了过去。哪知道舒珊看上去虽然胆小，但是反应比较快，就在僵尸过来的时候，她抱起挂在脖子上的冲锋枪就扫了过去。

那僵尸被打得哇哇大叫，一时间近不得舒珊身边。正当他犹豫着对何人开始下手的时候，众人再次将他围了起来。

“一！二！三！”

随着斗爷的一声喊，众人再次扑了上去，按胳膊的按胳膊，拉腿的拉腿，再次将僵尸按在了地上。受到战斗经验的熏陶，我知道这个东西不能留着，所谓养虎遗患便是这个道理，当下，我抱起了地上的一块大石头，对着僵尸的头砸了过去。

由于四叔牢牢地踩住僵尸的背部，众人狠狠地拉住他的腿脚，我抱起的那块百斤的石头稳稳地砸中了他。要说这僵尸是刀枪不入那是假的，他被我一块石头砸下之后，淤黑的血水就溅了众人一身，整个头部被砸成了带坑的大饼。

那僵尸被我砸了一下之后，摇摇晃晃地再次站了起来。斗爷见这个东西又起来了，飞起一脚将他踹进了深潭里。僵尸不会游泳，在水里一上一下地挣扎了一会儿，便被游过来的水怪给撕了，水面远远地传来了一阵腥臭。

解决了僵尸，众人再次来到了那个阶梯处。

这个阶梯是往上去的长梯，它宽约 5 米，通体发白，十分漂亮。只是这个梯子也格外别致，它通体虚浮，漂浮在一处深不见底的断崖上。

“这是怎么回事，这些石板怎么会飘浮在半空中，难道是我们来到太空了？”斗爷道。

“刚才你们去亭子里的时候，我们也觉得好奇。”唐勇道。

“你们看那儿！”舒珊指着绝壁喊道。

众人顺着她手指的方向看去，只见凹凸不平的绝壁之上被凿平了一块平地，上面写着三个大字——驾云桥。

为什么这座桥的名字起得这么怪异，莫非这真是神仙洞府，能让石板飘浮在半空？还有一个问题，如果我们踩上去，会掉下来吗？

答案是肯定的，当我捡起一块小石头从缝隙中投下去的时候，那石头毫无阻碍地掉了下去，我们连坠落后发出的砸落声都没有听到。

这时候，搞怪的舒珊找到了这座“驾云桥”的秘密。她试着想把飘浮的石板拽下来，却不想那石板被无形的力量拽着，众人仔细观察，这才发现，这石板的两头是被细细的两根涂着黑漆的柔软绳子吊着。不过，别说，这绳子还特别结实，经过这么多年，这绳子丝毫没有断掉的迹象。

“怎么办，过不过去?”霍刚说道。

“当然创造条件也要过去了，咱们不能半途而废，否则咱们这回什么也带不走。”斗爷道。

“只能攀岩了。”大炮望着绝壁叹道。

“这个山崖咱们过得去吗?”斗爷道。

“看运气吧。”大炮道。

“不合适吧，这等于是送死。”斗爷道。

“嘿嘿，斗爷，咱们有自己的训练科目，攀岩是我们主修课，至于你们嘛，的确是要看运气了。”大炮道，“珊珊，你先上。”

“是。”

那舒珊得了大炮的命令，果然奋不顾身，她装好自己的行囊，然后爬上了绝壁。

要说这洞室被水侵蚀之后，绝壁大多是平滑的，但是此处可能受到雨水的侵蚀较少，绝壁上到处是凸起的石块，很多地方甚至还能立足。而舒珊的确是受到过正规训练，她攀岩很有一套，且看她左右翻转，前后移动，很快就到了“驾云桥”的对面。

舒珊过去之后，大炮的两个师弟小豆和月漠也陆续攀岩到了对面，此刻，他们正居高俯瞰众人。大炮看了一眼望崖兴叹的我们，也笑着离开了。

此时，地面上只剩下我们四个人了。

本来我们这方臂力最好的是邱涵，凭借他的体力，完全可以过了这个绝壁。可是他现在正在陪伴他心爱的颜羽微，和大熊一起在看着那两个道士，我们只能靠自己了。

在我们四个人中，唯一经常登山攀崖的就是吴正了，因此，他也是我们四个人中第一个攀岩者。且看吴正亦步亦趋、小心翼翼地过着山崖，对这次攀岩也是十分谨慎，不敢大意。等他过了山崖，才是我。

有了上次溺水的经历，我这次心里有些畏惧了，不过，这也让我变得更加谨慎了。

攀岩的过程比我想象的容易，好多地方都能站人，但是这段山崖明显还是被人做过处理，很多凸起的山石被人砸掉了，想来就是防止有人盗墓的。只是因为施工的人自己还要保持站立的地方，这才没有打磨平整。

等我过了这段山崖，唐勇和四叔都是精神倍增，他们很快也都顺利地过来了。只是当我们四人聚齐的时候，大炮等人早就走了，显然，他不相信我们能过去。

过了这段山崖之后，就是刻有“八仙过海”的那处绝壁了。

这四个字所刻的地方，是山崖的拐弯处，并没有多宽的小路，仅有一米来宽。再仰观崖顶，因为石头阻挡的缘故，根本看不到那四个字。这绝对是一处奇迹，因为我们不知道这几个字是如何刻上去的。从前我们看到绝壁上有题字，那大多是因为雕刻的人从崖顶吊住一根绳子，雕工只需要将自己拴着，就能随心所欲地雕刻。可是这里的上面像是房顶，根本下不了绳子，而下面也架不了梯子，这字只能解释为鬼刻的。

不过，站在这里，却能从另一处角度观看这个溶洞——在眺望台的左侧，也有一处溶洞，而且看上去并不比左侧的小。在左侧这边的溶洞中，水也更多一些，它几乎没有立足的地方，也许这就是这边没有作为墓室的原因。而且因为水多的缘故，水雾茫茫，当真有着登仙之感。

站在此处，它让我们更加深刻地了解大自然的造化神奇，如果这里不是墓室，它甚至可以被开发成龙虎山的一个景点。

“那边好像有东西?”斗爷指着对面说道。

我们三个向茫茫白雾的远处一看，果然有些建筑物，只见远处楼台琼阁依稀浮现，只是距离太远且有白雾阻挡，显得不甚清晰。

“咱们先别看了，大炮他们早就走远了，别什么东西都被他们先占了。”吴正说道。

“急什么，他们就是找到什么值钱的，他们也带不出下面的那个绝壁。”斗爷道。

“吴正说得有道理，古墓的原则就是先占先得。”唐勇说。

既然唐勇也如此说，我们便往上端走了过去。哪知道就在我们转身的时候，我感觉眺望台处有一个黑影飘过。当下我将手电照了过去，却没有任何发现。

进来之前，小道士不让我们进来，说下面危险，可是现在虽然遇上了水怪和三只脚的僵尸，对比僰人悬棺所见所闻，却没有看到别的大的危险，难道说，这个黑影才是隐藏在溶洞的大敌吗?

想到此处不可久留，便跟了上去。

这刻有“八仙过海”四个大字的地方是一处绝壁，从驾云桥过来到了此处，便到了尽头，再往上去，便要绕过此处，沿着石壁折返而去。不过，这才折返之后，便没有了深谷，而是一条向上去的通道。这条通道宽约 5 米，高约 3 米，地面坑坑洼洼，多是开凿后而没有打磨的痕迹。这段通道开始还十分平坦，可是走了 30 米后，坡度便陡然加大，约有 45°左右，连地面都变得光滑起来。更为奇特的是，前方甚至还亮起了烛光。

大炮他们显然已经爬上了这段光滑的陡坡，现在这条一览无余的通道里，根本见不到大炮等人的影子，而我们将不得不面临摔落的危险，徒手走上陡坡。由于地面潮湿，我们多次滑落，始终爬不上去。而且令人感到奇怪的是，这陡坡异常地腥臭和滑润，很难上手。为了不被大炮等人嘲笑，四叔在几次摔伤之后，终于爬到了顶端，他扔下一根绳子，我们顺着绳子才上了这段陡坡。

上了陡坡之后，我们看见前面的通道两侧亮起了两盏烛光，心说，大炮等人的速度真快，连灯都点上了。大家再用手电照了照通道的尽头，只见尽头处有一处水帘，五六米宽的水帘哗哗正往下流。

“咦，他们这么多人都跑到哪里去了?”斗爷道。

斗爷的疑惑正是大家的疑惑，现在这里没有一处可以藏身的地方，这几个人跑去哪里了? 正当大家把目光投向前面的水帘时，我看到那两盏灯的摆放支架颇为怪异，仔细看去，发现所谓的支架竟然是一个单膝跪在地上的人。那人脑盖已经被挖开，而面部也没有一丝狰狞之色，显然，这人应该是死后被做成的天灯。

我惊叹地看着眼前的场景，却听见斗爷也在发出欷觑声，我回头一看，看到斗爷也正观察一个真人版“长明灯”。原来，过了陡坡之后，这段不长的过道的两侧竟然摆满了真人长明灯，而真正被点燃的只有两个人。

究竟是谁点燃了这两具长明灯呢?

“大炮!”斗爷喊道。

“大炮，你给我滚出来!”斗爷开始骂起来了。

我当时不理解斗爷为什么要骂大炮，不过我后来想明白了，斗爷那是害怕，故意给自己壮胆，因为找不到好的壮胆方式，只能骂一骂看不见的大炮。

“我看咱们还是别管大炮了，咱们身处地下好几十米，我总觉得挺压抑的，最好早点离开。”唐勇道。

“那不行，来都来了，不能空手而归。”斗爷急道。

提起不能空手，吴正深表赞同。他认为自己养家不易，五六个娃嗷嗷待哺。

既然我们五个人中有两个人坚持要找到棺材，我们三个也不好就此撤出，毕竟空手而归也不是我们的本色。

就在众人前往水帘瀑布的时候，我发现这些真人长明灯的数量有些不对：左侧的长明灯一共是 9 个，而右侧是 8 个。古人讲的风水全部来自《周易》，而《周易》最是忌讳单，它讲究对称，现在这里一个 8 个，一个 9 个，就有些问题了，也就是说，很有可能少了一个。

那一个跑到哪里去了，莫不是被大炮偷去了，准备送到别处做科学研究?

就在我打算带着疑问跟上唐勇等人的时候，一只胳膊搭在了我的肩上。我本以为是舒珊他们，但是这只胳膊冰冷至极，透入骨髓，让我产生了不好的预感。

我向前跨了一个大步，企图除去搭在肩膀的这只胳膊，可是任由我如何向前跨步，这只胳膊像是长在了上面一样，就是不掉。我不禁有些发慌，特别是我的身后没有任何脚步声息，更加坚定了我对身后这个东西的预感。

我不敢回头，生怕我突然的回眸会给对方可乘之机，使自己的脖子被暴露出来，就像是自己走在山林里，突然遇上了狼一样。

我越走越慢，四叔他们已经离我很远了，我看到他们已经快到了那个水帘瀑布旁。我不敢惊动身后的这个东西，只得慢慢地举起手，搭在那个冰冷的手臂上，企图通过这只手臂去扣住那只冰冷的手臂。事实上，这只冰冷的手臂的确很冷，不过，却没有我想象的那样干枯，而是像我们正常人那样，显得比较丰润。

当我的手碰到那只冰冷的手臂时，我快速向前做了一个滑步，随即转身，然后用右手死死地扣住那只手臂。借着烛光，我看到这是一个面部极为充盈而红润的人，他脸上带着丝丝的笑意，对我扣住他手臂的行为，丝毫不以为意。

虽然我看出来他并不是大炮的同伙，确定不认识他，但是我一点也没有跟他客气，我直接用左脚踹在了他的小腹。之所以这么做，是因为这个东西双脚离地，穿的衣服是和单膝跪在地上被点着天灯的人穿的衣服一般无二，也就是说，这个东西是一个僵尸。不过，虽然我这脚踢得很重，却感觉这脚像是踢到了棉花上。

这是与之前所见的干尸不同的一种僵尸，他有点类似于湿尸。像我在僰人悬棺所见的僵尸，他们形色枯槁，面容憔悴，身体干瘪，他们都是干尸。干尸的尸体十分僵硬，身体也没有多少水分。另一种尸体，也就是湿尸，这种尸体被下葬之后，由于位于泉眼之上，棺材长期被地下的浅水浸泡，尸体也长期被地下水泡着，这种没有腐烂的尸体便是湿尸。

眼前的这具尸体虽然谈不上是湿尸，但是他和那具三条腿的僵尸一样，面部充盈。而且，与其他尸体不同的是，他的身体特别地轻盈，甚至他的头盖骨也是完整的。

由于我这边的动静比较大，惊动了四叔他们。他们很快就围了上来，显然，他们也没有见过这具和活人区别不大的僵尸。

“这是怎么回事，怎么还有个活的?”吴正道。

“这是一具行尸走肉，并不是活的。”唐勇道，“我只是奇怪这具僵尸这么胖，地上跪着的那些为什么那么瘦。”说完，几个人已经来到了我旁边。众人见我没事，都长出了一口气。

“嗯，这是生前伙食不好导致的。”吴正道。

“不会，如果我猜得没错，这些人生前都是胖子。”四叔道。

“为什么?”吴正问。

“很简单，胖的人身上油多，烧的时间长。”四叔道。

有道理!

众人一边讨论，一边也没有闲着。大家都效仿之前的方法，打算将这个东西一起按在地上，然后用石头给砸死。可是我们低估了这具僵尸的能量，他的身体实在要比那个三条腿的僵尸灵活得多，他不仅多次躲避了众人，还将四叔丢到了陡坡之下。

斗爷在战斗过程中，积极运用宝贵的作战经验，多次使用冲锋枪，将子弹打入了僵尸身上。可是那僵尸虽然是嗷嗷地叫了一阵，但是这并没有给其带来毁灭性的打击，甚至由于他躲避得较快，致使子弹多次打在墙上，反弹过来，差点伤到自己人。

受挫的斗爷见使用枪支如此危险，便不敢再用了。哪知道就是这么一愣神的工夫，这个东西又上来了，他直接扯住斗爷，将斗爷扔到了陡坡上，好在斗爷拉住了绳子，才没有滚下去。

现在第一战线上，只有我和唐勇、吴正三个人了。确切地说，只有我和唐勇了，吴正正撅着屁股在他的包里找什么。

按说我们都是擒拿僵尸的老手了，锁尸功和卸尸气都是我们的拿手好戏，可是这个东西不比干尸，他滑不溜秋，根本按不住。眼下，我只能用我自己的独门秘诀了，那就是用我的星宿刀，杀了这个滑不溜秋的家伙。

星宿刀果然是一个好东西，这僵尸和其他僵尸一样，对这星宿刀有着深深的畏惧之意，他看见我手里拿着星宿刀，转身将唐勇提起来，扔到了墙边。解决完唐勇，这僵尸便对还在撅着屁股的吴正产生了浓厚的兴趣，他跳了两步，眼见就要去啃吴正的屁股。唐勇捡起一块石头，蹦跶起来，照着僵尸的后脑就砸了过去。由于那块石头比较小，效果并不是特别明显，反倒是惹怒了僵尸。只见他三步并作两步，直接走到唐勇面前，将唐勇提了起来，跟着扔到了陡坡之下。

唐勇的这次滚落带来的结果是十分悲剧的，因为他还将快要爬到平地的斗爷一并砸到了陡坡下的地面。

看着吴正还在撅着屁股，四叔火了："吴正，你别弄得跟鸵鸟似的，把头埋进包里。"吴正听见四叔问话，继续翻腾他的东西，嘴里却说道："别急，马上就好。"

听到吴正如此说，我也想去对着他的屁股踹上一脚，可就是这短暂的战斗期间，四叔也被僵尸扔到了陡坡下面。当时我还在盯着吴正，却不想僵尸的动作太快，他一下就扑到了四叔身边。见僵尸扑过来，四叔本能地往后退了一步，可是这一步他没有站稳，竟然摔倒了。那僵尸见自己扑了一个空，又往前跳了一步。四叔见僵尸仍不罢手，就学着电影里的情节，继续往下滚，哪知道，这一滚直接滚到了陡坡下面，当真是生死不明。

正在这时，吴正对着我喊道："一水，接着。"

我转过身去，就见吴正向我扔来了一块红色的破布，这块破布虽然脏兮兮的，但是却很长。吴正扔到我手里的时候，他还握着红布的另一端。只听吴正继续说道："一水，快用这块红布将这个东西裹起来!"

第十三章　月漠食骨

“这块破布能行吗？”我有点不相信这个刚才一直避战的家伙。

“不一定真的能行，你最好怀着试试看的心态。不过，这是祖上传下来的办法，兴许有用。”

“你这不是拿咱们的性命开玩笑吗，要是不管用，咱们俩不得去死了。”

话虽这么说，但当时情况危急，说话间那个僵尸便跳了过来，我们也容不得多想，便把破布对着僵尸包抄过去了。那僵尸勇猛无比，根本不把这块破旧红布放在眼里，哪知道，他的身子刚刚接触到红布，身体便像是触电了一样，冒起了丝丝青烟。看到这般可喜的景象，我们二人心中极为高兴，打算再接着巩固战果，谁曾想僵尸却知难而退了。

看着像是刚从锅炉底下扒出来的红薯的僵尸，我和吴正知道这红布是制伏僵尸的一个好东西。当然，那僵尸也不是傻子，他一闪一跳像是老鹰抓小鸡一样，企图找到一个突破口，可是我们就像是一条长蛇一样，首尾相顾，使他无处可避。经过了几分钟，我和吴正也找到了默契，两个人便各守在墙角的一边，慢慢地向僵尸逼过去。那僵尸对红布很是畏惧，不断地向后退，竟然退到了陡坡之处。

我和吴正沉浸在大好形势的喜悦中，不断地逼近僵尸。那僵尸不断地大跳，企图跳过红布，可是我们怎么会让他跳过去呢？为了顺利将其逼到陡坡下面，我们有意放低了红布的高度。僵尸看到红布被放低，就顺势往里跳过来。我们看准时机，在他跳起的瞬间，将红布抬高了起来。僵尸遇到红布之后，犹如遭遇电击，身体迅速被弹到了陡坡之上。那僵尸也承受不住陡坡的滑润，在滚了几圈后，最终跌落到了陡坡下的碎石区。

作战胜利之后，我和吴正还击了一个掌，以对默契的配合表示庆祝。可是转身再一看，我们就傻眼了，四叔和唐勇、斗爷因为刚刚被僵尸扔到了陡坡之下，现在和僵尸斗得正酣，而陡坡下的碎石区已经由疗养区完全转为了沦陷区。我们用手电照了一下，结果发现唐勇和斗爷已经带伤和僵尸斗了起来，从战斗的情况来看，双方势均力敌，只是唐勇和斗爷伤情却比僵尸严重多了。

为了营救四叔等人，我和吴正只能下去了。

我们找到刚才吴正拴绳子的地方，打算顺着绳子下去，可是当我找到绳子的时候，我才发现那根绳子正是拴在一个真人长明灯的尸体小腿上。我深吸一口气，也顾不得这么多，赶紧顺着绳子下去了。

我下去之后，斗爷和唐勇已经被打得遍体鳞伤，而那个僵尸也恢复了战斗力，他嗷嗷地叫着，一把拉住斗爷，正要去咬斗爷的脖子。危急时刻，我用星宿刀插进了他的脖颈，使得僵尸吐出了一口黑气，放开了斗爷。

受到疼痛的刺激，僵尸丢开斗爷，将作战目标转向了我。由于他动作幅度过大，使我没有来得及拔出插在他脖子上的星宿刀。

这回可就苦了我了，因为他死死地薅住我的衣领的缘故，使我连枪都用不了。他一把拖住我的后背，用力地将我向地上摔去。可恨地上凹凸不平，又有许多碎石，我感到有些肌肤已经破了肉，疼得我眼泪都快流出来了。

可能是插在僵尸脖颈的星宿刀煞气较大，僵尸痛得顾不上我，只是在原地乱蹦。过了10多秒，僵尸忍痛拔出星宿刀，将其扔到了墙面，这才恢复了原有的气色。

不过这个时候吴正也下来了，他将红布丢给我，我们很快又将僵尸包围起来了。这次我们精明了许多，决定不再驱赶僵尸，而是用红布将僵尸包裹起来。这时僵尸已经受到了很大的重创，他已经无力反抗，我们将其裹起后，吴正随即投掷了一把火，瞬间将僵尸烧了起来。那僵尸在熊熊大火中低沉地叫了一阵，随即倒在了地上。

吴正拍拍手掌，表示任务圆满完成。可是尽管如此，我、斗爷、唐勇已经遍体鳞伤，只剩下他一个人还算健全。我找到四叔，见他摸了摸自己的头，好像没事一样，这才长出一口气。

“四叔，你觉得怎么样?”我问道。

“哎呀，要不是我反应快，我估计是要见上帝了。”四叔说道，“我意识到自己滚出界了，就赶紧调整姿势，要不是我身后的这个包给我垫着，我非得被摔死。”

“还是老四精明，我是快被摔死了。”斗爷捂着头抱怨道，“你说我正往上爬着起劲，打算帮大家一把，谁知道唐勇天雷滚滚地就砸了下来，砸得我眼冒金星，差点死过去。”

唐勇也不是有意要把正在攀爬的斗爷砸下去，不过毕竟理亏，他绕开斗爷的话题，直接问吴正：“吴正，你刚才用的那个红布是什么东西？效果还挺好。”

吴正也是意气风发，对当前的战斗现状也颇为满意，他满面笑容地说道：“这是祖传的方法，在一块旧布上涂抹掺着狗血和鸡血，可以防僵尸。”

“这么牛气!”斗爷佯作震惊的表情。

“那是，这狗血要狗脖子下的鲜血才好，这鸡血要用鸡翅膀下面的鲜血后劲才大。”

“那你刚才一直撅着屁股干吗！”斗爷怒道。

吴正没有想到斗爷这么恼火，但是这也不奇怪，一个人毫发无损，一个人身受重伤，谁让自己就是那个毫发无损的人呢。当下他也不言语，一声不吭地爬上了陡坡。

见吴正上去，我想起墙上还留着我的一把匕首。这把匕首是家传的宝刀，就是命丢了，这刀也不能丢，于是我和四叔叠罗汉一般地把匕首拔了下来。不过，别说这僵尸手劲还挺大，整个匕首的刀刃都淹没在石墙里。

众人上了陡坡后，才想起大炮等人还没有找到。大家一瘸一拐地走向水帘，却听到身后传来了窸窣的声音。大家身处深洞，知道洞里出现的所有声音都是不良征兆，于是众人不禁回过头去，却发现身后一无所有。

“难道有老鼠，不应该呀！”斗爷自言自语道。

见没有东西，众人继续向前行走，可是身后的响动却越来越大了，使得我们不得不再次停步。

“吴正，你过去瞧瞧。”斗爷指着那些真人长明灯的身后说道。

“凭什么是我呀！”吴正一脸不服的表情。

“你看我们这些人断胳膊断腿的，哪个能像你这样身手敏捷。”斗爷道。

对吴正不满的不止斗爷一个人，四叔说道：“去吧，我们给你打掩护。”

吴正没有想到斗爷和四叔还在纠缠刚才的事，于是强忍着不满，走了过去。

他放轻步子，小心翼翼地向发出窸窣声的那个“长明灯”走去，却被眼前的景象吓了一跳。原来，大炮的师弟月漠正趴在地上咬着一个“长明灯”死尸的小腿，似是正在吸着什么。那个月漠对吴正的到来视而不见，完全沉浸在自己的美味中。

我们见有情况，随即跟了过来。当我们也看到这个场景时，吃惊的表情不亚于见到了刚才的那个僵尸。不过，众人对月漠的行为还是十分地不解，为什么月漠会卖命地吸食古尸呢？

为了验证月漠是否真的疯了，斗爷对着月漠说道：“喂，小弟弟，好吃吗？”

“嘿嘿，好吃。”月漠咧着嘴巴，傻笑地说道。

“你的同伴呢？”斗爷道。

“他们在那里。”月漠指着远处躺在黑影下的几个人说道。

众人沿着他所指的方向看去，果然见到了大炮等人。原来，在大炮等人所在的地方，有一处倒刺一样的一个小洞。这个小洞从后面和正面看都看不到，只有站在前面往后看才能看见。我们受到视线的限制，根本看不见小洞的所在。

“为什么不吃他们？”斗爷说道。

“嘿嘿，不好吃。”说完，月漠撕扯掉死尸的一只脚，随即耐心地咀嚼起来。

众人不禁皱起眉来，再也没有人愿意再看月漠一眼。

我们来到大炮等人所躺的地方，商量着是否救他们。对于是否援救大炮，我们存在着两种意见：一种是以唐勇为代表的援救派，认为盗墓贼不杀盗墓贼是千古不变的行业规矩；另外一种就是以四叔为代表的拒绝援救派，他认为规矩可以遵守，但是也不必援救。可是援救的思想占据了上风，一方面我们和大炮没有直接的仇恨，另一方面，我们还需要大炮等人。

对于救人，斗爷比我有一套。只见他直接骑到了大炮身上，用力地抽了大炮几个耳光，那声音在洞里回音了好几圈才慢慢消去，直把大炮的脸扇得像喝了两斤白酒。不过别说，还真是特别有效，抽到第三下，大炮就醒了。想到我弄醒大熊扇的那几下，我真是太手软了。

跟着斗爷又如法炮制，救醒了小豆、霍梓皓、霍刚、舒珊。救醒了众人，大炮的人都沉浸在脸皮的疼痛之中。只有斗爷捂着手掌，使劲地吸气，喊“好疼”，好像他被打了一样。

大炮从包里掏出了一个拇指大的小瓷瓶，这个小瓷瓶一看就是好东西，它通体发白，像一个煮熟的鸡蛋，上面有着蓝色山水景物，十分漂亮。大炮从瓶子倒出了 5 粒黑色的药丸，递给众人，说是化解尸气用的解药。众人服下解药后，随即站了起来。

“月漠呢?”

大炮在这个时候还不忘他的师弟。

“哎呀，正在吃零食呢。”斗爷道。

“什么吃零食?”大炮不解地问。

“刚才我们见他正在啃死人的脚掌呢。”斗爷道。

“啊!”

大炮等人也表现出了我们刚才流露出来的惊讶。

“他刚才被僵尸咬了一口。”舒珊捂着她被斗爷扇得红通通的脸说道。

“怪不得，原来僵尸的动力都是从他身上得到补给的。”斗爷道。

“那你们为什么没有被咬到?”四叔忍不住问道。

霍梓皓说道：“我们当时走在前面，听见一个尸体发出了呼吸声，就很好奇地走了过去，哪知道那个尸体呼出了大股尸气，将我们熏倒了。月漠是走在最后面的，没有中尸气，那僵尸见他还站着，就一口咬了过去。我们当时身上没有了力气，只能眼睁睁地看着他被咬。等月漠倒下的时候，我们也就彻底地晕了过去。”

“我去把月漠干掉!”大炮说道。

“大师兄，不可以，他可是你的师弟。”霍刚说道。

“他是我的师弟，可是我也是师父的弟子。我们要遵循古墓生存法则，这里注定就是他的长眠之地。”大炮道。

“大师兄，再救救师兄吧。”舒珊也求道。

“怎么救？他早已尸毒攻心，开始吃死尸了。”大炮道。

“把他带出去，交给师伯处置吧。”霍刚说道。

“是啊大师兄，交给师伯吧。”舒珊也附和道。

大炮也并非铁石心肠，月漠终归是他的师弟，虽然月漠已经丧失心智，可是他还是不忍就此下手，当下抱起枪支，走到月漠的身边，对着月漠说道：“四师弟，别吃了好吗？”

“大师兄，好吃，这个好吃，你也尝尝。”月漠递给了大炮一块不知道属于肢体哪个部分的肉。

大炮对月漠的惨状感到十分痛心，他扶起月漠，和颜悦色地说道：“放下，那个不能吃。”

“好吃的。”月漠说完，又咬了一口，那个看上去比木头还硬的死尸，在月漠嘴里竟如咬了棉花糖一样柔软。

大炮终于被月漠的行为惹火了，他怒吼一声：“给我扔了。”月漠被大炮的话吓到了，他立即丢掉自己手中的“火腿”，老老实实地站在了墙边。看来，月漠平日里很害怕大炮。

众人各自背着各自的行囊，继续往里走去。

下一步，应该就是水帘了。刚才我们从手电光中看到，这个水帘后面是一处闪着白光，看上去里面应该还有路。哪知道众人到了水帘处，众人不禁对眼前的场景很惊讶。在水帘的内侧，竟然是一处深约 4 米的小洞，在洞内摆放着一个巨大的石质棺椁。这个棺椁通体纯白，没有一丝杂质，看上去这层棺椁是由经过精选的石头制作而成的。在棺椁的表层，是工匠匠心独运而雕刻的龙虎纹。由于椁身巨大，因此这雕刻也颇具霸气。

众人在水帘洞外面徘徊了一会儿，对眼前的重大发现感到惊喜不已，想不到这具棺材竟然会摆放在这样的一处位置，当真是天上地下独一份。在水帘洞外的一侧，我们还找到了一些刻文，这些刻文是对此墓的一个注解，这些注解对于我们所关心的陪葬品并无介绍，但是对墓室里的守墓人却有着详尽的介绍。

第一个介绍的是人面兽，这人面兽产于波斯，是波斯人进献给高宗，后高宗赏给越王的灵兽，深得越王的喜爱。第二个介绍的是三脚人，这三脚人生前是高宗的智囊，因为生得三只脚，自小被父母丢弃，后被和尚收养。在越王去寺庙上香的时候，越王看到了这个三脚人，十分欣赏他，并将其带回了府内。越王死后，三脚人深感知音难觅，伯乐难求，便自求殉葬，充实墓室，愿做墓室的一名守墓人。第三个介绍的便是被吴正烧死的那个人，这个人是越王生前最信赖的一个将军，此人终生追随越王，越王死后，此人自饮水银，将自己留在了墓室。他死后，越王的手下便杀了 17 名肥胖的士兵，命巫师将其做成长明灯，同时也用其尸油供养那位自饮水银的将军。

众人看罢，都觉得这位越王是位人才，能够得到这么多人的一生守护。再看这墙壁后文所写，更是玄妙高深，其意思是越王代天巡牧时，发现了此处宝穴，遂请高人开桥升殿，拓宽水帘。越王自知天下墓自有天下人破，天下没有不被盗的墓，故而又请人因势利导，对墓室加以改造，盗墓人一旦开棺，势必地动山摇，窜天改地，盗墓者必将身没九泉。

这段文章的后面还写着，棺中无钱财，求财者可至上层前殿而取之。

大家看到前面还觉得这墙上所写的有些唬人，可是看到让我们到前殿博取钱财，我们便大骂越王是个大骗子，因为前面空空如也，连个壁画都没有。其实这也怪我们当时没有仔细思考，这守陵的道观多年来深处高山，没有香火，正常运转的资金一定是来自墓室的陪葬品，所以不一定是墓主骗了我们。而是道观的道士把墓室的钱财取光了。

尽管如此，当时我们谁也没有想到这些，只是觉得墓主骗了我们。我们一致认为，这是墓主防止他人盗墓而留下的一个圈套。

为了找到“保墓村”数百年来渴望得到的这份宝藏，我们蜂拥进入了水帘洞，将不大的洞穴堵得水泄不通。可是这么多的人堵在洞里，根本不能正常打开棺材，因此众人在激动了一阵之后，各队又出来了几人。

鉴于我方受伤的人比较多，我方仅留下吴正和四叔在洞里，而对方留下了大炮、霍梓皓、霍刚三人，小豆和舒珊携带月漠从墓室里出来了。

当时月漠嘴里一直流着哈喇子，不断地啃咬自己的手臂，黝黑的手臂出现了多个带血的牙印。我们谁也不愿意靠近月漠，不仅是因为他的行为比较诡异，也是因为他身上不断地发出尸臭，这尸臭味道比较重，也不知道是从嘴里发出的，还是从他身上发出的。

站在外面的我们一直关注着水帘洞内部的动向。

大炮三人长时间受到陈道和的教导，的确很有能力，他们一直在寻找打开棺椁的办法。这个棺椁没有下过一颗钉子，但是它却严丝合缝，吻合得很好。与大炮三人不同的是，四叔和吴正坚持采用暴力的方法打破棺椁表层，防止有机关暗器放出。吴正和四叔的方案被否定之后，四叔就借着伤痛站到了一旁，那吴正也对开棺没有什么办法，便以照顾病人为由也不说话了。

吴正和四叔在棺材边站了一会儿，那棺椁上盖便被霍梓皓打开了。这棺椁上盖时是用机关盖上的，它就像是一个密码一样，一旦按错了或者步骤出错，棺椁就打不开了。惊奇的是，这棺椁里面除了一副棺材，还有很多的书。

看到是书，众人便把我和唐勇叫了进去。从理论上说，唐勇是大学的主任，具备较高的理论修养和丰富的专业知识。但是唐勇是从军队转业回来的，并不具备这样的素养和知识，与此同时，霍刚是理科生，对待这些书籍，也显得有些手足无措。因此，众人只有把希望寄托在了我这个文科生的身上。

当我拿起这些书籍的时候，我就崩溃了，上面密密麻麻地刻着的全部是一些繁体古文，它既没有标点，也没有翻译，让我这个现代人看得头都大了。不过，能确定的是，这个东西拿出去一定能卖出一个好价钱。在这几十册的书籍中，所有的书都镶着金边，书的内容也都有着玉玺和皇帝的题跋，是绝对的珍品。

经过十几分钟的研究，我终于在这些不带标点的繁文中读出来了些头绪，这些全部是唐代的律法。按照标记的内容来看，这些律法全部属于《永徽律》。《永徽律》是唐代最重要的律法，也是当今中国保存最古老、最完整的律法。它沿袭《贞观律》，后经长孙无忌等人的修改，制定出此律，此律被修改后，又被加了备注，这些备注被唐高宗批准之后，与《永徽律》一同颁布天下，史称《唐律疏议》。

棺椁中放置的泛黄的《唐律疏议》被分成了12册，各自为《名例律》、《卫禁律》、《职制律》、《户婚律》、《厩库律》、《擅兴律》、《诈伪律》、《贼盗律》、《斗讼律》、《捕亡律》、《断狱律》、《杂律》。其中《名例律》相当于总则，《卫禁律》是关于宫廷禁卫方面的法律，《职制律》类似于今日的公务员法，《户婚律》是户籍和婚姻方面的规定，《厩库律》是关于养马方面的规定，和今日的交通法有交叉的地方，《诈伪律》是关于诈骗犯的规定，《擅兴律》是关于盖屋建房方面的规定，类似于房地产的管理办法，《贼盗律》是关于土匪和强盗的规定，《斗讼律》和《断狱律》是诉讼法，《捕亡律》是关于逮捕囚犯的专门法律。

之所以能够为大家介绍这么多的法制史知识，是因为在大一的时候，我们有一节《中国法制史》的课程，当时我是无暇顾及欣赏书中所写的具体内容。但是，毋庸置疑的是，我们得到宝贝了。

当我将这些书的内容和作用跟大家说了之后，众人欢呼不止，都说发财了。但是，所有的一切的变化都超出了最初的预计，虽然一切都逃不出利益的争夺，但是我们还是赶不上形势的变化。

第十四章　尸王惊变

舒珊进来用预先准备的袋子装书，当她装完所有的书目的时候，一本小册子从舒珊的手中掉了出来，我将其捡起，发现它竟然是一本花名册，开篇第一页写着：

李翰，幽州刺史；

张尧，徐州长史；

崔文，荆州督军；

上官乾，前军都尉。

“这是什么东西?”大炮问道。

“是一本花名册。”我回答道。

“这里怎么会有花名册?”大炮疑惑道。

“将花名册带进棺材很有可能是为了掩盖某种事实，我猜想是一桩结党对抗武后的证据。李贞死前，有意嘱托下属将其投掷棺内，以此保住其余众将的性命。这也可能是为什么道观拼命守住这座坟墓的原因。”我说道。

听完我的推测，斗爷也拍着手掌，说道：“一水老弟说得有道理，我看这事靠谱，就是这群人太二了，竟然蹲守了一千多年。”

“蹲守一千年不算什么，我担心的是，只怕他们还不知道自己为什么世代蹲守一千年。”我说道。

“不对，这些人应该知道自己的使命，我猜想这个墓室还有别的秘密。”霍梓皓说道。

“那是什么秘密？”斗爷两手一摊，十分不解地问道。

“具体什么秘密，咱们还是要看看棺材里究竟是什么东西，是人还是鬼，你说是吧？”霍梓皓说。

“对对，霍老弟说得有道理，那咱们搞起来吧。”斗爷高兴地说道。

打开内棺的任务，毫无疑问地再次交给了霍梓皓，霍梓皓不知道从哪里学来的这个手艺，竟然在破解机关上很有一套。他先是沿着棺材下沿缓慢地抠了一会儿，确定了机关口位置所在，然后他跑到了棺材的顶盖上，以飞快的速度去点那些看着并不明显的按钮，就像是武侠电影中的点穴一样。过了3分钟，这项破解任务终于得以完成，棺材盖下面闪出了一条明显的开合缝。

就在我们为打开棺盖而欢呼的时候，一群人围了上来，他们先是控制住了外围的舒珊等人，跟着是快速闯进洞里，将我们包围在了水帘洞内。他们手里拿着轻型全自动武器，竟然比我们手中的家伙还要先进，许多东西还是三连发。再看这为首之人，正是在洞外走丢的村长。

斗爷露出一副可怜巴巴的表情对着村长说道：“村长，你跑到哪里了？我们想你想得好苦。”

“村长，我们和你可是无冤无仇。”我苦笑道。

“是无冤无仇，嘿嘿，不仅无冤无仇，你们还帮了我们一个大忙。要不是你们，我们村子数百年来的夙愿还实现不了呢!”村长得意地说道。

“村长，信不信老子毙了你。”大炮抱着机枪怒道。

哪知道大炮还没有说完，所有人手上的枪支便被身后的人强制下架了，一旦有人动弹，我们便会命丧九泉。

刚才我们在经过八仙过海位置的时候，我看到有黑影在眺望台的入口晃动，那时候还不以为意，总觉得是自己阳气太弱，看到不干净的东西了，谁曾想竟是村长等人。这些人平日里不安心务农，竟然搞来了这么多的枪支，还背后偷袭我们。也怪我们刚才一心打开棺材，没有注意到外面的情景，给了这个“村长”有机可趁。

“不对啊，你们进来的时候，外面不是有我师妹颜羽微守候吗?”霍梓皓说道。

“你是说那个小姑娘吗？早就不见了。我带人进来的时候，操控室一个人都没有。嘿嘿，要不是你们找到了操控室，我们一辈子都打不开这个宝库。”村长奸笑道。

“宝库，哼哼，这里根本没有宝库。”斗爷说道，“财宝全部放在上层前殿。”

村长听到斗爷如此说，枪头立即对准了斗爷的脑门，冷色道：“老哥，蒙谁呢，上层大殿什么都没有!”

“外墙上面可写着呢，不信你去看。”斗爷说道。

那村长显然不信，自己果然走到了墙外，可是面对墙上的那些没有标点的繁体字，村长根本一字不识，只能悻悻回到水帘洞里。他一把拉过舒珊手里的那个口袋，以为有什么宝贝，哪知道看到是一堆书后，竟然扔到了墙角，口中还说着：“什么破玩意儿。”

看来村长对财富的认识还是停留在对真金、白银的层次上，对瓷器、古书、壁画一窍不通。不过，村长只怕这回真的要失望了，如果连棺椁与棺材的间隔空隙中摆放的都是律书，那么主棺中只怕也没有别的东西。

这个时候，一直不说话的四叔突然说了一句：“唉，那位村长，守在外面的人怎么样了？”

"放心吧大哥，那几个已经被我们绑在了山上。不仅如此，我们还去寺庙里敲锣，半个小时一次，只要我们找到宝藏，大家这次一点事都不会有的。"一个青年村民说道。

一直沉默的四叔在得到答复之后，又继续沉默了。这不太符合他的性格，但是多年来的磨炼使他更加成熟了，他已经有了冷静的心态和沉着的思考，现在，他知道自己的反抗是徒劳的，只能任由"村长"攫取胜利的果实。

"怎么样，吴正。"村长转向了吴正，说道，"没有想到吧，你们家来到我们村子这么多年，一直就是为了这个古墓吧。可是你最后没有得到越王墓里的东西，哈哈。"

"我们家之所以在村子里定居，那是看上了这里绝佳的风景。"吴正说。

"呸，谁信呢?"村长道，"可惜你祖上只知道这里有古墓，却不知道我们村子的来历，也不知道山上的道观的来历，这些秘密仅有少部分人知道，我们又怎么可能跟你这个外地人言讲呢?"

村长说完，似乎要开始盗宝了，他看了看眼前的棺材，脸上露出了贪婪的凶光。不过，盗亦有道的原则，劫财不杀人。可见村长对我们还是保留了一部分道义，没有对我们赶尽杀绝。

"都出去，都出去。"村长吼道。

得到"村长"的命令，一群人用枪架着我们，将我们"请"出了水帘洞，看守在摆着长明灯死尸的地方。

要说窝囊，那是真的窝囊，我们费尽浑身之力，还折了一个人，竟然被别人捡了一个大便宜。不过，我们明白"留得青山在，不怕没柴烧"的硬道理，只要能活着，咱就能讨回公道。

这些人一边看着我们，一边去开棺了。

前文说霍梓皓已经将棺材盖的机关打开，但是棺材盖并没有被真正开启。这些人将我们赶到一边后，随即将表层的棺盖抬了起来，留下我们蹲在一旁，旁观他们的惊讶眼神。

“这种眼神本来该属于我的。”斗爷说道。

“别吱声，否则老子毙了你。”一个村民喊道。

斗爷对着这个村民翻了一个白眼，随即脱掉自己的鞋子，自娱自乐地抠起自己的脚指头来。

舒珊看着斗爷洒脱的举动，忍不住笑出声来。哪知道坐在舒珊旁边的我却听到了啃咬的咀嚼声。我回头一看，竟然是月漠在咬着自己的手指，其中中指、食指、无名指的皮肉已经被咬光，雪白的骨头带着许多的血丝，就像餐桌上的人在啃鸡爪一样那么认真。再看其他人，早已经被月漠吓傻了，不知道该说什么。

“怎么办啊师叔?”霍刚低声问大炮。

“要是我还有枪，我肯定崩了他。”大炮冷言道。

话刚说完，月漠竟然被四叔硬生生地转了半个圈，他那啃“鸡爪”的正脸直接对准了那几个村民。由于光线黑暗，那几个村民看不清楚月漠在吃什么，斗爷适时地打开手电，将光线集中在了月漠的红唇之上。

那几个村民也被月漠的自食行为吓到了，他们后退几步，竟然跑回了水帘洞里。

这几个村民一走，我们立即就像是解穴了一样。可是我们身上没有枪支，夺不回棺材的主导权。

哪知道就在这个时候，村长等人发出了一声惊恐的号叫后，便纷纷跑了过来。我们知道情况异常，都站了起来。村长等人跑来后，我看到水帘洞中模模糊糊地出现了一个投影，一个硕大的人头，披头散发地挂在水帘之上，就像是水幕电影一般。

我们看到这个情景，都火了，大炮拽着村长的衣领，骂道："你干了什么了?"

那个村长虽然知道山上有东西，但是他从来没有见过这个东西，早已经吓得浑身酸软，忘记自己是来干什么的了。见大炮拽着自己的衣领，村长也忘了自己手里夹着枪，结结巴巴地说道："我见这个棺材里没有什么东西，就把他嘴里的夜明珠拔掉了，谁知道那家伙竟然睁眼了，嘴里还冒着黑气。"

大炮一把拽过村长手里的长枪，说了句"没用的东西"，便将村长踹到了一边。看到这些村民早已没有了他们先祖的威风，大家便将这些村民手里的枪抢了过来。村民见村长都被缴了枪，自己也就不再抵抗，丢下枪就往陡坡下面跑。

与此同时，水帘上的投影更加明显起来，他不时地张着大嘴，獠起长牙，似乎是刚刚睡醒的狮子。大家都是在阎王殿走过无数次的人，见到这种情况，再也没有人理会这些村民，便抱起微冲对着水帘打了过去。

显然，这些打出的子弹完全属于无用功，水帘的投影继续显示出凶恶的影像。

突然，身旁的月漠双腿绷直了起来，他一口咬向舒珊，幸而被霍刚发现，及时拦住了他。但是月漠并没有就此罢手，他平直的双臂转向霍刚，旋转的劲风刚劲而又阴冷。由于月漠已经啃掉了一只手掌，现在他的手掌一只长、一只短，残败的手臂带着撕扯过的痕迹，既恶心又恐怖。

虽然舒珊并没有通过大炮的考核，但是也没有被眼前的场景吓倒，她对着大炮喊道："大师叔，四师叔病发了。"

大炮早就被月漠的行为感到反感了，尽管他顾及同门情谊，但他也难以接受月漠的疯狂行为，他甚至认为这给自己的门派丢了脸面。于是他拨开众人，对着月漠后背猛踹一脚。哪知道，他这飞起的一脚也没有出现理想的情景，大炮不仅没有将月漠踢开，还将自己向后反弹了几步。

月漠对突如其来的一脚感到十分地震惊，他本是张开了大口，可是当他看到是大炮时，脸上却又露出了畏惧的表情。对于这一幕，我尽收眼底，这让我明白，月漠现在还保持着一丝人性。

“哒！哒！哒！”

大炮终于对月漠开枪了。

月漠嘴里、身上都在吐血，再也没有前进一步，在中了十几枪后，最终倒下了。

大炮将月漠放倒后，又将枪头对准了水帘。可是那个水帘上的头像是虚幻的，那些子弹打与不打没有什么区别。就在众人不知如何应对眼前的景象的时候，这个头影发出了一声怒吼，跟着他化成了一道影子，飞进了水帘洞。

开始我们还以为这是子弹造成的，哪知道过了几秒，一个穿着黄色衣饰的古尸从水帘中跳了出来。他面部丰腴，肢体透白，像是一位贵妇人，独特的装束彰显了生前的高贵，紫色的红唇显示着他与活人的不同，众人知道，这是尸王出世了。未经商量，众人一致将子弹扫向尸王，可是这尸王远比之前的两具僵尸显得活跃。他三两步便蹦到了众人身前，还将霍刚和斗爷手里的枪支扒拉过去，将我和唐勇甩到了远处。由于尸王臂力惊人，力量巨大，我和唐勇被后墙震得吐了鲜血。

其余众人一看，这还了得，这明显是不把大家放在眼里，于是一行众人蜂拥而上，打算将其按倒在地上。可是这近身容易，上手难，大家还没有抓住尸王的胳膊，便被尸王一把甩开，摔倒在了地上。

“吴正，你的红布呢，还有没有了?”斗爷嗷嗷地叫道。

“仅此一块，已经没了。”吴正苦笑道。

“怎么不多弄点?”连大炮也感到恼火起来。

“这还是用我孩子的床单接起来的，哪有这么多的布?”

“你这人就是抠，我要是你，我连我老婆内裤都一起接上。”斗爷道。

虽然几个人还在斗嘴，但是尸王行走如风的速度还是令众人尝尽了苦果。他锋利的指甲和细长的牙齿让人望而生寒，没过多久，众人内伤外伤便都齐了。看到这般情形，众人才知道这具尸王远非枪支子弹能够解决。这僵尸的内功实在太强，而传统的锁尸功也用不上，现在唯一能够做到的就是和村长一样快点逃出去。

最先逃跑的是以“好汉不吃眼前亏”为著名论断的四叔，其次是以“留得青山在，不怕没柴烧”为人生第一格言的斗爷。这两人的撤退对整个团队的影响是巨大的，直接导致了唐勇、大炮等人心理防线的崩溃，他们纷纷向陡坡跑去。

没有想到两爬陡坡的我们最终与村长殊途同归，还是没有取得最终胜利。

看到大势已去，我也知道如果再坚持下去，我们都会完蛋，于是我也往陡坡跑去。可是当我刚刚从地上爬起，一个带着恶臭的巨大力量将我抱住，我回头一看，正是被大炮打死的月漠。

这月漠不知道缘何又苏醒了，但是从他发红的眼睛和烟头长的獠牙来看，我知道他已经不再是月漠，而是一个没有一丝人性的僵尸，他会将大炮和村长一视同仁，平等对待。

月漠的突然出现令我措手不及，我甚至看到了尸王脸上表现出的诡异的笑脸。我用力去挣脱，却发现他越抱越紧，险些将我的骨头勒断。他嗷嗷地叫着，牙齿上缠绕着无数的鲜血，嘴里呼出带着尸臭的气味，令我痛苦不堪。

就在月漠抱住我的同时，尸王已经向陡坡下追了出去。他浑身带着一股强大的阴风，令洞内飞沙走石，动荡不安。

事实上，月漠虽然用力地抱住我，并没有将我浑身的筋骨勒断。我想这是月漠作为一个初级僵尸所具有的一丝怜悯，他应该是希望我也具备成为一个僵尸的可能性。一旦月漠将我的骨头勒断，我将连行尸走肉都做不了。为了促进我能够和他一样迅速实现从人到尸的转化，他还主动帮助我，来咬我的脖子。

我尽可能地从他的角度替他着想，试图把他作为一个善良的僵尸，但是我知道这都是我死前的一相情愿。

就在我以为自己即将命丧黄泉的时候，一只枪管堵在了僵尸的嘴里。我侧脸一看，竟然是刚刚被尸王用力甩到洞穴深处的舒珊。此时，舒珊不仅衣服破了几个大洞，嘴角还挂着一丝鲜血。只听“砰”的一声，那颗子弹便由月漠的喉咙直穿大脑，飞向了洞顶。

现在，月漠的身上已经布满了子弹。本来对于月漠来说，多一颗子弹也不算多，只是这子弹穿过大脑，他受到了重创。他一把放开我，平直的双手在身前晃了晃，便退到了墙边。

看到这般情景，我夺过舒珊手中的枪，对着月漠的大脑又打了几枪，直到将其头部打得支离破碎，他再也不能动弹方才罢休。

“你干什么？他已经死了。”舒珊道。

“你是不是觉得我太过残忍了？”我问道。

“不错，他已经不能动了，你还打他的头，你不觉得很残忍吗？”

舒珊道。

“你说得对，但是他刚才已经被大炮打死了，却又站了起来。你不下狠手，他就会对你下狠手。记住，他已经死了，我们打的是尸体，不是人。”我冷言道。说完，我将枪还给了她，又顺手捡回了村民收缴了我的那把微冲，套在了肩膀上。

看到前方了无人迹，所有的人包括尸王都已经从陡坡上消失，舒珊不自觉地坐在地上，她对眼前发生的一切似乎感到十分地无力。

我一看舒珊就这样坐在地上了，心想，这还了得，等会儿老僵尸跑累了，还得回来睡觉呢，咱们还不快跑。于是强行把舒珊拉起来，说道：“快走，等会儿老僵尸就回来了。”

谁知道舒珊虽然被我拉起来了，但是并不愿走：“去哪儿？咱们现在出去不还是会遇上尸王，反正在哪儿都是死，还不如等老尸王吃饱了再走。兴许尸王不饿了，咱们也就能活了。”

“你怎么能说出这样的话？”我哭笑不得地说道。

“逗逗你而已，急什么。”舒珊揉了揉脚板，说道，“不过我们现在想追也追不上。你看他们都是顺着绳子下去的，人家尸王是直接飞下去的，经过陡坡的时候，都没有滑倒。”

“就你嘴好使，快走吧。”

我一把拉起舒珊的胳膊，可是舒珊却回头看了看棺材，说道：“你说咱们那口袋书还要不要。”

“你可真是舍命不舍财的主。”我说道。

“马马虎虎。”

舒珊说完这四个字便想去背那一袋子书，我叫她回来，她不听，于是我就扔下舒珊，自己一个人冲到了陡坡。可是我毕竟是男生，我不能就此一个人走掉，否则我会被天下女生所唾弃。

舒珊看我两腿一溜，气得也跑了过来。

“你怎么能跑了，丢下我一个人。”

“嘿嘿，我怕你舍不得走。”

“哼，你走开，我先下去。”

说完，舒珊推开我，自己揽住了绳子。美女要求先下去，我自然是不能和她争的，当下，我自己往后退了一步，让她先走。

下坡的过程比较简单，也是舒珊的强项，没有几秒她就到了陡坡下，看见她给我竖了一个拇指，我便也下坡了。

这陡坡上沾满了尸油，格外地滑润，也不知道当初吴正是怎么爬上来的。不过，我当时并不知道这就是那些“长明灯”尸体上流出来的，心中虽然充满了好奇，但是也无暇思考。

就在我快下滑到坡下的时候，我感到身体不但不往下去，竟然还往上跑。我心中感到惊诧，难道说地球没有吸引力了？我握紧绳子，却发现整个绳子是向上去的。由于手里握着手电，我直接往陡坡顶端照了过去，这一照，吓得我差点背过去，只见一个穿着古代衣装的“长明灯”正紧握绳子往上提呢！

第十五章　墓室坍塌

不知道是什么原因让这个头盖骨都被削掉的“长明灯”也诈尸起来。如果我猜得没错，他就是那个被绑着绳子的“长明灯”，可能是由于接触的阳气过多的原因，才激动得诈尸了。

“喂，你头顶上有东西!”舒珊在底下喊道。

“看见了。”

“要不要给他几枪。”

“那绳子是拴在他腿上的，你给他几枪，我不是被直接扔到陡坡底下了嘛。”

“那怎么办?”

我也不知道怎么办，唯一的办法就是尽快跳下去。可是这陡坡比较长，滚下来难免身受皮肉之苦，一时间，令人难以决断。

好在这个绳子比较长，“长明灯”虽然一再往上提绳子，但是短时间内还不能就把我给吃了。为了能少受些苦，我加快了下滑的速度，哪知道我下滑一步，他往上提两步，我所处的位置不仅没有下降，反而得到了提升。

为了不再进入僵尸的魔掌，我不得不请求舒珊瞄准“长明灯”的头部打一枪，可是舒珊却说道：“李一水，你先对之前的行为道个歉，否则姑奶奶不开这枪。”

我听到舒珊这个时候还来跟我讲价钱，不禁有些恼火，于是左手拿着手电，右手拿着机枪，对着“长明灯”打了过去。尽管距离比较近，但是因为自己身体摇晃，我竟然没有打中他，反而将子弹打到了洞室顶端。

现在想来，那几枪的确不该打，而我们也因为这几枪彻底改变了这次盗墓的走向。

那几枪没有打中“长明灯”，不仅赢得了“长明灯”的冷笑，还将洞顶的石块打落了许多。开始是一些零碎的小石块，跟着是个头较大的大石块，飘飘摇摇，像冰雹一样降了下来。

“李一水，这是怎么回事?”舒珊在底下喊道。

“我也不知道，我就打了几枪。”我说道。

“瞧你那臭枪法。”

舒珊说完，一枪打了过去，直接击中了“长明灯”的左眼。“长明灯”被击中后，十分恼火，但是他并没有放弃手中的绳子，而是将疼痛直接转化成了提绳子的动力，加快了提绳速度。

危急时刻，一块方桌大小的石头从天而降，砸到了“长明灯”身上，将“长明灯”砸得再也不能动弹分毫。看到这般情景，我对上帝充满了万般的感激之情，心想老天爷还是眷顾我的。可是接下来发生的事，让我对上帝再也没有了一丝感激，只见洞顶脱落的石块越来越多，它们就像是巨型冰雹，不断地从天而降。

“李一水，你还不快下来，这个洞怕是要塌了。”舒珊在洞下喊道。

我听舒珊在下面喊着，突然也明白过来，不错，看这情形，只怕这洞室真的要遭受塌方了。水帘洞的墙壁上早就写明了：妄然开棺，势必窜天改地，盗墓者必身没九泉。

从开棺到现在，虽然发生了很多事，其实前后不过十几分钟，难道说，这是应验了吗?

想到这里，我不禁开始恐慌起来。

我顺着绳子，很快就滑到了绳子底端。由于绳子被“长明灯”往上提了很多，还剩下十几米的陡坡没有绳子，我只能靠自己滑着下去了。不过，生死在即，也没有时间让我犹豫，我直接就顺坡滑了下来。

舒珊看见我下来，口中长出一口气，拉着我就往“八仙过海”的折弯处跑。

可是这墓室里四处都在掉石头，根本没有能躲避的地方。再说，那驾云桥和吊桥也不是一般人能过的，没有半个小时根本过不去。不过话说回来，再过半个小时，我们非得被砸成肉饼不可。

就在我们逃跑的过程中，我们惊恐地发现，在这溶洞中，地上竟然遍布着村民的尸体。这些村民在逃跑过程中，丢弃了枪支，很多人的身上被砸上了巨大的石块，也不知道是死于尸王的利爪和牙齿，还是死于从天而降的石块，总之，人最终还是为财死了。

下了陡坡之后，我们很快就来到“八仙过海”的转弯处，幸运的是，死神之石并没有砸到我们的身上。不过，等我们到了驾云桥的时候，我们就傻眼了，眼前的这个豆腐渣工程已经坍塌了，那些精美的白色石阶全部跌落到了崖谷，甚至溶洞中的石壁也在滑坡，大片的石壁在轰隆声中淹没在深潭里。

我们实在没有勇气再前进一步了，因为我们很有可能在攀岩的过程中跌落水里，抑或被掉下来的石头砸中，但是无论哪种，都是一种死亡。

现在，我已经看不到四叔他们了，也不知道这些人去了哪里，他们是不是真的被尸王杀死了。

就在这时，水面上出现了两道光束。我定睛一看，正是这活了一千多年的人面兽，而人面兽的背上还多了一个人，这人竟是尸王。尸王站在人面兽的背上，双手背着，像是一位指点江山的君王，没有了一丝戾气。

溶洞上的石头继续往下砸落，而且石块越来越大。奇怪的是，尽管石头不断地下落，但无论如何都砸不到尸王。而且尸王站在人面兽身上，竟然向深潭远处的楼阁殿宇方向过去了。难道说，这就是越王版的“八仙过海”？虽然只有一“仙”，但却是有模有样，别有一番景致。

就在我们驻足的时候，一块巨石砸到了我们左侧，使本就显得有些风雨飘摇的石台小路塌陷进了水里。而我们因为站在这块石台小路上，也随着石台掉进了深潭。

好在这深潭的水很深，我们掉下来之后，只是在水面溅起一个巨大的水花便浮了上来，并没有受伤。这深潭里的水并没有我们想象中那么凉，但是它确实很臭，腐败的腥臭掺杂着人面兽的粪便，让人不禁质疑，这里的水是否是一潭死水，是不是没有和外界更换过。

我将舒珊从水中拉出，庆幸她曾经学过一段时间游泳，但是不幸的是，她学得不是很好。自从进了水里，她就不断地拉着我的胳膊，懂点水性的人都知道，当不会游泳的人溺水的时候，他会拼命地拉住一切可以拉住的物体，而我就是舒珊拉着的那个物体。

为了避免其溺水，我多次用力将她拉出水面。舒珊开始还能在水里游两下，但是毕竟技术不够精湛，很快就出现了下沉的趋势。

舒珊的那把手电在下坠过程中坏掉了，而我的这把手电因为爱护得好，并没有损坏，而且这把手电是防水手电，所以得以保全照明系统。

“完蛋了。”舒珊惨然道，“我还没有结婚呢，难道就这么死了。”

“姐姐你真是有好心情，还能想到那些。”我没好气地说道。

舒珊被我从水里拉起来后，两只手做了一个游泳状，说道："难道我就不能做个最后的憧憬吗？"

"你这不是憧憬，是遗憾。"我看到舒珊马上又要沉下去，再次将她从水底捞起来。

"你别占我便宜。"舒珊喊道。刚才捞起舒珊的时候，我碰到了她破了衣服的身体，但是没有想到在这个时候她还会在意这些。

"谁想占你便宜，我这是还你救命之恩。"我话刚说完，一个大石头落到了我们身边，吓得我俩心里咯噔一下。

"没有想到，死前会和你在一起。"舒珊已经完全放弃了抗争，眼看又要沉到水底了。

我笑道："你是不是喜欢霍刚？"

"霍刚？那是我表哥。"舒珊喝一口水后，继续说道，"对了，你有喜欢的人吗？"

"我啊……"

我是不是有喜欢的人？

我当然有，我不仅有我喜欢的女孩子，还有喜欢我的女孩子。我喜欢的女孩子叫胡松杉，喜欢我的女孩子叫柳歌。她们一个活泼开朗，一个刁蛮任性。我之前还在犹豫该如何做出抉择，但是现在看来，已经不用了。

就在这一刻，我突然觉得我不该盗墓，我不该把脑袋别在刀刃上。

我正想着该如何回答舒珊的时候，我发现舒珊不见了。我心里一慌，心想：坏了，她不是真的放弃生命了吧？于是赶紧钻进水里，哪知道，我头皮刚进水底，头顶就掉下一块大石头，震得我头晕眼花。

我暗道一声好险，如果不是及时进了水里，自己也被砸死了。可是舒珊不见了，她去了哪里呢？我将头露出水面，打算换一口气，可是偏在这个时候，水下有两只胳膊抱住了我的小腿。我对水下的东西向来畏惧，更何况我小时候在河边遇到过女鬼，心里多少有些阴影，便要用另一只脚踹过去。但我的脚刚抬起来，就想起这可能会是舒珊，于是我憋着气将那两只手拉住硬生生地薅出水面。

被我薅出来的果然是舒珊，她吐了几口臭水，猛吸了一口气，一条命已经只剩下了半条。我在想，我已经没有了力气，不知道她下回再沉下去，我还能不能再将她捞上来。

这时，我看到洞内的好几处绝壁已经出现了裂缝，而且这些裂缝也越来越大，洞顶也不断地掉落碎石，我已经不知道这些碎石是来自哪一层的石块了。眺望台方向也慢慢地出现了崩塌，汉白玉栏杆被砸断后跌落水中，洞口已经完全被碎石堵住了，我们已经彻底没有了退路。我猜想，上一层的墓室应该也崩塌了。

由于身上没有绳子，我不能将舒珊和我绑在一起，只能时刻将其托住，一旦她沉入水底，我将面临重大麻烦。其实水中是一处很好的避难所，至少在这里是的。因为巨石陨落到水中后，它会受到巨大的阻力，就不会伤害到水里的人。那么一个人的死亡只会发生在上来换气的瞬间，如果这段时间没有被砸中，这个人就会继续地活下去，就像刚才的我因为沉入水底而救了自己一命一样。不过，舒珊是一个不折不扣的二把刀，我怕她一头扎进水底上不来，因此自己也不敢躲在水下。

突然，我感到小腿发出了一阵撕裂的疼痛，像是被什么东西咬住了。我将腿甩到水面，却发现是一种带着牙齿的鱼，这鱼长约半米，身上长着黑色的鳞片，鱼鳍尖锐带刺，十分锋利。

被鱼嘴咬到的小腿处流出了很多的鲜血，鲜血在水中慢慢扩散，吸引了更多的这种鱼。这种鱼常年生活在水底，不见阳光，捕食靠的是嗅觉，当闻到血腥味后，很快就聚了过来。与这种生物很像的还有蛇类，这种生物视觉不是很好，但是嗅觉却是相当灵敏。而我们人类虽然也具备一定的嗅觉，但是也仅能分辨油、盐、酱、醋和酒精，真正依赖的是视觉。

当然，被咬的不是我一个人，舒珊的后腰也被这种鱼咬到了。她脸上露出了惊恐的眼神，对水下生物的到来感到十分地不满。“这是……怎么回事？这水里怎么还有别的东西？人面兽是干什么的，竟然没有料理干净。”舒珊忽然来了精神。

“可能是不太符合人面兽的口味。”我苦笑道，“也许，只是因为人面兽的皮太厚了，而没有被这种鱼吃掉。”

“哎呀，这个死东西，敢咬我的屁股。”舒珊抱着枪，对着水里打了一枪。

不过别说，这乱开的一枪还真有效，竟然真的打死了一个，而被打死的这条鱼很快就被其他鱼给分食了。见此情景，我对着鱼群又开了几枪打死了几个，很快将鱼群吸引了过去。尽管如此，这也仅能够保住性命，并不能彻底根除鱼群的骚扰。我倒还好，只要不断游泳，就能避免这种鱼的撕咬。而舒珊可就惨了，她不会游泳，只能挣扎。

现在阻隔陡坡和驾云桥的那座绝壁从中间断裂后，已经彻底坍塌。而这座绝壁所支撑的顶端也不断地向下掉落石块。四周的山崖除了出现大滑坡外，很多地方闪出了一米多宽的大裂缝，就像是发生了一场地震一样。

深潭的水不断地开始往外涌出，看来这处深潭也将会不复存在。

这群食人鱼出现的最大好处就是促进舒珊学会了游泳。她其实只想不被这些鱼群咬到，但就是在不断的躲避中，她越游越远，竟然和我一起来到了一处绝壁的边缘。

我们本想上岸后在此处休息一下，哪知道身后的裂缝突然加大，原本不足半米的裂缝突然增宽了两三米，这就造成了大股的水流涌入。由于水势强大，在裂缝的入口处形成了一股巨大的旋涡，将我和舒珊也卷了进去。

我们两个被水浪打进去后，很快就进入了这个刚刚形成的不太宽阔峡谷中。这个峡谷没有浅滩，只有绝壁。受视觉的限制，绝壁看上去高入云端，不见崖顶，整个峡谷上端一片漆黑。

从水浪中出来后，我就再也见不着舒珊了，整条幽深的峡谷中，只剩下我一个人。我不知道这条刚刚形成的峡谷会通向哪里，也不知道这条峡谷下面有多深，我的手一直攀附在绝壁的石块上。

这些石块带有明显的被撕裂的痕迹，让人不免产生了对大自然力量的惊叹，身在其中的自己感受着自然界可怕的变化。

但这究竟是不是大自然的力量，还是说这就是越王千年前布下的一个机关。

这一切再也没有了答案，墓室的种种都随着它的毁灭而不复存在了。

峡谷的裂缝进一步加大了，对岸的绝壁离我越来越远，涌进的水流也越来越多，我的手再也握不住峡谷的石块，很快就被大水冲到了峡谷的深处。

这样的地理巨变持续了约 20 多分钟方才彻底停止，而我已经不知道身在何处了。但是可以肯定的是，我还在墓室的周边范围。

在水中漂浮了一段时间后，我从水里站立起来，才发现这水并不是很深了。

我倚靠在绝壁上，看着两侧无尽的水流，心中怅然若失。首先，跟我一起同来的伙伴怕是再也聚不齐了，这些人不知道死了多少，又不知道能有几个活下来。其次，不知道自己身处什么位置，可能我再也找不到出去的路，很有可能就此饿死在这里。再次，我挂念的人和挂念我的人不知道现在怎么样了，他们是不是睡得正香。

我只是比四叔他们跑得慢了一步，便和他们彻底失去了联系。还有就是舒珊，本来我还有个伴，可是就是由于那股强大的水浪，导致她也不见了。看来奶奶说得没有错，古墓里最忌讳的就是走单。

我拍了拍手电，发现这手电还能用。刚才被卷进水浪后，我就把它关掉了，生怕进水后短路了。我用手电往两侧找找，真希望现在能出现个僵尸就此把我解决了，免得我有什么挂念。

突然，我小腿一紧，像是又被什么东西咬住了。我心道不好，真是想什么来什么，可怜我的微冲也在落水过程中弄丢了。情急时刻，我从小腿靴子里摸出了我的那把星宿刀，对准水下插了过去。那东西中了我一刀之后，果然老实了许多，我用匕首将其挑出后，发现竟然是一条深潭里的食人鱼。

看到这条食人鱼，我顿时气不打一处来，心想：你三番五次找我碴，我不能放过你。于是我心一横，用刀削了鱼鳞，把鱼生吃了起来。不过，没有想到的是，这水虽然臭，鱼肉倒是挺香，我美滋滋地吃了好大一块，才将剩下的鱼扔到水里。

可能是因为这鱼常年生活在洞里，鱼肉的营养高，吃完了这鱼，我感到身上也有了些力气，也感到暖和不少。我收起匕首，对这把匕首又增加了几分感情，多少次风里来雨里去的，都是它救了我。

在水中行走了一段路后，我突然萌生了寻找舒珊的想法。

我觉得这个女孩子比较单纯，特别是在墓室发生裂变之前，她是唯一和我在一起的人，我不能就这么丢下她。起码活要见人，死要见尸。

于是我拼命地往回跑！

开始水位比较低，还能跑一跑，后来水位就加深了，而且伴随着巨大的水流，越是往深处，越是艰难。我扒拉着石壁，拼命地往峡谷深处游，可是还是不见一点踪迹。游了20多分钟后，我感到再也没有一点力气了，便对着峡谷深处大喊舒珊的名字，可是深谷充满了我的回音，并没有舒珊的回应。

就在我打算歇一口气，再往洞里冲一段的时候，我看到墓室方向10多米的地方出现了巨大的水浪。我看这水浪直径有3米左右，心中着实一惊，心想，这水底下千奇百怪的生物还真不少。于是我将身体紧紧地贴在绝壁上，然后悄悄地拔出匕首，准备伺机而动，先发制人。

那水浪先是在10多米的位置出现了，跟着又往墓室的方向游了几米，过了一会儿，又往我这个方向游了几米，当真是活跃。我将手电光牢牢锁定在水面上，不敢发出一丝声响。谁知道过了一会儿，那东西往深处游了一会儿之后，竟然往我这个方向游了过来，而且越游越近。借着手电光，我看到这是一个黑不溜秋的东西，它表面油黑，然而却有着雪白的脸庞。

这是什么东西！

我被这个东西吓到了！

难道说这个东西也是靠嗅觉生活，它知道我的腿破了？

"李一水，是你吗？"

是谁在跟我说话？

"李一水？"

难道是眼前的这个东西？

现在这个东西已经离我不足5米了，我睁大眼睛去看，发现那根本不是什么不明生物，而是舒珊。

“天啊，你还活着!”我叫道。我不敢相信自己的眼睛，想不到舒珊的游泳本事增长得这么快，完全是自学成才。刚才她翻滚的水浪，我还以为是巨型生物。她叫着我的名字，我还不敢相信，天啊，视觉的转换是那么地痛苦和开心!

“真的是你吗?”我听见舒珊已经快要哭出来了。

“是我!”我也有些激动了。

舒珊白净的脸庞带着几许泪水，长长的头发已经散落了很久，她在幽暗的黑夜里做了太久的徘徊，最终她趴在我肩上，大声地哭了。

第十六章 逃 生

因为水里的食人鱼，舒珊学会了游泳。因为强大的水浪和旋涡，舒珊学会了潜水，而且她潜得还非常不错，以至于都忘了观察水面的光源。如果不是我近距离地打开手电，她都不会意识到我回来找她了，也许她还在峡谷中继续地徘徊，成为墓室下的一个幽灵。

舒珊告诉我，她的方向感很差，水浪将我和她冲散以后，她分不清哪里是墓室，哪里是峡谷的外侧。她游了一段之后，总觉得自己跑错方向了，于是又游了回去。可是游了一段之后，又觉得现在是错的，以至于她两头来回游了许多冤枉的路。

看来，长期待在水中的人学习游泳还是比较快的，他能够出于本能的需要，从而很快地掌握游泳技巧。而那些每年夏季去两次游泳馆的人，则难免要终生依赖那个直径不足一米的游泳圈。

舒珊哭了好一会儿才问我刚才去哪里了，我不好意思说我以为她死了，只是说我被水流冲到了远处，后来水势变小，我就回来找她了。

舒珊自然是非常感动，她紧紧地抱着我的胳膊，非常害怕我再次突然消失。

对于舒珊，我感到十分地愧疚，我应该从水流中浮上来的时候就去找她，而不应该游到了很远才回来，让她多受了这么多的苦。再如果说，我刚才一个人走了，那么也许我就再也见不着她了。

我带着舒珊游往远处的浅水滩，水流既然能流向那里，也许会有出口也说不定。虽然希望比较小，但是总比没有的好。

与寻找舒珊的那个游泳过程相比，往远处游泳就显得十分轻松了。它不仅是顺水，更是一种心理负担的减轻。前者是一个人去往可怕的地方寻找另一个可能死掉的人，后者是两个一起投往未知世界。

和舒珊一起游泳的时候，我发现舒珊游泳的姿势完全与众不同，基本上算是埋头苦干型的。可能是出于自创的原因，她的整个身体侧卧水中。游泳的时候，两只胳膊不停地往后拨水，两只细腿往后蹬水，别有一种风格。而令我感到最为惊喜的是，她肩膀上挎着的那把从村民手中缴获的枪支竟然还在，并没有因为落水而丢掉。

如此游了十几分钟，我们慢慢来到了刚刚我吃鱼的那块浅水滩。我问舒珊是否饿了，她点头说是。我问她是否吃水中鱼，她又摇了摇头，说水太臭，有屎味。

她一说有屎味，我就有点感觉怪怪的。虽然这水的确很臭，但是鱼的味道还是不错的。我心说：你可真是大小姐的命，等会扛不住了可不能怪我啦!

因为补给水不足的原因，后续的水流慢慢变缓起来，同时因为地势增高，我们也得以走出水坑。不过地上的裂缝还是有的，从现有的峡谷看来，这座峡谷的确是刚刚形成的，因为在地面有着新鲜的碎石。

峡谷的谷底本身是平滑的，它是由一种表面为血红色的岩石构成的。从地表看来，这是一块巨大的完整的石头，可能也是因为这种石头的整体性才没有被地表撕裂。

我和舒珊走出水面，坐在了刚刚破壳的石头上，打算好好休息一下。

我看了一眼披头散发的舒珊，这才发现，舒珊真是一个不折不扣的美女。都说出浴的女人最美丽，这句话真的是一点都没有错，且看舒珊唇红齿白，秀项皓颀，当真是飘若轻云，惊若红霞。

“看什么？”舒珊瞪了我一眼，看来她已经看出来我的不老实了。

“没看什么，你看今天天气不错。”我指着看不到顶端的绝壁说道。

“鬼才相信，不要以为我的衣服破了几个洞，就想占我便宜。”

我一听这姑娘的脾气还不小，遂学着斗爷也把鞋子脱了，抠了抠脚。

舒珊看我脱了鞋，更不高兴了：“你说你这人，说着话怎么就开始脱鞋了？我说你能不能顾及下别人的感受，在公共场合脱鞋是不礼貌的行为你不知道吗？你看你还脱了袜子，抠起脚来了，你怎么跟斗爷似的，你没有学过五讲四美三爱吗？”

我看了她一眼，一句话不说，又把鞋子穿上了，站起来就走。

舒珊看我站起来走了，赶紧也跟了上来。她说道：“你这人怎么说变就变，这一会就生气了。我跟你说，你这点就没有我表哥好，他脾气就特别好，每次我欺负他，他都不还手的。”

“我可不是你表哥。”

“你虽然不是我表哥，但是你和我表哥是同学嘛，我找男朋友都是以他做参照的。”

我听她说找男朋友是以霍刚做参照，忍不住地回头看了下她。舒珊被我冷不丁地一回头，心里不免发毛，她捂住自己的胸口，战战兢兢地说道：“干吗！”

我看她的表情挺逗的，便回过头，继续往前走了。

“哎，你这人，你还没有回答我的问题呢！”

“什么问题？”

“在墓室我问你的那个问题，你有喜欢的人吗？”

“小孩子不要乱问。”

“不回答就是有了，可惜啊！”

“可惜什么？”

“可惜你出不去了，找不到你喜欢的那个人了。”

我听舒珊说话越来越惹人恼火，便不想接她的话茬，哪知道她还没完没了：“她漂不漂亮？叫什么名字？大学认识的？盗过墓吗？”

“信不信我把你扔回水潭里？”

舒珊闭嘴了。

我见舒珊不说话了，心里有些过意不去，再说这样一个深谷里没有人说话，心里多少也会害怕，便另外找了一个话题：“你表哥姓霍，那么他的先祖也是霍东了？”

“不是。”

“不是，那是谁？”

“霍东是蛇字辈密探，表哥的先祖霍家仁是鸡字辈密探。”

我听舒珊如此说，心中大吃一惊，想不到陈道和这边竟然有两支密探。却听舒珊继续说道：“霍东和霍家仁本是亲兄弟，他们先祖原是吴三桂的属下，吴三桂兵败后，就投降了清政府。后来雍正帝开始设密探，最先起用的就是他们先祖的儿子，经过100多年的发展，慢慢成了两个密探。清朝灭亡后，霍东就给军阀卖命了，而霍家仁则回到了老家云南。由于政见不合，两家几十年没有来往。后来陈道和师叔祖主动联系了我舅舅霍梓皓，要求两家重归于好。舅舅见师叔祖人挺正直，声誉也很不错，慢慢就和这一支交往起来。我也是最近才被舅舅送到这边参加训练的。”

听完舒珊的讲述，我才发现自己竟然掌握了另一个消息，那就是找到了第十位密探后人的下落。虽然霍梓皓和陈道和有着重大的渊源，可是霍梓皓比较耿直，为人也比较豪爽，并不一定是和陈道和一伙的。

可是这消息虽好，但想到密探后人大半可能死在了这墓室里，再好的消息也没用了。

“你对陈道和的印象怎么样？”我问道。

“师叔祖啊，师叔祖人挺好的，和蔼可亲，平易近人。”舒珊天真地说道。

我听舒珊如此说，才知道陈道和处理人际关系的能力如此强，竟然将近百年的积怨化解了。同时，我也再次感受到这只老狐狸的圆滑，竟将自己所做的那些见不得人的勾当掩饰得一干二净。

我又问舒珊：“你为什么要来参加训练？”

“我觉得好玩啊！你想啊，这么多东西被埋在了古墓下面，多可惜，还有那么多的历史都被后来的君王给改了，只有通过挖掘古墓，我们才能还原历史真相。”

我听舒珊如此说，发现这世上盗墓的人只怕再也没有比舒珊的出发点再简单的了。

说话间，这峡谷越来越陡，也越来越狭窄，整个峡谷不足一米宽了。

由于峡谷过窄，我们两人已经不能并行。

舒珊说：“一水，你说这峡谷不断地往上去，是不是说我们坚持走上去就能走到峡谷的顶端？”

我回答道：“理论上说是这样的，但是如果峡谷继续变窄，我怕咱们会被峡谷夹死。”

“不会这么痛苦吧？”

“理论上说是这样的。”

往上行走了一段后，我们透过狭窄的山缝中看到了峡谷顶端的月光和在月光笼罩下而显得不太明亮的星星。舒珊看到这些星星兴奋极了，她认为这就是希望，这说明自己能出去了。

“一水，你说咱们假如找不到出口，来到这个地方爬上去，行不行呢?”舒珊说道。

“理论上说能行。”我回答道。

“你这人是不是有毛病，怎么老是把理论上挂在嘴边。”舒珊急道。

“主要是你老是问不靠谱的问题。”我说。

在这样一个艰难的环境中，我和舒珊争吵了一阵，两个人都觉得胆大了不少。不过，接下来的峡谷更加狭窄了，它甚至称不上峡谷了，只能被称作裂缝，整条裂缝只能容得下我和舒珊侧身通过。

我和舒珊侧身往上走了约有 20 米的样子，头顶的星星便看不到了，峡谷内的光线再次变得黑暗起来。我知道，我们从山体鞍部的裂缝又走到了山峰处的裂缝了。看到这般场景，舒珊不禁有些急了，开始抱怨刚才我没有同意她顺着山缝攀登上去。

山缝中攀登的唯一方法便是叉井式攀登，但是这种方法有一定的风险。我不能随意就带着她冒险，我们两个一旦再有人出事，另外一个很有可能就再也出不去了。

再往上走了一段后，山缝才稍微宽阔一些，不过，这也只能容纳一人行走。又往前走了一段路后，我们惊诧地发现走到了山缝的尽头，再也没有了出路。

山缝的尽头看上去十分像天井，它总体呈圆形，直径大过 3 米，周边凹凸不止，地面光滑，墙壁边缘带有碎石。从现有的地质变化来看，这里的山形肯定曾经被高人勘探过。得知这山的地表为一个整体，山下为一个整体后，这位高人据此设计了越王墓，一旦我们触动了某个机关，整座大山就会发生翻天覆地的巨大变化。

看到这里，舒珊就绝望了，她觉得再也走不出去了，而我也感到十分地失望，不过我还是要安慰她，毕竟两个人总有一个人要坚持下来。

“怎么办？咱们往回走吧，回到那个能看到星星的地方。”舒珊说道。

“不合适吧，你看这里也能看到星星。”我说道。

“不好，这里的山高，那里的山低。”舒珊说道。

“可是那里的山十分地光滑，这里的山凹凸不平，崖壁上还有很多立足的地方，同比来说，还是这里比较容易些。”

我之所以跟舒珊这么说，纯粹是出于一个懒惰的心理，因为去往鞍部的那处山缝还要经过一段路，而我们现在已经没有了力气，反正同样是走，往上走和往内走都是走。

舒珊当时也没有了力气，听我那么说，竟然也没有多说什么，在地上休息了一会儿，便和我一起上去了。由于山崖垂直发育，攀岩多少是有些难度的。舒珊把枪转到了背上，而我则关掉手电，将其别在了裤腰带上。

虽然天井上端依稀有月光照进来，但是由于井深而光浅，底下还是一片漆黑，我们只能摸黑攀岩。好在舒珊受到过专业的训练，我们两个都能爬上去。

正爬着，舒珊说道：“一水，你身上有没有藏着几块鱼什么的？”

“没有，我带着那个干吗！”我以为舒珊嫌我身上有臭味。

“我饿了，我想吃鱼。”舒珊道。

“好好爬，爬上去就有鱼吃了。”我没有想到现在她竟然不觉得鱼肉恶心了。

“你知道我这辈子吃得最好的一顿是哪一顿吗？”舒珊道。

我一听，心里奇怪：我怎么会知道你哪一顿吃得好？可是想到现在必须鼓励她，否则她两手一撒，跌进深谷殉难了，那不是完蛋了嘛，于是鼓励她说："我可不知道，快讲讲那顿饭吃的是啥？"

"哎哟，这块石头竟然不结实。"舒珊换了一块石头爬着，继续说道，"那是我小时候，我姥爷带着我去赶集。集市上有人下棋，我姥爷就围着过去看了。我姥爷看棋的时候有个毛病，那就是喜欢指指点点，不一会儿就把下棋的人气走了。下棋的人走了，他就坐在那儿了，结果这一下就是一上午，早把我给忘了。等下棋的人都散了，他才想起我来，可是怎么找也找不到了。我姥爷当时就急了，满集地找，可是找了一个下午都没有找到。后来，他回到家里，发现我已经到家了。"

"不对啊，那吃的最多应该是你姥爷呀！"

"我当时就看上路边的卖棉花糖的了，可是我身上没有钱，我就围着卖棉花糖的人转，不走了。那个卖棉花糖的看我老是站在这儿，以为我要买，可我没钱，只能干巴巴地摇头。就这样，我在那里站了一个上午。到了中午，卖棉花糖的要回家了，人家送给了我一串棉花糖后蹬着自行车走了，可是我这个时候才发现我找不着我姥爷了。我就不停地哭啊，不知道跑到了哪个村子，遇到了村子里的一个大婶，这个大婶问我是谁，我就把我们家的地址说了。当时我们家里那边流行拐卖人口，我妈怕我被拐了，教我的第一句话不是叫爸，也不是叫妈，而是教我背诵我们家的住址。那个大婶一听我说出家里的地址，就把我送回去了。"

"这么说，你这童年还挺快乐。"

"是啊，不过我姥爷已经得了癌症死了。当天晚上我就觉得那饭特别地香，怎么吃都觉得香。后来我让我妈再做那顿饭，没那味儿了。"

舒珊说完，我才对舒珊的童年有了大致的了解。听舒珊讲述着自己的故事，我也想到一个童年的趣事。我告诉她，小时候，我妈不爱给我买零食，我憋了半年没有吃过一点零食。有一回，我看到我妈在枕头下面藏了50块钱，我就特别高兴，偷偷拿出去买了一块钱的山楂(又名老虎肉)，找回的49块又偷偷地放回原地。当时我心里特别高兴，以为自己只偷了一块钱，肯定不会被发现，谁知道当天晚上就遭到了一顿胖揍。

舒珊听完，笑得合不拢嘴，不断地说我太笨。

说话间，我已经爬了四五十米，剩下的山崖已经不多了。我们信心大增，尽量不去看下面，避免因为恐高带来不必要的紧张。正当我再去想几个自己的童年趣事的时候，我在我的左侧发现了一处高约3米、宽约2米的深洞，从现有的痕迹来看，无法判断这洞是不是因为这次的地质变化造成的，但是它的出现却让我们可以休息一会儿。

我和舒珊坐在洞里，长出一口气，心想，总算是快要离开这里了。

我看舒珊不断地在挠自己的后背，便用手电照了过去，我问道："怎么了?"

"之前被水里的鱼咬到了，现在痒得很。"舒珊说道。

听舒珊一说，我也觉得自己的小腿奇痒无比，但是我不敢去挠，生怕伤口发炎。我将手电奔着洞口里面照了过去，却发现前面十分幽深。我拍了拍屁股，往里面走了过去，发现远处似乎有亮光。这更加引起我的好奇心了，难道说前面有出口吗?

"哎，你干吗呢，等等我!"舒珊见我往里走，也跟了上来："怎么有亮光，哈哈，是不是出口?"

"理论上说是的。"

"又来了。"舒珊道，"别把口头禅老是挂在嘴边。"

我没有理会舒珊，却加速往前跑去，大约跑了100米的样子，我终于来到了尽头。原来，那个闪着亮光的地方其实是另外一个洞口。

而这个洞口之外正是一处高约百米的悬崖，这处悬崖下面是一条河，从外在的地理环境来看，这条河很有可能就是天师府门口那条河的上游。

我猛抽一口气，心道，想不到我们都已经来到了这里，这里的悬崖长期遭受阳光的暴晒，表层的碎石早已风化，悬崖上的石头光滑无比，毫无立足之处，这里并不能作为出口，还是返回原路的好。这个问题也被同来的舒珊看到了，她也认为我们有必要返回天井，从天井爬出去。

怀着失落的心情，我们由原路开始往洞口返回。

返回的时候，我对周遭的感受有些不同。之前进来的时候是对这洞口充满了憧憬，所以走得比较快，而现在返回去了，反倒是觉得这个深洞有些怪异，它不仅出现得奇怪，甚至这个洞里也充满了一股强大的阴森之气。

果然，当我们走到这洞的中间位置的时候，我看到左边的墙壁呈断裂状，再仔细看去，我竟然发现这个墙壁里面是空的。我的经验告诉我，这个墙壁里面一定掩藏着什么东西，而且不能进去，否则很有可能再到阎王爷那里走一遭。但是我的好奇心又不断引导我，一定要瞧瞧里面是什么。

这是一种矛盾的思维过程，这就好比一个人看到了蛇一样，他本来觉得这条蛇很难看，但是他还是会忍不住去看，好像是为了验证某种未知的假设一样。

在这个时候，舒珊对我的决断发生了重大作用。她觉得这里是龙虎山悬棺的所在，我们还有可能会在这里找到悬棺。我听舒珊如此一说，对僰人悬棺所有的恐怖记忆瞬间涌上了脑海，大批的狼群、午夜的楼阁和新娘、干枯的老怪和僰人升仙、九层摘星峰好像就在眼前一样。

我猛吸一口凉气，对着舒珊说：“咱们还是老老实实地从山井那里出去吧，免得死了都没有人给咱们收尸。”可是舒珊却是非常胆大，虽然她刚从死亡殿中走出，但是好奇心比我还重，她竟然舍不得走。

舒珊舍不得走，我一个大男人自然不能主动认㞞，所以就陪她逗留一会儿，不过，我也不会同意她再进去。现在四叔等人还没有下落，若是我们再有什么闪失，只怕就是真的连个送信的都没有了。

舒珊从我的手里接过手电，然后把枪挂在了我的肩上。她拿着手电对着洞内瞄了瞄，似乎并没有什么重大发现。正当她兴致索然时，一根白色的细绳突然从洞内飞出，那根细绳以极快的速度拴在了舒珊的小腿之上，跟着那细绳一紧，舒珊顺势后倒，跌倒在地。我还没有反应过来，就见舒珊被那根细绳硬生生地拉进了洞里。

第十七章 大战土蜘蛛

话说那个破裂的洞口并不甚大，但是这个墙壁的洞口特别多，在桌子大小的一个地方，竟然有十几个洞，而且从墙壁上侧面看，这面墙特别薄。

舒珊被那根细绳拖住之后，跟着便被拖进了洞里。在拖拉的过程中，舒珊将那个看上去薄如蝉翼的石墙撞得粉碎，原本支离破碎的洞口瞬间被破坏得连成了整体。

我从来没有见到过这种情况，更不知道这是为什么，但是我知道舒珊危在旦夕，我必须进去救她。想到这里，我立马冲了进去，却见舒珊已经被那根白色的细绳拖到了洞室的中间。

这个洞室很大，呈方形，约 100 平方米大小。洞室有一股很强的臭味，这股臭味究竟来自何处，我并不得知，不过，当前最要紧的还是赶快救出舒珊。

当我冲进洞室的时候，舒珊已经被拖拽到了洞室的中央。幸运的是，由于洞室内一根粗壮柱子的阻挡，舒珊并没有被那根细绳彻底地拖拽过去。看到舒珊紧紧地抱住柱子，我快速冲了上去，将那根绳子开枪打断了。

舒珊的后背和头部被蹭破了皮，浑身是泥土和血迹。

可能是突如其来的危险刺激到了她，她突然兴奋起来，她不顾身上有伤，从我的背上抢过冲锋枪，对着黑暗的远处打了过去。冲锋枪在喷射过程中发出了很强的“哒哒哒”声，除了这个，洞室里悄无声息。

打出了十几枪之后，舒珊方才罢休，她知道这样的便捷式冲锋枪是不容许扫射式的连发，毕竟这种枪支的子弹有限，每个弹夹仅容30发。

舒珊将冲锋枪递给我，喘着粗气对我说道：“你去看看那个东西怎么样了?”

我看舒珊伤成这样，心道，这事还只能交给我干。

舒珊射击的方向也是一处洞口，那里有着十分明亮的月光。月光从洞外照进来，照亮了大半个洞室。不过，这样的月光也有死角，那就是洞口两侧的墙壁由于这种石头的反光性很差，使得洞口两侧的墙壁一片黑暗。

受到光线的限制，我根本看不清洞口两侧的情况，为了试探这两个地方是否有人或者有不明生物，我对着两侧各打了一发子弹。

这两发子弹打出后，都像是打在了墙上，我长出一口气，心想，这边并没有什么异常。正当我转身的时候，我听到“啪”的一声，这声音虽然小，却被我听到了。我低头一看，发现地上竟然有一滴血，于是心中大骇，本能地掏出我随身携带的迷你型小手电照了过去。这个动作纯属出于习惯，哪知道这个迷你小手电竟然也能够做到防水，并没有在逃亡过程中损坏掉。借着这微弱的手电光，我竟然看到了一个庞大的身躯趴附在墙上，它前小后大，通体透亮，不知道是何种生物。我后退几步，发现这东西的两只眼睛如拳头般大小，六只后爪和我的胳膊一样精干粗壮，两只前爪如小型挖掘机一般，仔细一看，竟然是一只巨型的蜘蛛。

被眼前的情景震惊到后，我当即将所有的子弹都赏给了这只巨型蜘蛛。这只蜘蛛原本趴附在墙上，被我的子弹打到后，很快就死掉了，庞大的身躯掉落在我的脚下，整个洞室猛然一震。

这个时候，舒珊也走了过来，她看了看地上的蜘蛛，也表示十分吃惊。她说她在书中见到过这种蜘蛛，它的名字叫做土蜘蛛。相传，土蜘蛛身形高大，锯齿锋利，常常用脚足和黏丝将人拖至洞中，而后肢解分食。再看这只土蜘蛛，它形貌丑陋，头上长着金鱼一样的眼角，嘴角的牙齿像是剪刀一般，背部有如拱桥状，六只大爪粗如手臂，当真是与书中写述一致。

现在子弹已经被我全部打光，冲锋枪也没用了，我将它丢在了这只蜘蛛身上。舒珊看到这只土蜘蛛已死，心情大好，之前那些皮外伤带来的郁闷一扫而光，脸上随即绽放出了百合一样的笑容。

哪知道，就在我和舒珊打算离开的时候，又有一条细绳飞了过来，拴到了我的腰上。我心中一紧，暗道不好，难道说这洞中还有别的土蜘蛛。

当时我反应较快，快速地趴在地上，然后抱住了一块巨石。果然，我身体刚刚落下，那个蜘蛛丝就绷紧了，一个强大的拉扯力从另一侧洞口传来。

原来，在洞室的左边还有一间洞室，刚才求胜心切，并没有注意到这里还有一间洞室。现在从洞室里飞出一根蜘蛛丝，我才注意到这里还有间洞室。

对于这次突然出现的变故，舒珊的反应也比之前快了许多。眼见我抱住了石头，她做了一个前滚翻的动作来到了我的小腿处，跟着拔出我腿上的匕首，将这根细绳割断了。

恢复了自由之后，我和舒珊纷纷退到了洞口左侧墙壁的远处，生怕再有新的蜘蛛丝喷出。而就在我们两人后退的同时，里面的那个蜘蛛踩着地皮风风火火地闯了进来。我们两人借着月光看去，只见这个蜘蛛比刚才死掉的那个还要大上三分，它拳头大的眼睛冒着莹莹绿光，两只大前爪如成人男子的大腿般粗壮。

“一水，不好了，咱们把那个母的打死了，这个公的肯定也要把咱俩弄死。”舒珊说道。

“你怎么知道这个是公的?”我问道。

“你真笨，公的一般个头比较大嘛!”舒珊说道。

我不知道舒珊从何处得来的这套理论，但是这个像是在太空培育过的良种大蜘蛛真的很威风。可怜我们手上再也没有趁手的家伙，只得再捡起那个没有子弹的冲锋枪，企图用这冲锋枪掩盖内心的恐惧。

不过那个土蜘蛛实在是太凶悍了，它在我全神戒备的情况下，竟然轻而易举地夺走了我手上的冲锋枪。我刚要逃走，那土蜘蛛就放出了面条一样粗的蜘蛛丝，它先是紧紧困住我的腿，继而又缠住了我的腰，直将我捆得团团转。

眼见我被这个巨型土蜘蛛绑得死死的，快不能动弹了，舒珊飞起一刀，割断了捆住我的那根蜘蛛丝，使我彻底丧失了被土蜘蛛拖过去生食的可能，继而她又快速将我身上的蜘蛛丝清理了干净。

我见自己恢复了自由，责备舒珊道：“这个土蜘蛛吐丝的时候你干吗去了，怎么我快被吃的时候你才下刀?”

“我也得消耗它的有生力量嘛! 你想啊，它屁股后备箱里的蜘蛛丝是有限的，咱们也得可劲消耗它不是。”舒珊笑眯眯地说道。

我顿时哭笑不得：“你怎么可以拿我来消耗蜘蛛丝。”

“分工不同，你负责消耗蜘蛛丝，我负责对付土蜘蛛。”

舒珊那话一说完，我可就火大了，不过我不能表现出来，只能将气发泄在这头巨大的土蜘蛛身上。想到刚才如果从来时的洞口出去，我们很有可能会在攀岩的过程中因为土蜘蛛的偷袭而跌落悬崖，于是我坚定了消灭土蜘蛛的想法。

为了配合土蜘蛛高涨的复仇热情，我手握“星宿大刀”，笔直地冲着土蜘蛛的两只大爪去了。那土蜘蛛见我心急火燎地来死送，心情大好，两只大前爪张牙舞爪，好像发情的母猫。而我也似乎从它活蹦乱跳的身姿中读到这样一条信息——我能死在它的爪下那是我的一种荣幸。

不过，我还是令土蜘蛛失望了，就在土蜘蛛欲张牙舞爪地痛击来敌时，我一头转向了这只土蜘蛛之前所在的那个洞室。那个土蜘蛛根本没有想到我会往另一个洞室里钻，所以比起我的动作，它自然也就慢了半拍，等它反应过来，我已经跑远了。

这个洞室比我和舒珊所在的那间洞室大得多，而且由于暴露在外界的洞口较大，洞里也明亮许多。秉承着可持续发展的原则，进入这个洞室后，我就把手中的微型手电关了，然后寻找可利用的武器。

这个洞室并没有什么可利用的武器，所剩比较多的是许多碎石。这些碎石有大有小，大的有桌子般大小，小的如拳头般大小，而且这些碎石多为片状，从外观上看极为不规则。

就在我疯狂寻找趁手的家伙的同时，那只土蜘蛛并没有如我所愿地跟着进来，而是被舒珊吸引了过去。我心道，毕竟还是美女有魅力，土蜘蛛都知道挑好的。不过，我并没有借舒珊去消灭土蜘蛛的有生力量，因为我害怕土蜘蛛会因为舒珊变得兵强马壮。

我收起匕首，抄起两块个头偏大的石头，一手一个，往另一间洞室跑了过去。我这趟赶得正及时，舒珊手上已经没有了什么像样的武器，她身上随身所带的匕首并不甚锋利，现在她已经被土蜘蛛逼到了墙角，眼见性命不保。

我抄起石块，以百米冲刺的速度对着土蜘蛛的屁股尖就拍了上去。

不过还别说，这一拍还真出效果，土蜘蛛肥硕的屁股顿时被我拍出许多的绿水出来。

那土蜘蛛受到我强大的一击，尾巴一甩，立时调转头来。我见形势不妙，连忙往后退了几步。谁知那土蜘蛛速度极快，虽然我一再后退，可它还是追到了我的面前。

这次我不能再退了，如果再退，必然在逃跑的途中被它咬死。当下我双腿并齐，调整姿势，在土蜘蛛“迎难而上”的时候，我一把薅住了它的眼眶，然后翻身骑到了它的脖子上。

这土蜘蛛的脖子并没有马背骑着那么舒服，造成这种结果的原因不仅是因为土蜘蛛极力不配合，也是因为土蜘蛛的头部后面有着许多的倒刺，这些倒刺很硬，触手之处，皮肤尽破。

由于难以支撑，我很快就被土蜘蛛摔了下来，疼得我两排牙差点咬成了一排。

被摔下后，我还没有来得及翻身，那土蜘蛛随即就踩到了我的身上。它身强体壮，几只爪子又十分坚硬，险些将我的肠子压出来。

正在这时，舒珊扔了几个石头，砸到了土蜘蛛的屁股上。这个土蜘蛛本来就被我拍了两下，现在又被舒珊削了几下，自然是疼痛难忍，于是它又掉头去攻击舒珊去了。不过，这个土蜘蛛并没有放过我，就在它转身的时候，还用爪子踢了我一下，将我扔到了墙角。受了土蜘蛛一脚，我只觉得天旋地转，世界黑暗。

不过，舒珊将土蜘蛛吸引到了远处，很快将我拖到了洞室的深处。

过了一会儿，我慢慢好转，才站了起来。这个时候，土蜘蛛已经到了我们面前，眼看我们就要遭殃的时候，我侧身看到自己身后有一处宽约一米的夹缝。这个夹缝不知道是如何形成的，就像是两堵墙并排在了一处。它上面并没有死死地抵住洞顶，而是闪出了半米的缝隙。

我见这个夹缝如此狭窄，心想这个土蜘蛛定然无法进来，于是拉着舒珊就往夹缝里跑。这个夹缝另一头是有光亮的，也就是说，它的方向是通往悬崖的，也许，我们可以先躲到悬崖上。毕竟绝壁那么光滑，土蜘蛛无法立足。

果然，当我们跑进夹缝之后，这个土蜘蛛如我所料的没有追进来。我和舒珊长出一口气，心想，现在至少可以喘口气了。

我们在夹缝中休息了一会儿后，还是觉得这里的空气太过稀薄，憋得难受。于是我们又继续往前走，可是走了没有几米，我们才发现，这个夹缝太狭窄，有的地方竟然不足20厘米宽，连舒珊这样苗条的女生都过不去。

没有办法，只能原路返回。

我们打算走到夹缝的出口不远处探探路，看看土蜘蛛究竟在什么地方。

可是当我们走到距离洞口不足10米的地方，我们看到洞口中有一个庞然大物，它的爪子高高耸立在夹缝里，整个背部弯得像一座拱桥，可不正是那只土蜘蛛嘛！

想不到这个畜生为了要吃我们，竟然费了那么大的劲，连高难度的动作都做出来了。不过，它并没有继续往前走过来，再看它的架势，竟像是要我们主动投降。

"一水，咋办?"舒珊急道。

"只能继续消耗有生力量了。"我无奈地说道。

"可我怎么觉得消耗的是我们的有生力量。"舒珊撇着嘴说道。

"你没有听说过春蚕到死丝方尽吗？咱们就在这儿坐着，等会它还得吐丝来逮我们。等它的丝吐完了，估计离死也就不远了。"

舒珊白了我一眼，说道：“就算它库存用完了，也不至于死吧。”

舒珊还没有说完，我就看到一条白线从土蜘蛛的方向穿云而来。

看到这不妙的形势，我干脆任由它绑着，哪知道这次土蜘蛛并不打算捆着我，只是拴住了我的小腿，然后将我往它的方向拖了过去。我哪有这只土蜘蛛的力气大，虽然有舒珊一再拽着，可是还是不由自主地被拉了过去。

好在石缝较窄，两侧多有凸起的岩石，这些岩石竟让我硬生生地抠住了一块。趁这时间，我赶紧用腿将蜘蛛丝缠在了一块石头上，那土蜘蛛拖拽不动，便弓着腰，不断地抖屁股。

看到这儿，舒珊咯咯地笑了起来，她说她从来没有见到这么有趣的事。

哪知道那土蜘蛛的屁股才刚刚抖了两下，就将这热乎乎的蜘蛛丝给掐断了，将笑得正欢的舒珊的小腿给绑住了。舒珊没有防备，竟被土蜘蛛给拉倒了，惊得舒珊啊啊大叫。

我终于被这只土蜘蛛给激怒了！

就在舒珊被拖拽的过程中，我狂奔而去，而且还跳过了舒珊，一把将星宿刀插进了土蜘蛛的巨大脑壳中。可能是由于光线不好的缘故，这只巨大的土蜘蛛反应稍微慢了一些，竟然被我插中了。它晃了晃身子，几只爪子随即一软，倒在了地上，舒珊也因此得救了。

显然，舒珊没有想到我的爆发力如此强悍，竟然将势头正盛的土蜘蛛一把插死在了夹缝中。她解掉身上的蜘蛛丝，和我跨过土蜘蛛的尸首，来到了夹缝洞口。我们这才发现，原来，土蜘蛛为了防止我们逃脱，竟然在夹缝的出口编织了一个密度极高的蜘蛛网。

我用星宿刀将蜘蛛网的边缘慢慢割去，拉着舒珊出了夹缝，口中长出了一口气，心道这回算是平安了。

“想不到你还挺厉害的!”舒珊笑道。

“马马虎虎，你身上的伤怎么样了?”我问道。

“哎哟，你不问还好，一问，这就疼啊!”

我看见舒珊龇着牙，不停地喊疼。

看到这么一个漂亮的大姑娘和我一起站在山洞里，浑身上下弄得像捡破烂似的，我心里多少还真是有些不忍，我对她说道:“我看咱们还是早点出去吧。”

“急什么。”舒珊说道，“还记得咱们为什么要进这个洞吗?”

“当时是被土蜘蛛拽过来的。”我回答道。

“不对，当时我们俩都感受到了一股强大的阴气，咱们是被阴风吸引的。”舒珊道。

听舒珊那么一说，我才想起，当时的确有这种感觉，只是沉浸在和土蜘蛛的拼杀中，忘了这种感觉的存在。现在再看这洞中，的确觉得有些阴寒，于是我问舒珊:“你是不是有什么发现了?”

“你看那里!”舒珊指着夹缝山墙的另一侧的一处洞口说道。

循着舒珊所指的方向看去，我看到那洞口的亮光处有两团黑黑的东西，走近一看，才发现这是两个棺材。不同的是，这个棺材里有着许多的树枝和破旧布条，翻开这些树枝，里面竟然还掺杂了一些带着灰色的骨头。

“这是怎么个情况?”我惊讶地问道。

“我猜想，这应该是两个古代悬棺，但是时过境迁，鸠占鹊巢，这两个棺材被两只土蜘蛛占了，当成了自己的巢穴。”舒珊道。

“哎呀，有道理。”不过，除了这个，我们便没有了别的发现，我欣喜地对舒珊说道，“咱们走吧，你的愿望已经实现了。”

“急什么，来都来了，把你的微型手电借用一下。”

我将微型手电递给她，嘴里说着："要这个干吗?"

"我总觉得这附近还有别的东西。"

舒珊一边说着，一边便拿着手电往墙壁照了过去，而我则来到了洞口，对着外面的景色看了过去。现在，我终于能够心平气和地看一眼这龙虎山的景色了，凭栏远望，高低不同，当真是气象万千，美不胜收。远处是一望无际的山峦，近处是一条狭长的河流，河流急湍不止，即便是站在崖顶，也能听到这哗哗的水声。再看这云海仙山，当真犹如梦境，令人恨不得即可展翅翱翔。

正看着，我突然觉得这地形颇有些眼熟，似乎与大炮手上所拿的那个地图颇为相像。

之前，在越王峰的时候，我们比对附近的山峦走势，虽然看着越王峰的地形和地图有些相像，但是总是觉得缺些什么。开始还以为这是由于地形变化造成的，现在看来，大炮手上的地图根本就不是越王峰的，而是这里的。仔细说来，越王峰是唐朝的古墓，僰人悬棺是宋代的，两者根本没有什么联系，僰人悬棺出土的地图根本不可能是越王峰的越王墓。

可惜我手上没有地图，不能进一步做比对，否则我就能认真核对一下。

正当我对这山川地形有所感悟的时候，听到舒珊叫了我一声。我跑过去一看，发现她正对着一面墙在做研究，再看墙上所绘，乃是一些红色的图画。这片图画所占墙壁长约 10 米、宽约 1 米，倒是颇为壮观。画上的人物线条简单，人物骨感，但是动作却极为多变，他们有的人弯腰，有的人屈膝，不知道是什么意思。

第十八章　山崖相遇

“想不到古人这么早就学会了武术。”我对着墙上的壁画说道。

“你看这个像是武术吗?”舒珊鄙视地看了我一眼，随即继续欣赏墙上的图画。她拿着手电，左右看了一阵，说道，“这些人应该是在做体操!”

我奇怪道:“怎么会是体操呢?”

舒珊说道:“南方天气比较阴湿，两千年前的时候，这里还不太适宜人类居住，这里的人很多都得了风湿性关节炎。为了通经活络，疏松关节，治愈关节炎，古代就衍生了一些动作，这些动作既有些像武术，又有些像体操，但最终的目的就是为了治愈风湿性关节炎。”

听舒珊如此一说，我恍然大悟，觉得她所说的甚是入理。我又问道:“古人绘画，往往权力大的人所绘出的人物肖像就大，越是普通百姓、奴隶，人物就绘得越小，为什么这里没有反映出来呢?”

舒珊道:“很简单，这里只是普通的体操图，它和华佗所创的五禽戏颇为相像，没有掺杂权力和政治，所以这里的人物肖像就大小均等了。”

我笑道:“当真是听君一席话，胜读十年书。也许这里的壁画还相对较早。如果这里真的是春秋时期的壁画，那么华佗的五禽戏就不是他所创，只不过是他重新整理过的而已。珊珊，你对史学界还作出了贡献啊!”

哪知道舒珊听了我的夸赞，非但不喜，脸上反而露出了追思古人的忧伤，她抚摸着墙上的壁画，叹息道：“好精美的壁画！”

我笑道：“想不到你也学会了附庸风雅，这墙上的壁画线条粗鄙不堪，哪里来的美感！”

“跟你说了，你也不明白。这壁画不知道放在这里有多少年了，风吹雨打的总会出现磨损，当时绘画出来的定然是漂亮的。再说当时的工艺水平就有限，能绘成这样就不错了。”

我又笑了：“这里深处洞中，既没有风吹，也不见太阳，你怎么能说这里是受到风吹雨打呢?”

舒珊终于忍不住了，她狠狠地瞪了我一眼，但是又好像找不到反驳的词，当下关掉手电，不再说话了。

我见手电被关上，洞内一片漆黑，伸手不见五指，便央求舒珊快点打开。哪知道这个时候，我感觉脖子一凉，似是有冰凉的手指从我的脖子划过。于是我大吼一声：“谁呀?”这话说完，洞内久久没有人说话，我本以为又有什么奇怪的东西出现，却不想舒珊突然打开了手电，对着她那白净的脸庞照了过去，然后幽幽地说道：“是我！”

我长出一口气，随即怒道：“人吓人会死人的。”

舒珊放下手电，言道：“谁让你老是欺负我。”

我没好气地说：“我哪里欺负你了。”

“你就是欺负了我，你在深潭里一个人像只野鸭子似的，跑了那么远才想起来找我。现在还跟我斗嘴，哼！”

为了表现出我对舒珊的不满，我一声不吭地走了，留下舒珊一个人站在无尽的黑暗中。当然，在这个行走的过程中，我的步伐还是比较慢的，因为我在等着舒珊追过来。果然，舒珊见我离去，马上追了上来，但她似乎仍然不愿意低头：“你看，你不说话还是欺负了我。”

"我不说话怎么就欺负你了?"我奇怪道。

"因为你走了，把我扔到了一旁，那里那么黑，那么冷，我一个人多害怕。"说完，她露出一脸可怜兮兮的样子。

我见她样子十分好笑，随即说道："那你刚才自己去探路的时候怎么没有害怕?"

舒珊眼睛围着眼眶转了一圈，刁蛮地说道："那是刚才，我现在害怕了。"

这个时候，我们已经来到了洞口，我对舒珊说道："你看看这里，是不是有些眼熟?"

舒珊盯着山下看了几眼，说道："是挺眼熟的，这不是咱们去保墓村经过的那条河嘛！还有这山，咱们都到过。"

"还有别的发现吗?"我说道。

"别的发现？别的？你就别逗我了，还能有什么发现？这里我也是第一次来。"舒珊说道。

"大炮手上的地图。"我说道。

"哎呀，想起来了。"舒珊说道，"还真是，和这里一模一样。不对呀，那地图不是越王墓地图吗？哦！是的，那个越王是唐朝的，他的墓和僰人族没有关系。哎呀，那这里岂不是?"

"这里应该就是僰人王手中的地图所绘的那个陵墓，如果我猜得没错，应该也是越王墓，只不过是春秋时期的越王。"我对舒珊说道。

"有道理，咱们终于有所发现了。"舒珊惊喜地说道。

哪知道舒珊不说还好，一说这是一个大发现，我就想起四叔和唐勇他们了。不知道他们现在怎么样了，也不知道有没有被埋在墓室里。想到这里，我长叹一声，说道："就算是有发现又怎么样，那个越王自己八仙过海了，不知道四叔他们是不是沦陷了。就算是侥幸没死，咱们出去之后，再找到警察，只怕大家也会背上盗窃文物罪的罪名，按照咱们这次造成的破坏，只怕一辈子都走不出监狱了，弄不好还会判个死刑。”

听我一说，原本兴高采烈的舒珊也低下了头，变得眉头不展起来，过了许久，她才说道：“一水，我说了你别不高兴。咱们盗墓的有这个行业规矩，盗墓生死各安天命，不能报警的。”

我岂能不知道这个规矩，如果出事了就报警，那么一票人都要进去，这在古代可都是砍头的大罪。毁坏他人宗庙，盗窃他人祖坟财物，这在以孝治天下的封建社会，属于十恶不赦的重罪。这次我没有对舒珊发火，我知道，我们能活下来已经很不错了。

我对着外面的月光山色长叹一声，知道人的命运有时候本就不由自己掌握。现在，我只能空长叹，心想：如果这件事被爷爷和奶奶知道了，真不知道他们会伤心成什么样。

四叔是奶奶最喜欢的儿子，奶奶认为四叔的脾气和她是最像的，敢想敢干，又懂得变通，因此，无论四叔犯了什么错，奶奶都是帮着四叔。不过，这也让四叔养成了个性潇洒的性格，凡事不拘一格，只是他这次的灾祸太大了。

我看了看远处，只见皓月明亮，又忍不住抬头看了看崖顶，只见崖顶被大半的石壁所挡，看不清上方。我长吸一口气，心想，我还是和舒珊从天井攀岩吧，尽快离开这里。

正当我推开舒珊，准备返回天井的时候，我听见左侧的绝壁上发出了“砰”的一声。这“砰”的一声虽然沉闷，可是我却听得真切，甚至还惊动了舒珊。舒珊恍然抬起头，看了我一眼，随即将头探了出去，可是却没有任何发现。

见舒珊回身，我又探出头来，我看了看左侧的山崖，又看了看右侧，只见山崖绝壁上微风拂过，草木森森，不见任何异常。

见两侧正常，我就往下看了一下，却见崖下有一块凸起的巨石。这块巨石距离我的位置约有七八米的样子，它约有五六平方米大小，受到月光光线的影响，我只能够看到这块凸起的巨石上长满了青草和荆棘。它枝条密布，张而悬垂，覆盖住了整个石头。也不知道是光线太暗还是别的原因，我竟然看到石头上似乎有人，我将舒珊叫来一看，她也认为这块石头上似乎站着一个人。

正猜测间，崖顶出现了比较大的动静，开始是人声，继而是草木受到拨动的声音，窸窣入耳。听到这个声音，我和舒珊都是吓了一跳。刚才我们已经推断出这里应该是春秋越王的古墓，按照现在这个时间，现在至少也在凌晨两点以后，甚至可能更晚，会是什么人在这里出现呢?

只有一种可能，这种可能不断地徘徊在我们的心头，那就是鬼。

这种推测一旦形成，我和舒珊就不再说话，并且躲在了崖洞口的一侧，静看外面的动静。

这窸窣的声音出现之后，过了不到半分钟的样子，从山崖顶端下来了一个人影。这人影如正常人般大小，受到观察角度和光线的限制，并不能看得清楚这个人具体长得什么模样。只是这人下去之后，到了我左侧约七八米的位置停了下来，然后消失了。紧接着又是下来一人，到了第三个人的时候，我听见上面有人对下面这人说话，从语气上看，还不太友好:“你这家伙，敢出一点花招，老子要了你的命。”

听这声音，颇为耳熟，这带着浓重的河南口音的人竟像是斗爷。但是斗爷被埋在了越王峰下面，不可能贸然出现在这里，一时间，我还以为自己听错了。

只听这下面的人说道:“爷爷，我哪敢啊，您就放一百个心吧。”

上面那人说道："老子就是太过放心，才让你得逞了，等事儿办完了，我非得让你给我老弟抵命。"

下面爬着的这个人低声哀求道："爷爷，您就放过我，我们也都不容易。"听这声音，早已沙哑，但是我却听得出来，似乎有些像"保墓村"的那个村长。

难道说这些人都还活着，如果大家活着，他们又来这里干什么？

为了保险起见，我强压住舒珊，不让她发出一丝声音，生怕惊动了崖上的黑影，将我们好不容易保住的性命葬送了。

终于，我听见了左侧崖壁发出的一个更为熟悉的声音："这家伙再不老实，你就把他交给大炮。我听说炮兄年轻的时候干过阉猪的行当，对于阉人应该也是轻车熟路。"

这人说完，我听见山上发出了一阵哄笑。

"老四，你就胡诌吧你，谁阉过猪了？"

哪知道这人说完之后，舒珊终于压抑不住自己的情绪，高声喊道："师叔，师叔。"

舒珊的喊声震惊到了崖顶、崖上的所有人，他们都停止了对话，却听舒珊喊道："师叔，我是珊珊啊！"

舒珊如此一说，左侧崖壁上就有人回应了："是珊珊啊，你怎么到了这里了？"

"师叔，我也不知道啊，总之很复杂，我表哥怎么样了？"舒珊带着哭声喊道。

"大家都很好，你放心！你在那里等会儿，我马上过来接你。"

现在已经证实，最先下来的是大炮，跟着是四叔，他们先是扔下一根绳子，这就是为什么我和舒珊听到的那个"砰"的一声。四叔等人担心村长要花招，所以将村长放在了第三个下来，而且斗爷还不断地对其加以威胁。

过了一会儿，斗爷、颜羽微都相继下来了。他们通知崖顶的人将绳子放到我这边，然后我和舒珊借助绳子攀岩到了四叔那一侧的崖洞里。回到了另一侧的洞口，舒珊和颜羽微相拥而泣，而我也和众人拍着肩膀，心头涌着莫名的激动。

这次和大部队出现分开的情况与僰人悬棺时候存在着很大的不同，那次分开是因为胡松杉离开众人去方便，而这次是因为出现意外情况，大家迫不得已而被分开。上次的分开，大家都知道对方不会出事，而这次我们双方都以为对方死掉了。

原来，那次尸王出现之后，村长等人惊慌失措，被眼前的景象吓到了。虽然他们也是听说山上布下了凶煞的鬼阵，但是一直没有人敢夜间上山，也就一直没有撞见过。可以说，村长等人也是第一次见到这种东西。

这些年，村长也知道这个墓非常凶险，两手空空肯定进不了这座古墓，于是他省下了很多贪污下来的赃款，这些赃款并不用来建房，而是用来买枪。经过十多年的努力，村长终于攒够了一大笔钱，他通过一个盗墓贩子的介绍，买来了许多的标有外文字母的高级枪支，火力极为威猛。

村长搞到这些枪后，正筹划着如何落实盗墓任务，却不想我和邱涵出现了，他想让我和邱涵给他做先锋，结果并没有取得什么发现。我们第一次走后，村长就曾经带着几个村民下去，可是有几个村民在墓室里中毒了，死在了墓室中，惊慌失措的村长就带着村民离开了古墓。

后来颜羽微和舒珊带着大炮来到了村长家，村长十分欣喜，他觉得终于又找到了一批先锋队和替死鬼，于是他白天布置好人手，晚上带着大炮来到墓室。当四叔破解了道士布下的机关之后，村长找准时机，离开了古墓。

村长到了古墓之外，吹了一个口哨，一堆村民便将正在望风的四婶等人抓了起来。他们将四婶等人的枪支没收了，然后用绳子将众人绑了起来，交由几个村民看管。

处理好四婶等人之后，村长又带着十几个村民进了墓室。他知道墓室的箱子里出现死人的情况不是鬼造成的之后，胆子陡然间就大了起来。他来到机关操控室，试图抓住邱涵等人，可是当他到了操控室之后，他才发现操控室早已经没有了人。

原来，邱涵、大熊、颜羽微三人接下负责看管道士的任务之后，他们就觉得操控室不太安全，而且大熊和邱涵还觉得这几个道士十分影响他们两个人和颜羽微的友好情感交流。于是大熊就从道士的身上找到了烟棒，对着几个道士吹了下去，几个道士很快就被熏晕了。

三个人坐在操控室觉得十分无聊，坐了一会之后，便想出去走走，看看这个通道的那头究竟是什么样子。虽然说邱涵已经去了那个道观，但是颜羽微和大熊没有去过，两个人一拍即合，很快就决定走一遭。为了防止几个道士醒过来，他们甚至还把道士也背在了身上。这样一来，村长赶过来的时候，颜羽微三个人已经不见了。

村长见颜羽微没有在操控室，以为这三个人也跟着去了地下的墓室，于是火速带着人赶往了地下二层的溶洞。村长等人显然被溶洞里的模样惊住了，他们也注意观察到我们已经到了深潭的对面，当时有手电光告诉他们我们的位置，于是村长等人跟着也跨过了吊桥和驾云桥。不过，村民过吊桥的方法和我们稍微有些不同，他们是把外套脱下，然后搭在吊桥的一条绳索之上，两只手臂各自握住衣服的一端，滑着到达对面的。

在经过吊桥的这一关上，没有一个人掉下去，不过，攀岩通过驾云桥的时候可就没有这么幸运了。这些村民除了经常登山的人外，一半的人掉了下去，具体是摔死了还是被人面兽吃了，谁也不知道。等他们到达刻有“八仙过海”四个大字的崖壁的时候，他们只剩下了六七人。

村长等人到达陡坡的时候，比我们要幸运一些，毕竟他们少了摸索的那个过程。他们顺着我们在陡坡留下的绳子，爬到了长明灯的位置。当时我们都在密切地注意越王的棺材，谁也没有注意到村长等人的突然出现，等我们发现他们的时候，我们的枪已经被下了。

事实证明，光有狡猾的头脑是不够的，还要有冷静的思维和沉着的心态。虽然村长等人能够沿着我们的路跟来，可是他们在本领上还稍欠一筹。当尸王睁开眼睛，所有人的目光都惊呆了，他们疯狂地跑向出口，丢掉了手里的枪支，忘乎所以地逃跑了。

但是尸王并不能忘记他们，因为村长是尸王睁开眼睛看到的第一个人。

在逃跑的过程中，尸王先是遇上了我们，可是并没有与我们纠缠，而是追上了村长等人。他甚至直接飞跃四叔，跳到了这些村民的面前，好像在他的意识中，村长就是打开他的墓穴、盗窃他的财产的罪魁祸首一样。

这样疯狂的追逐直接造成了村民的大量死亡，他们先是在奔跑中受伤，跟着受到了尸王的直接伤害，几个村民很快就被尸王就地分尸了，这也是为什么我和舒珊看到陡坡下有很多的残肢断臂的原因。

在这些疯狂奔跑的村民中，平时以体弱多病著称的村长表现出了他身强体健的一面。在较短的时间里，他冲到了众人的最前面。在他的记忆中，这种表现只有在他追求自己的老婆的时候才有过。

四叔和大炮等人眼见尸王如此凶狠和顽强，也都傻了眼，他们也不敢对尸王开枪，生怕把尸王的注意力吸引到自己这边。不过，当尸王快要追到“八仙过海”石刻的位置的时候，墓室的顶端掉下了一块巨石，众人马上就意识到，这是墓室要坍塌了。

第十九章　村长献墓

很快，众人就被眼前的景象吓到了，他们没命地往前跑，可是谁也没有把握能够在这种情况下爬过那个驾云桥的绝壁。

就在这个时候，大家看到村长第一个跳了下去，跟着是尸王追着村长跳了下去，众人这才想起，水下的浮力比较大，如果自己一直潜水，石头掉下来砸不死人。于是众人疯狂地跳到水里，幸运的是，大家都是南方人居多，少数北方人也因有过在南方生活的经历而懂水，并没有被水淹死。只是身上的血比较多，很快吸引了许多的怪鱼，大家就丢到背包，不断地用枪打。

与此同时，尸王因为不会水，在水里起起伏伏，竟然淹死了。

听到这里的时候，我和舒珊都十分震惊，因为我和舒珊亲眼见到尸王站在人面兽的背上，去了远处的楼阁。对于这个现象，大家也表示十分地吃惊，都说这可能是越王的阴魂羽化登仙，楼阁就是他生前安排的魂归的去处。当然这只是我们大家单方面的解释，但是这究竟是因为什么，我们谁也不知道，只是庆幸没有逃向那里。

尸王在水里起起伏伏一阵之后，众人见所有的食人鱼都游到尸王那里，于是便把目光锁定在了村长身上。

其实如果不是村长的突然到来，打开那个棺材的将是霍梓皓等人。如果是霍梓皓打开的话，那么躺在墓室里的尸体就该是霍梓皓他们了。按说四叔等人还要感激村长的到来，但是村长的突然出现并没有怀有好意，他一心想窃取胜利的果实，单就是他的险恶用心就让人深恶痛绝，众人就算不死在尸王的手里，也会命丧他手。

想到这里，众人一起扑向村长。村长见众人过来，吓得魂飞魄散，他知道自己做了对不起大家的事，心里满是愧疚，于是拼命地往吊桥的方向游了过去。

众人哪能容他往远处跑，若是吊桥处水浅，一旦有石头落下来，自己连躲的地方都没有，于是水性好的四叔一把抓住了他。

村长见自己被抓，急忙举着手说道："我知道怎么出去，你们别杀我。"

众人听他说自己能找到出路，便纷纷问他怎么出去。村长说，这个深潭里有个旋涡，只要跳进旋涡，大家便能跟着旋涡流进地下暗河，找到地下暗河，大家就能出去了。众人都觉得此事非常不可思议，村长就告诉大家，说自己的祖上其实是唐朝的石匠，这个石匠心怀私心，偷偷地绘下了墓室的地图，谁知道被当时的监工逮到了。监工命人将其处死，可是这个工匠偷偷给这个行刑的士兵行贿，这个士兵接到贿赂之后，在行刑的时候，只是砍了他一刀，但是并没有砍死。后来这个士兵将石匠的"尸体"扔到了荒野，之后这个石匠就逃走了。

石匠逃走后，无时无刻不在关注这个墓室的动向，但是这个墓室又被持续地修建了两年，因此对于墓室的构造并不能了解得特别清楚。石匠本想找个时间进入古墓盗墓，但是碍于行刑的那一次刀伤，一直没有进去，另一方面，当时的山上布有重兵，石匠一直没有机会。

又过了两年，石匠旧伤复发，就死了。石匠死前把这个秘密告诉了自己的儿子。不过，石匠这个儿子对盗墓并不热心，只是将这事记在了家族谱里。到了元末的时候，他们这一家越发落魄，才有人对这个古墓上了心。

依据石匠留下的口述来看，这个深潭下面有一处旋涡，旋涡是固定的，但是并不容易发现。只要是找到了旋涡，顺着旋涡往下走，能够离开这座古墓。

原来，石匠在建墓的时候就知道这座古墓一旦被盗就会面临坍塌的危险，可惜他记载得不全，导致村长不知道这座古墓会因为什么而坍塌。

众人听他这么说，都表示深信不疑，因为性命攸关的时刻，他没有理由撒谎。而且四叔坚定地认为，这个脑子不太好使的村长绝对没有这个智商编造出这么生动的谎言。

当时，石头越掉越多，众人开始脱衣服探测旋涡的位置，果然，没过多久，众人便在吊桥的下面找到了这处旋涡。

众人相继地扎进旋涡，这旋涡水流强劲，大家只觉得天旋地转，像是被送到了冥界地府。可是过了二三十秒后，众人便被这旋涡送到了一个地下的暗河处，大家从强大的水流中走出，却发现这暗河里的水并不深，水流只能到肚脐的位置。

暗河虽然不深，但暗河所在的溶洞却非常宽阔，它高约 3 米，宽约 8 米，直通到越王峰南侧的一条峡谷中。众人从暗河中走出，心情都非常地好，都有种劫后余生的感觉。大家甩了甩湿漉漉的衣服，拍着村长的肩膀，都说村长是好样的。

村长在众人的表扬之下，露出了他难得一见的憨厚笑容。却不想，众人出了那条暗河后，对村长开展了开天辟地般的暴打。看着村长对众人挨个地叫爷，斗爷多次拍着村长的头，说这才是他应有的本色。

出来之后，大家清点了人数，这时，众人才知道我和舒珊没有出来，这一路逃生，大家各自忙于逃命，竟然没有注意到我们两个与大家走散了。

恼火之下，众人不禁又将怒气发在了村长身上。村长一看众人怨气在身，如果再对他拳脚相加，只怕自己的小命也会丢下。他连忙告饶，并告诉大家四婶、蒋乾坤等人被捆绑的位置所在，众人的怒气这才有所消减。

不过，这也不能完全消除众人心中的火气，这一路上对他仍然是拳打脚踢。等众人到了越王峰附近，才发现越王峰已经完全塌陷，大部分山峰已经被夷为平地，只是因为山体较大，才没有出现支离破碎的惨象。最为震惊的是，越王峰周边的山峰出现了特别大的移动，而山体之间也出现了巨大的裂缝，这些裂缝深入地壳，也不知道究竟有多深，直把人看得胆寒。

村长进入墓室之前安排的看守地点在地面发生变动之后不见了，大家是在几处闪动的灯光处找到了四婶等人。有趣的是，现在被绑着的已经不是四婶等人，而是那几个外形彪悍的村民。

此时，四婶等人甚是着急，几人正在商量如何营救四叔他们，不过，与四婶一起商量营救的还有大熊三人。

原来，颜羽微三人带着几个道士返回道观之后，他们发现大部分道士都是睡着的。于是他们回到通道的入口，将观主弄醒。观主醒后，苦叫不休，恰巧这老观主又救过邱涵的性命。邱涵心一软，就把绑在老观主身上的绳子给解开了。

这老观主鼻涕一把泪一把，直骂邱涵没有良心、恩将仇报。邱涵被老观主一骂，心里更不是滋味，于是站在一旁，不吱声了。过了有半个小时，这老观主从口袋中掏出一盒烟，吧嗒吧嗒地抽了起来，他一边抽，一边哭，一边哭，一边骂，直骂了有半盒烟的工夫，才告诉邱涵等人，这墓室下面是不能动的，一旦有人进去，这越王峰就会坍塌，整个龙虎山的风水都会被改变。

邱涵听到这里，勃然变色，原本愧疚的脸上没有了一丝难过，反而生起了一副焦躁的情绪。他一把薅起老观主，拽住老观主的衣领，说道：“你怎么不早说？”

“我哪有机会说？”老观主反而露出了委屈的表情，他说道，“我早就不让你们进去，你们非要进去，现在都过去好几个小时了，只怕再笨的人也找到棺材了。”

邱涵听他如此说，心知这并不怪老观主，老观主一直在阻止大家进入墓室，是我们一心想发死人的财，才导致这样的结果。他颓然地坐在地上，问老观主如何能救得了大家，却见老观主无可奈何地摇了摇头，他告诉邱涵，他现在能做的就是从这个通道离开，快速到地面上去。

老观主刚刚说完，众人就见这条通道抖了一下，紧接着通道的远处发出了一声巨响，墙面上出现了一个巨大的裂痕，原本灰白色的墙壁顿时显现出一条黑色的缝隙。

众人看到这里，这才知道老观主所言不虚，本来邱涵还要返回去救人，可是由于山体运动，刚才还笔直的通道转眼间就被切断，变成了一条死胡同。邱涵颓然地坐在地上，不敢相信自己所看到的一切，反而是颜羽微拉起了邱涵。

颜羽微让大家快点离开这里，邱涵却表示要先把两个小道士和观主背出通道，不能让过多的人死在通道里。

邱涵三人将三名道士背出通道后，随即离开了道观，直奔越王峰而去。老观主本想劝诫他们不要去冒险，但是邱涵三人意志坚定，知道自己劝诫不住，便任由邱涵去了越王峰。

据老观主说，这座越王峰是这个道观的最大的秘密所在，越王峰倒塌后，这座道观很有可能也会不复存在了。他们会给山上的100多个女子超度，再也不用过着与世隔绝的生活了。几百年来，道观都在为这被杀死的一百多个死去的女人感到不安，现在他们终于也得到解脱了。

不过，邱涵等人走的时候，道观里的道士已经都醒来了。从他们面部的表情来看，他们并不知道怎么回事。看来，观主说的是对的，这个秘密仅有少数几个人知道。如果可以的话，这个秘密仅保留在观主一个人心里。

邱涵等人赶到越王峰的时候，那些村民正惊慌失措，他们早已经忘了自己在看守人质，反而是寻找立足的地方。邱涵三人轻松地下了几个村民的枪支，反而将他们绑在了大石的一边，几个村民早就被眼前的景象吓坏了，他们看自己被绑在石头上，不断地哀求邱涵，要求将其释放，担心自己会随着石头被埋进山缝里。

不过，这几个村民的担忧是过虑了，这次山体移动就算是动静较大，但是还不至于轰轰烈烈地持续几个小时，等邱涵将他们几个绑起来的时候，山体运动早就结束了。

解开四婶等人身上的绳子之后，阿帝拼命地想去寻找出口，可是他在越王峰遗址上蹦跶了许久，也没有找到可以下去的路径。四婶坐在石头上大哭不止。

就在手足无措的时候，四叔等人带着村长回来了。开始四婶还以为是他们的鬼魂回来了，可是看到眼前这人狼狈得如此真切，才不由得相信了。

四叔眉飞色舞地向四婶讲述众人的惊险经历，可是当四婶问及我的时候，四叔忍不住又开始暴打村长，打得村长嗷嗷叫爷。眼见众人怒气难平，村长立马跪在地上，说这山上还有一处越王墓，求大家放过他，只要放过他，他就愿为大家充当先锋领路人。

众人一听，不禁两眼放光，对我和舒珊的生死也变得不太在乎起来，纷纷开始询问这越王墓的位置。村长告诉众人，这越王墓乃是春秋末期的一位越王的陵墓，但是具体是哪位越王就不得而知了，很有可能就是勾践之后的一名越王。

众人听到此处，忙问村长为什么他自己不去。村长回答说，这座越王墓是在山崖上，是一处悬棺，听说也是凶煞得很，加之山崖陡峭难行，有东西也带不出来，多年来，他们也就没有动手，只是将目光聚焦在唐代的越王墓上。

"嘿嘿，只怕所藏的宝贝也没有越王峰上的墓葬多吧。"四叔说道。

"四爷您说到了点子上，我们都喜欢真金白银，听说越王峰下面埋的金子多，可是下去之后才知道早就被道士取光了。不过山崖上的越王墓也不是没有东西，还真的要各位这样的高人才能破了它。"村长道。

大炮一拍大腿，说道："干吧，我大炮向来不爱空手而回。再说此山一破，天亮之时肯定有大批的警察赶到。到那个时候，咱们就再也没有机会了。"

众人听大炮如此说，都觉得十分有道理，而且众人也隐隐觉得，这座山崖上的越王墓很有可能和僰人悬棺所带出的那块地图有所关联。

如此说着，众人便同意村长为众人带路，如果这次探墓成功，便将这条线索作为村长戴罪立功的依据。当然，为防止有人透露消息，这些人还没有忘记把这些村民一起带上。

受到陪葬品的吸引，众人一路翻山越岭，很快就来到了我们现在所站的这个山崖。站在山崖之上，众人见这山峦叠翠，云雾妖娆，果然是风水宝地，大炮再拿出地图做了个对比，发现此处地形与地图所绘一致，更加坚定了这里是春秋越王墓的想法。

考虑到唐勇在越王峰下受伤较重，这次他就没有再下山，而是将吴正、蒋乾坤替换了下来。同时，四叔和大炮、斗爷因为情绪高涨，坚持下山，因此就将五叔和四婶继续留在山崖之上。在大炮的那一方，除了大炮，霍梓皓、颜羽微、阿帝也来了，而小豆和霍刚则留在山崖休息。

为了能够保证众人的安全，大家还将村长赶了下来，意图非常明显，一旦发生意外，村长就会沦为替死鬼。

听到这里，我和舒珊才明白大家也同样在鬼门关逛了一圈，只是得益于村长的“仙人指路”，众人才成功脱险。不过，舒珊依然非常恼火，她指着村长的鼻子问道：“你家里不是有了一个花瓶了吗？那个花瓶那么值钱，你何必还要来盗墓？”

哪知道村长听了舒珊的话后，撇着嘴，低声说：“那是我花了300块在镇子上买的，本来想骗骗村民，赚个脸面，谁知道被他二叔说破了，我老婆恼怒之下，就拿来腌咸菜了。”

“骗子，真是大骗子。”舒珊怒道。

不过，舒珊虽然生气，众人脸上却露出了不多见的笑容。众人都说，村长真的是一个不折不扣的骗子，好像已经忘了自己刚刚也被他骗过一样。

由于我和大炮等人受伤严重，这次探墓的主要工作就交给了蒋乾坤和大炮的手下阿帝。而邱涵因为身有轻伤，则负责协助二人。

工作安排完毕之后，众人便在村长的带领下，沿着这黑糊糊的石洞往右侧走去了。不过，尽管石洞比较黑暗，但众人得到了装备补充，我们十人中有五人带有手电，这也意味着我们不用在黑暗中工作了。

摆脱了两个人的夜间踽踽独行，我和舒珊心里都踏实不少。舒珊一边走，一边啃着颜羽微给她带下来的面包，心情好了许多，而且舒珊还把颜羽微的外套披在了自己身上，现在她已经从亚健康状态完全走出，欢声笑语自是不在话下。

村长带领众人沿着洞口的石洞向右走了约30米后，众人见这石洞到了尽头，再往前走，便出现了向右折返的一条石洞。这石洞宽约3米，高近2米，纵深20余米远。与此前的石洞不同的是，这段石洞似乎有人工开凿过的痕迹，众人打着手电，仔细往墙上照去，却见这墙壁多处打磨平整。

众人都知道，寻常的石洞哪里会有人打磨平整，更何况这里是悬崖绝壁，即便是普通的陵墓，墓主也不会打磨墓室之外的墙壁。看着这古怪的石洞，众人谁也不再吱声，就连爱闹的舒珊也不由得被严肃的气氛惊吓到，捂着嘴，不再说话。

“以我的经验来看，这洞里定然有古怪!”村长脸上流露出一种经过深思熟虑后的高深莫测的表情。

“哟，想不到唐僧也知道妖气了。”斗爷嘲笑道。

村长挠了挠头，傻笑着说：“都是跟各位学的。”

“嗯，学会拍马屁了。”斗爷一脸淡然地说道。

“哪儿啊，人家这是充分发挥特长，要不能当村长吗?”舒珊插话道。

“哈哈，你这个小妹妹说得太好了。”斗爷大笑着说。

这个时候大炮看了看众人：“咱们没有时间扯了，如果天亮不出来，大家都得被抓。我的意见是，先找个东西试试，瞧瞧有没有机关。”

哪知道斗爷听到大炮如此说，更是笑得合不拢嘴：“依我看，村长如此有见识，咱们应该让村长打个先锋，然后我们再依次跟进。如果你顺利过了，我们自然对你钦佩有加；如果你不幸夭折，那我们就每年清明为你上香。”

众人听罢，哈哈大笑，都说斗爷出的真是妙招一个。可是众人虽然说好，村长却不乐意，他脸上面露苦笑，手上摆弄出一副求神拜佛的动作，说道：“各位爷，您就放过我吧，出来混都不容易。各位要是不嫌弃，我倒是有一个主意，山洞拐弯的地方有许多的石块，沿着中间这段路一路滚过去，洞里有什么机关，都能试出来。”

众人一听，都觉得这是一个好办法，斗爷拍着村长的肩膀说道：“你还算是出了一个好主意，这事就交给你办了。”

村长虽然不太高兴，但是还是强作笑脸，说包在他身上。

众人退回石洞的拐角后，就见村长气喘吁吁地抱着两块比拳头大不了多少的石头来到了石洞的纵深处，他放下石头，伸展了一下肢体，直过了两分钟方才将第一块石头扔出，那姿势就像是一个资深的保龄球爱好者。有趣的是，石头刚出了村长的小手，村长便快速地卧倒在地，此刻，村长俨然又是一个作战经验丰富的投弹组战士。

而那石头被扔出后，两侧的墙壁，从高到低，纷纷射出箭矢，漫天箭矢撒满了地面，厚厚地堆了一层。村长被眼前的景象彻底震到了，当他抬头看到地面上遍布着残箭，不免一阵惊恐，当他回头看见众人满是赞许的表情，脸上不禁又绽放出勇士的神采。

第二十章　吸血飞蛾

村长投完第一块石头之后，众人又不断地沿着村长所扔过的石道滚下了许多石头，直到这个石洞里再也没有箭矢射出，众人才放心地踏上盗墓之路。

踩着满地的箭竿，众人很快过了进入墓室的第一关，并在这条石道尽头的左侧见到一处石门。这道石门比起地下墓葬来说，相对简单，它是一处可以向两侧进行推拉的石门，通过推拉可以将这道石门任意闭合。

看上去，这位墓主并没有要完全封闭墓室的意思，只是在形式上设置了这道门，这就与悬棺墓葬有了共同之处。悬棺墓葬是要求将棺材裸露于空气之外，尽可能地与天接近。但是这也与单纯的悬棺有所区别，这种悬棺毕竟还是建造了属于自己的崖洞。

当这道石门被推开之后，石洞里约 30 米长的回廊的地面上陡然间立起了长约 20 厘米的尖刀。这些尖刀均为黑色，狭长锋利，刀尖处黑中带亮，历经千年而不损，且刀阵密集，不能下脚，令人望之胆寒，不禁生畏，使整个回廊里充满了一股阴森之气。

如果说刚才的箭阵易破，那么此时的刀阵就是难破了。现在我们不能使用石头，也不能飞着过去，只能“望刀兴叹”。众人你看看我，我看看你，一时间也都拿不出什么计策。吴正走到那些刀阵的前面，他用手电光照了照前方，说道：“这些尖刀所在的位置杂乱无章，想找到下脚的地方很难。”

斗爷说道：“这个我也知道，可是该咋办?”

吴正说道：“这尖刀阵看上去平平无奇，实际暗藏玄机。金属阴，在五行中，金和水都主阴，因此墓室里，这种机关最多。再看刀阵，它的寓意为这条路是留给死人走的，活人要止步。死人的鬼魂比较轻，据说只有几两重，这种力量是不会使机关启动的。而活人就不同了，就算是个小孩子，也有50斤，所以只要有人踩上去，就是立即涌出尖刀。这些尖刀如此狭长，且多面带有刀锋，一旦扎到人的脚踝，定然是疼痛难耐，站立不稳，而倒在刀刃中。因此，我们要想过了这尖刀阵，必须让自己像鬼魂一样轻。”

斗爷说道：“你这不是胡扯嘛，我们怎么可能会和鬼魂一样轻?”

吴正说道：“真的让墓室感应到我们是鬼魂那是不可能的，可是脚离地，却是可以的。与此前的石洞相比，这墙仅一米多宽，大家只要双手和双脚叉墙前进就可以了。咱们把家伙扔到墓道对面，再四肢叉在墙上，可确保无虞。”

大家一听，都觉得这是一个好办法。可是这方法虽好，也并非谁都能走得过去，万一有人体力不支，掉在地上，可就惨了。我说道：“这样不好，咱们应该把衣服脱下来，集中地塞在几个背包中，然后把背包扔到墓道中间的地方。背包务必要厚，这样才不会被刀刺穿，这样有谁累了，就把脚踩到包上，即便是有刀，也不会给大家造成重伤。”众人听了，都觉得这是一个极妙的办法，纷纷表示赞同。

当下，众人开始将身上的外套纷纷脱了下来，装进了三个背包中，这包括包中本身有的绳索之类的装备，甚至一些小包也被装进了大包之中。这些东西装完后，吴正便将其扔到了石洞地面的不同位置，不过别说，这4个位置的梯度还真是被安排得刚刚好，平均7米远一个，十分均匀。

背包扔下之后，大家便开始叉墙而行了。不过，吴正出的主意，自然他要先走，只是众人看他步履如飞，身手矫健，都不禁对他很是佩服。而像舒珊、颜羽微和我这样没有叉过墙的人，都在近处墙上先试了一试，确定能够熟练，才开始向前走去。这次进入山穴的都是高手了，不管盗墓本领如何，但是身体素质还都过得去，所以谁也没有在中途休息。因为大家知道即便有那几个背包铺在地上，也不能保证真的就能高枕无忧，一旦被尖刀刺穿，则此命休矣，就连以胆小软弱著称的村长也坚持到了对面。好在这一切都是有惊无险，众人都顺利地到了对面，众人都在庆幸这墙上没有机关，否则纵然是插翅那也难飞了。

出了这段甬道之后，众人看到前面是一段人工凿砌笔直的墓道，墓道宽约 3 米，高约 3 米，显得气势恢弘，工程浩大。众人又向里走，只见前面的尽头有一处墓室，众人进得室内，只见里面甚为巨大，墓室长约 7 米，宽约 4 米。不过洞内墙壁上有渗水，使得墙壁斑驳不堪。

大炮说道："这里应当是最大的墓室。"

我问道："为什么？"

大炮说道："你们看，这个墓室位于山穴的最后端，向前有路，向后有路，处于最核心的位置，应该是主墓室了。"

我问道："可是咱们不是刚刚进入墓室吗？"

大炮看了看墙壁，说道："我猜想咱们进入的是墓室的后门，可能不是正门。"

舒珊气道："师叔可有什么依据？"

大炮看了看舒珊，说道："你们可知道徐州狮子山楚王陵吗？"

"徐州的狮子山楚王陵，我自然是知道，可是这和这个墓有什么关系吗?”我回答说。

大炮说道:“关系倒是没有,可是狮子山楚王陵的棺材放在何处你知道吗?”我摇摇头,表示不知,却听大炮继续说道:“我听师父说过,狮子山楚王陵开到主墓室的时候,发现主墓室因为山体破裂,有水渗漏,造成墓室的空气过于潮湿,不能存放棺材,所以将棺材放置到了偏室。”

我大吃一惊,想不到还有这种事,只听大炮说道:“你们再看这个墓室,它空间巨大,约有30平方米,是普通墓室能比得吗?所以我猜想这间肯定就是主墓室。但是因为山体破裂原因,这里棺材才被放置到了另外一间了。”

众人听大炮如此说,都觉得十分有道理,不禁对大炮刮目相看。之前唐勇曾经说过,大炮是陈道和手下的最能干的弟子,但是盗墓技能平平,看来传言不实啊!

当下众人离开这间墓室,沿着墓道向前走去。

前面是一处开阔的墓道,墓道两侧竟然有着很多墓室。大家走到前面墓道,只见左右两侧均有3个墓门,平均每7米一处。

既然大炮认为最为靠后的那间墓室应该是一间废弃的墓室,那么真正的主墓室就应该在剩余的墓室中,我们所要做的就是挨个对墓室进行寻找。

我们所去的第一间墓室是过了那间废弃墓室后的左侧那间。这间墓室不是很宽,但是却十分狭长。令人惊奇的是,这间墓室里并没有棺材,也没有别的陪葬品,只是一些堆落很高的竹筏。这些竹筏有大有小,全部是由大竹打造,虽然谈不上精美,但是却也有几分别致。

看到这些竹筏,众人不禁称奇,纷纷表示不解,特别是像四叔这样打鱼、种地出身的业余历史爱好者,对这些竹筏更是表现出了他本该具有的质疑。而对于斗爷来说，这些东西就是不值钱的陪葬品，他甚至怀疑，这是有人刻意把这些竹筏堆放在这里，企图把这个地方当成自己家的仓库。

事实上，这些东西的确是墓主的陪葬品。春秋时期，诸侯争霸，各国无不发展自己国家的农业和手工业，可是对于越国来说，发展农业就略显得难一些。在两千多年前的时候，越国和吴国都属于沼泽之国，甚至像楚国这样的大国也是靠船行走，因此船只就显得尤为重要。

越国是一个靠船才能行走的国家，一旦没有了船只，无论是生产还是打仗，都会弱于他国，所以越王的墓室之中出现竹筏一点都不奇怪，这只能体现出国君对于交通的重视。

越王勾践死后，越国逐渐衰亡，最终被楚国所灭。而楚国之所以被秦灭，一个比较重要的原因就是楚国虽然地大，但是多为沼泽，真正可以用于种植的土地并不多。南方作为泽国，一直被人认为是蛮夷、偏远地带，经过汉代的开发和唐代的发展，在宋代才最终成为国家的经济中心。这样的发展前后持续了一千五百多年，却使我国的经济出现了历史性的南移。

想到这里，我便把这情况跟大家简略地说了，众人这才明白这些竹筏的含义。

出了这间墓室后，众人又去了对面的那间墓室。这间墓室比堆放竹筏的那间墓室稍显宽敞一些，它不仅占地开阔，而且墓顶也相对较高。只是这墓室中也没有棺材，也不像刚才那间墓室那样堆满了竹筏，而是空空如也。

一时间，众人搞不清楚这间墓室的用意究竟何在。

斗爷说道：“这间墓室如此开阔，应该多摆几副棺材才对，不能浪费了这么大的地方。”

“也不一定，你们看那个位置，那里似乎吊着一个人。”吴正说道。

“何止是一个?”舒珊惊呼道，“简直铺天盖地。”

经吴正和舒珊那么一说，众人不由得傻了，原来，这间墓室的顶层挂满了尸体，只是这些尸体既不像是干尸，也不像是湿尸，倒像是一个个稻草人。这些“稻草人”所穿的麻衣早已因为风化而显得破碎，而面部则因为有密集的斑点而显得千疮百孔。

我们大家谁也没有见过这么多的尸体，如果这些尸体都发生尸变，我们谁也跑不出去。

正当众人激烈地讨论这些尸首的时候，我们听见了一些表皮破裂的声音，这些声音就像是蚕蛹破茧、黄豆晒干发出的声音一样。声音虽然不大，但是听起来却让人感到非常可怕。

但奇怪的是，当时谁也没有跑出去，原因很简单，大家不能第一个在众人面前露㞞。

事实上，人往往因为面子而吃亏!

“咦，师兄，你的胳膊上哪里来的蛾子?”颜羽微对大炮说道。

大炮看了看自己的胳膊，挥指一弹，笑道：“没事的，小师妹。”

哪知道这个时候，霍梓皓也指着舒珊的衣服，说道：“珊珊，你身上的飞蛾怎么比你师叔的还多?”

舒珊看了看自己的身上，“啊”地叫了一声，随即脱掉衣服，不停地甩了过去。与此同时，我和四叔也都发现自己的身上沾满了飞蛾。

吴正道：“我明白了。”

斗爷弹掉自己胳膊上的飞蛾，急道：“你明白什么了?”

吴正说道：“这些是吸血飞蛾，专门吸食人血，大家的身上多少都有些伤，所以飞蛾都瞄准了伤口。相传，在本地墓葬中的一种古老墓葬方法，叫做活人俑。活人俑就是用活人制作的人俑，它要求在活人身上种上蛹虫，这种蛹虫长期寄生在身体里，一旦遇到、闻到鲜血就会复活，变成飞蛾，吸食人血。最初的时候，发明这种墓葬的人，一般是用牛或者马做俑，但是随着墓葬的发展，开始有人使用活人。”

“别只顾着介绍，咱不是科学家。可是现在该怎么办?”斗爷道。

吴正说道：“咱们能做的就是快点找一个封闭的墓室!”

众人一听，都觉得这是一个好办法，于是大家都涌向了对面堆放竹筏的那个房间，那里是唯一确定有遮挡物的墓室，只有那间墓室能保住众人的性命。

众人刚出了那个墓室，便听到有重物掉落的声音，如果我没有猜错，一定是因为某个尸体的破裂，身体掉落下来发出的下坠声。

身后嗡嗡声越来越响，像是蜜蜂一样，我看到胳膊上的伤口处围满了越来越多的飞蛾，身体也感受到了蚊虫叮咬般的疼痛，可是我也顾不得用手去赶，只能以百米的速度冲到对面。

众人冲到对面后，开始疯狂地抬着竹筏去堵墓门，窄小的墓门很快就被大小的竹筏堵住了。但饥饿的飞蛾是非常勇猛的，只要存在窄小的缝隙，它就能找到空间钻过来。一时间，墓门的竹筏上沾满了飞蛾，许多顽强的飞蛾就通过层层竹筏，最终钻进了墓室。

与此同时，众人在进入墓室的时候，身上还趴着一些飞蛾。尽管众人不断地挥手驱赶它们，但是最终难以驱逐干净。

看到余孽犹存，吴正从怀里掏出一个瓶子，说道：“这是我精心配制的一种草药，它能够有效防止蚊虫叮咬。大家将其涂抹到皮肤表面，特别是肌肤破损的地方，应该会对抵抗这种飞蛾有些效果。”

众人听吴正如此说，都纷纷将手伸了出来，哪知道吴正将盖子打开之后，一阵恶臭的松油味就迎面而。此味甚是刺激，令人头昏脑涨，但是拗不过性命的危险，大家还是将这些药水涂在了自己的身上。

不过，吴正的草药十分好使，虽然味道很重，但是驱赶飞蛾很有效果。

只是我们不知道这种草药的效力能持续多久，虽然它能有效驱蛾，但是耐不住时间久后药力的丧失。这种担忧一旦产生之后，随即在众人之中开始蔓延。因为吴正的手上只有一瓶，涂完大家的皮肤之后，这个瓶子已经空荡荡的，好像从来就没有装过东西一样。

就在这时，疲惫的村长脸上再次露出了神采奕奕的神色，他对众人说，他有一个好办法可以赶走这些飞蛾。众人就问他什么办法，他说用火。

村长说：“你们看，这些飞蛾除了喜欢吸血之外，还十分喜欢手电光，我们不如点上一堆篝火，那些飞蛾必然钻进篝火之中。”

村长的话给了众人一个重要的启示，依照昆虫百科的介绍，飞蛾属于昆虫纲目中的鳞翅目，大多在夜间活动，色彩比较暗淡，性喜光，故而民间有“飞蛾扑火自烧身”的说法。

经村长那么一说，众人都不禁来了精神，都说村长给众人出了一个很好的主意。

当下，在村长的指挥下，我和吴正、蒋乾坤各自在地上堆起了一堆竹筏。竹筏堆起后，霍梓皓从一个包里取出了几根蜡烛。

原来，在众人跨过刀阵之后，四叔觉得将包里的东西丢在走道有些可惜，于是他在通过走道的时候，将所有的包裹全部从刀阵上提起，扔了过来。而在这些包中，所带的就有一把蜡烛，这些蜡烛本来是用于测试空气是否有氧气用的，却想不到现在用来点竹筏了。

不过将竹子点着并不是一件容易的事，霍梓皓直把五六根蜡烛都涂在了竹排上，那竹排才开始燃烧。

由于飞蛾喜光，竹排燃烧后，很多飞蛾都向竹排扑来。大家见飞蛾扑火，便向室内深处走去。洞内深处空间狭窄，远不像墓室小门处那么宽松。大家本想再向里面走，但是生怕里面是一处死胡同，有进无出，便不敢再继续前行。

为了不吸引飞蛾，大家全部关闭了手电。

此时，村长脸上再次洋溢出领导的风范，他意气风发地站在众人面前为大家讲解这眼前的盛况："在咱们的不断努力下，三堆火总算是建立起来了，各位胳膊上的小虫虫已经逐渐消失，它们正在积极接受改造，投奔到了火的海洋。总结现阶段的工作，大家的付出是有成效的，但是我们还不能松懈。目前我们面临的任务依然是艰巨的，许多飞蛾仍然顽强地活在大家周围，这些飞蛾是我们面临的强大敌人，他们不断发起对人民的疯狂进攻，是敌对势力的代表。"

众人听着村长吧啦吧啦地唠叨不停，好像一个晚上也不见他的话有现在这么多。但是考虑到他提出举措的有效性，众人并没有出现阻止他的意思，只是睁大双眼，盯着那不知道还能撑住多久的墓门。

事实上，村长说的是对的，我们面临的任务依然非常艰巨。这些飞蛾受到火光的吸引，更加疯狂地撞击这些竹筏。由于飞蛾的承重越来越超出了竹筏自身的重量，竹筏发出了因即将发生倾覆而产生的摇晃声。

可怜我们虽然意识到这是村长所出的馊主意导致的，但是我们却没有任何办法阻挡这一事实的发生，因为有越来越多的飞蛾攀附在了竹筏上。

终于，这些竹筏还是被强大的飞蛾压倒了，随着"砰"的一声响，飞蛾大批地涌进了墓室，它们像乌云一样，铺天盖地，遮住视线。众人看这情形，都吓破了胆，不禁后退了几步。

这些飞蛾涌进墓室之后，大部分都扑进了火堆之中，可是仍然有少部分因为找不到火种而找到了我们。尽管是很少的一部分，对于我们来说，也是很多的，它们已经将我们的周身团团包围。那些身上没有受伤的人还好，那些受了伤的很快就成了飞蛾集体“亲密接触”的对象。大片的飞蛾趴在我们身上，开始允吸人血，很多人疼得嗷嗷大叫，于是出现了相互拍打飞蛾的情景。

看到这里，吴正一边拍打飞蛾，一边喊道：“快蹦，别让这些飞蛾咬到自己超过 30 秒，否则这些飞蛾会在你的身上排下它的卵。”

众人听吴正如此说，不禁有些惊慌失措，一旦排卵，卵虫很有可能会就此寄生在自己的身上，使自己也成为一个活人俑。

与此同时，那些落进火堆的飞蛾很快覆盖住了火堆的表层，使得光线暗淡了下来，这就导致了更多的飞蛾扑在了人的身上。许多飞蛾吸食人血之后，身上开始发出红色的暗光，令人不禁胆寒。

第二十一章　阿帝惨死

颜羽微是少数没有受伤的人，但是她的身上一样趴满了飞蛾，只是飞蛾的数量比起我们来说，就少了一些。她抱起新的竹筏扔向火堆，使得原本正在燃烧的竹筏恢复了原有的盎然生机。看到这里，蒋乾坤拉着村长，也开始往火堆中扔竹筏。

竹筏源源不断地被投进火堆中，也就使越来越多的飞蛾死在了火堆里。不过，那些趴在我们身上的飞蛾仍有很多吸到了我们的鲜血，它们飘荡着暗红色的身体，像是萤火虫一样，在火堆周围飞来飞去。

这样的时间持续了十几分钟，大批的飞蛾都死在了火堆之中，只剩下了那些吸了我们鲜血的飞蛾还在墙壁上徘徊，不愿意入火。而我们也因为飞蛾的叮咬和持续的蹦跳，变得有些体力不支。

世界一下子好像安静了许多——我们的身上既没有了飞蛾，飞蛾也不再扑火，只剩下火堆里发出的噼里啪啦的燃烧声。而蒋乾坤好像是害怕这个墓室再变黑暗，还专门往三个火坑里扔了几个竹筏，使得整个墓室既明亮又暖和。

“大家快检查一下自己身上的伤口。”吴正说道，“凡是起红斑的地方，出去之后要找大马牙草敷上三天；如果是有白点的，赶快挤出来，然后用烧红的刀片把那个地方的肌肤烫死。”

众人听吴正如此说，都赶快检查了自己的身体，哪知道这不检查还好，一检查竟然发现自己的身上到处是红包。这些人中，以舒珊身上的红点最多，因为她表皮破损得最重，所以飞蛾都将目光瞄准了她。然而在飞蛾扑来的过程中，舒珊跳得最为活跃，身上倒是没有一处白点。

而同样受伤比较重的还有我和大炮、四叔三人。我的身上虽然红包比较多，但是和舒珊一样，也没有白点，但是大炮和四叔就不同了，两个人一直比较爱面子，不爱在人群中蹦来蹦去的，特别是大炮，几乎是纹丝不动。

大炮身上一共是6处白点，其中胳膊2处，大腿4处；四叔身上一共4处，胳膊和大腿各2处。吴正说，那些红包是飞蛾叮咬过的伤口，如果有白点，那很有可能就是飞蛾在他身上种下的虫卵。

在听到吴正说白点可能是飞蛾留下的寄生卵虫之后，两个人的神色都有些异常。特别是四叔，再也不假装得那么沉稳了，他扯开了袖子，赶紧让我把他身上的白头挤掉。可是挤掉虽然容易，但是要想如吴正说的那样，用烧红的刀子直接烫上去，就有些难了。四叔一直是一个善于破坏而不善于建设、善于受伤而不善于康复的人，当我将烧红的星宿刀递给他时，他犹豫了一阵，甚至眼都闭上了，可就是下不去刀。

与四叔不同的是，舒珊和颜羽微在挤掉大炮身上的白点之后，大炮便拿起在火堆中烧红的匕首往自己的伤口烫去。那刀子下去之后，一阵青烟泛起，浓重的焦煳味随即传至众人鼻中，其情形令人发指，不能直视。众人看了第一眼，便不忍看到第二眼，每次听到滋滋的烧烫声，就好像那一刀烫在了自己身上一样，身子都很配合有节奏地抖动了一下。

大炮直播式的疗伤对四叔的打击是巨大的，四叔看到这么惨烈的现场，更加没有了勇气，他干脆丢下刀子，说不治了。哪知道他刚刚丢下刀子，蒋乾坤和斗爷就把他按在了地上，斗爷喊道：“一水老弟，快给老四烫上。”

我见众人如此热心，哪里还管四叔是否乐意，当下将星宿刀刀尖往火里一扔，随即烧了起来。四叔哪里见过这个架势，嘴里不停地喊着：“放下啊一水！”可是他还没有怎么挣扎，这刀子便下去了，红通通的刀子在他的胳膊和腿上留下了几个狰狞的印子。

四叔站起来后，嘴里不断地嘟囔着腿疼，众人见他如此，都不禁大笑。

其实以我对四叔的了解，遇到这种情况，他向来不会手软，哪怕砍掉自己一只胳膊，他也不会吝惜，只要能保住性命，他就能下狠手。

突然，墓室外面响起了“砰”的一声，众人随即警觉起来。

有枪的人自动站在了前面，没枪的人主动退到后面。过不多时，众人见到墓室门口有一人捂着脸在墓道里痛苦地号叫，但是他的声音已经非常低沉和嘶哑，几乎听不出来了。

“是阿帝。”舒珊说道。

阿帝是大炮的手下，一直对大炮忠心耿耿。陈道和一共收了 7 名弟子，他认为“七”字为满，故而收到颜羽微的时候，便不再收徒。当阿帝入门的时候，陈道和已经不再收徒，但是按照师门规定，掌门未死之前，其手下弟子不得私自收徒，所以阿帝连大炮都未能拜师，一直在大炮的手下做个下手。

据颜羽微说，大炮生性谨慎，亦不愿收徒，但是他对阿帝十分钟爱，很多本事都倾囊相授，这次就是大炮有意带阿帝出来锻炼一下，而阿帝对大炮也是言听计从，从不有违。只是刚才众人在情急之下，竟没有注意到阿帝的行踪，将阿帝关在了墓室之外。

但是这样一来，阿帝就麻烦了。那些飞蛾找不到吸血的对象，也进不了火坑，只能将矛头指向了在墓道中无处可去的阿帝。试想一下，漫天飞来的飞蛾将目标全部集中在了阿帝一个人身上，其结果是多么可怕！

我们看到阿帝的身上不断有红色的飞蛾飞出，身上的黑色登山衣已经被他撕成了布条，许多肌肤暴露在了空气中，上面红斑遍布，白头点点，很是密集。他两只眼睛已经微微向外突出，红红的鼻子上也到处布满了白头，而且这些白头还十分大，即便是站在很远的地方也能看得清清楚楚。

“大哥。”阿帝捂着脸对着大炮喊道。

看到阿帝如此可怖的表情，大炮也心有不忍，他不是一个喜怒形于色的人，可是看到这个场景，他还是忍不住落泪。

阿帝试图往洞里走，但是身体的过分疼痛已经使他无力再往前走一步。他撕去上半身所有的衣服，用力地去撞击墓墙，额头因为被撞破而流出了非常多的鲜血。

在这些人中，村长还是首次见到这样的情景，他惊讶地看着眼前发生的一切，一动不动。而舒珊和颜羽微则试图去阻止阿帝，但是却被吴正拦住了，吴正告诉大家，谁也不能去碰阿帝。

阿帝在疯狂地撞击了墙壁一阵之后，最终倒在了地上。众人慢慢靠近阿帝，只见阿帝脸上的白头越来越多，也是越来越大，而他的两只眼珠也越来越凸出，眼珠的位置甚至已经超过了眼眶。

到了此时，众人心中已经清楚，他这是要死了。

对于经常面对生死的我们来说，死亡是很正常的事，只是死的方式不同而已。但是阿帝的死实在是太痛苦了，他是我见过的在墓室中死得最痛苦的一个。

正当众人不知该怎么办的时候，阿帝的右眼中冒出一个白色虫蛹。

这个虫蛹出来不足5妙，表层的蛹壳随即破裂，然后有一只飞蛾飞出来。这只飞蛾初时比较柔软，肢体翅膀看上去十分鲜嫩，但没过多久，众人便觉得这翅膀变得柔韧了许多，跟着就慢慢地飞了起来。

看着这只飞起的飞蛾，吴正两手一拍，便将这只飞蛾拍死了。他对众人说道："大家快把阿帝的尸体扔到火堆里，晚了就来不及了。"

众人一听，都觉得甚是有道理，但是颜羽微和舒珊心软，十分舍不得，更为重要的是，一贯果断的大炮也是于心不忍。在我们盗墓的这些人中，有个很传统的观点，那就是人要入土为安，不能火化，也不能尸体不全。这个观点来源于古代保留全尸的传统，我们从事这个行业，不自觉地就将这个习惯保留了下来。现在吴正要将尚未完全死亡的阿帝火化，大炮如何能下得了手。

可是就在这犹豫的一两分钟里，阿帝的另一只眼睛又孵化出一只飞蛾来。与此同时，阿帝的身上的白头也凝结成了虫蛹，这些虫蛹慢慢浮出肌肤，形成了独立的虫蛹。

趁着这些虫蛹没有破茧，吴正用匕首将其刮至地面，然后像踩鸡蛋一样将其踩碎。

现在，在大炮决定是否将其焚化前，吴正只能用这个办法来避免飞蛾对人的伤害。

突然，阿帝坐直了身体，他抽出随身匕首，将自己左臂破损最严重的那块区域削了下来。众人不禁为之一颤，心头的恐惧、疼痛、恶心全部随着这一刀泛了上来。

阿帝削掉那块肉后，跟着就倒了下去。他努力地闭上双眼，但是仍然难以合上，原本凸起的眼睛在孵出虫蛹之后，也像是老年人得了白内障一样，变得混浊不堪。最为奇怪的是，阿帝削下自己身上的一块肉后，身上也没有流出血，只是在伤口上面，有着许多的虫卵，这些虫卵甚至还不停地蠕动，看得人不禁作呕。

眼见阿帝削下的那块肉也要孵出飞蛾，吴正一脚将其踢进了火堆中，炽烈的火焰燃烧着破损的肌肉，发出浓烈的焦臭。

我看到大炮的脸在不断地抽搐，我知道，他的内心在不断地斗争，在犹豫。

阿帝的脸上孵出了越来越多的虫蛹，那些虫蛹孵出之中，皮肤上出现了密集的小坑。开始这些小坑还只是浮于表面，坑变多了后我们就能发现，在阿帝的面部表层皮肤之下也出现了小坑。这种小坑使阿帝的整个脸变得镂空，就像是珊瑚一样，千疮百孔。

“决定吧！”吴正对大炮说道。

大炮继续沉默。

我看见颜羽微和舒珊脸上早已挂满了泪水！

这时，霍梓皓转身往身后的竹筏走去，他用力地抬起一只竹筏，投到了火势变小的一个火堆中。

“大炮，动手吧！”霍梓皓也对大炮说道。

大炮一声不吭，突然，他拔起手枪，对着阿帝的心脏，砰砰地开了两枪，阿帝嘴里涌出一股黑血，随即彻底死去。

霍梓皓从竹筏中抽出两根较粗的竹子，递给蒋乾坤，两个人站在阿帝的外侧，将竹子插在阿帝的身下，随着“一、二、三”的喊出，两个人一起将阿帝投到了火堆之中。

“啊！啊！啊！”

众人听到身边有人发出了一声号叫，不禁一震，回头看去，却发现是村长在抱头号叫！众人以为他看见了别的什么奇怪的东西，观察之下，却发现周边并无异常。

“喂，你怎么了？”颜羽微问道。

村长突然平静下来，他放下抱在后脑勺的双手，说道："噢！没有什么，第一次见到这个东西，有点太过紧张了。"

众人长出一口气，都说村长是少见多怪。

这时，舒珊说道："好奇怪呀，你们看，这些红色的飞蛾全部飞到了这个竹筏上。"

听舒珊如此说，众人才注意到果然有飞蛾不断地飞向一个竹筏上。这些飞蛾全部是吸了血的，它们好像是已经吃饱了，对我们这些活人一点都没有兴趣。不过，这些飞蛾趴到竹筏上没有多久就消失了，看上去，它们像是爬到了竹筏里面。

众人看了一会儿竹筏，才发现这一堆竹筏已经被众人烧得差不多了。

村长看着竹筏，说道："继续烧吧，免得还有余孽在背后攻击我们，烧一堆火，有利于吸引飞蛾的注意力。"说完，不经大家同意，村长便主动抱起一支竹筏扔到了火堆中。

哪知道村长将这竹筏抱起后，众人发现在竹筏下面躺着一个死人。这个死人穿着青色的长袍，身体平躺在生硬的地面上，头上满是长发，我们竟看不出这究竟是何人。其实，发现死人并不稀奇，发现一个没有腐烂的尸体也不稀奇，稀奇的是这些吸了鲜血的飞蛾竟然不断地往这个尸体的鼻孔飞去，而且每进去几个飞蛾，这个尸体的面色就红润一些，干枯的手臂也就慢慢有了血色。

"这是什么情况？"我吃惊道。

"不好，这具尸体客观上是在吸我们的血补充自己的能量，大家快把它扔进火里。"吴正说道。

哪知道吴正还没有说完，众人就见这地上的干尸的眼睛突然睁开了，他两只眼睛红得像火，并直直地盯着吴正。可是吴正却一直向大家介绍这干尸的情况，并没有发现地上的干尸已经将目标锁定在了他的身上。等吴正回过身再去看地上的干尸的时候，吓得不禁后退了一步。

飞蛾一只接着一只地飞向这干尸的鼻子，可是这干尸却像是能量尚未充足一样，虽然竭力地想站起来，却始终站不起来。显然，现在就是对付这具干尸的最佳时间，一旦错过，后果不堪设想。

大炮先让众人后退十几步，跟着对着试图挣扎站起来的干尸开了几枪，这几枪有的打在了干尸的心脏，有的打在了干尸的头部。不过，大炮的子弹虽然穿透力很强，杀伤力却不大，只在干尸的身上留了几个眼，其中有一个眼就是打在了干尸的眉心位置。

在这里，我不得不说一下大炮手上的枪支。这杆枪支之所以造成这样小的杀伤力，是跟这个雄才大略和英明神武的村长分不开的。当村长看到军火商给他演示的三连发的枪支弹匣子弹数量众多且枪身巨大以后，深深地被枪支的构造所吸引。但他万万没有想到这个枪支打出的子弹是不爆炸的，它仅仅是穿透力强，如果不是打在人体的重要器官上，是造不成死亡的。

且说这个子弹打在干尸身上后，并没有对这具干尸造成什么伤害，特别是打在干尸眉心的那一枪，非但没有打死干尸，反倒促使了更多的飞蛾钻进干尸的体内。这些飞蛾嗡嗡地在干尸的脑门上打转，然后按照顺序钻进了干尸的脑门里，好像这里比鼻孔更加便捷一样。

看到这里，我心中大骇，很明显，这具干尸十分嗜血，一旦完全复活，我们必将成为它今后的口粮。可是我现在也没有一个趁手的家伙，星宿刀毕竟太短，而枪支对它的杀伤力又不大，只有炸弹才能将它炸死。不过话说回来，如果有炸弹，我们也会因为躲避不了炸弹的爆炸而死在墓室里。我现在多么期望这个墓室会像僰人悬棺那样，会有一把铁杆长枪，这样沉重的东西一旦打出去，威力一定不可想象。

但是我知道，这一切只是我的幻想。我现在能做的就是抄起一把被点着的竹子，将这干尸赶到火堆里。

当下，我拆掉竹筏，捡起一根长约两米的被点着的竹子，然后在地上横扎了一个马步，将这根粗竹横摆在后背上，跟着左脚迈出一步，竹子被我从后背转至前身，全身的力气随即灌注在了这根竹子上。因为这竹子都有手臂一般粗壮，因此舞动起来，也颇有气势。

大炮见我动手，立即避让在了一旁。

我举起粗竹，当空向干尸砸去，却不想，这竹子前几节被烧烬了，砸到干尸身上之后，整个竹子便只剩下了1.5米左右。这干尸见我一砸落败，伸手抓住了竹子，只见他向前跨出一步，用力一甩，便将另一端的我扔到了一旁的地面上。

这个时候，干尸的力气只怕是恢复了七八成了，它虽然没有越王峰的尸王那样神勇，但是亦足以对抗活人。我被摔倒在墙上的一边之后，正感到一股阴风袭来，却不想蒋乾坤在危急时刻用火竹拦住了它。

说起枪法，还是蒋乾坤技高一筹。他的枪法是祖上传下来的，相传，蒋乾坤的祖上是满族的将军，有自己的独门枪法。传至蒋乾坤这一代，虽然没有当年神勇，但也是有模有样。

话说在我危急时刻，蒋乾坤将火竹往干尸面前一横，干尸便不再靠前，而是向后退了几步。蒋乾坤知道自己力气不如干尸大，因此他的打法便是以拦为主。若是力气用得大了，竹子会断；若是小了，自己会被甩出去。同时，这干尸怕火，自然也是不敢过分逼近。

为了加大围剿的力度，四叔和吴正每个人扛着一根被点着的竹子围了上去。三个人你来我往，竟也将干尸围得动弹不得。我在一旁看到，蒋乾坤和吴正一直将竹子围在干尸的腰部，而四叔则偏好于将竹子放在干尸的后脑，他曾不止一次地尝试将竹子放在干尸的头发上，但是都被干尸避过了。

正当三个人与干尸打得火热的时候，我看到村长满头大汗，两眼炯炯放光。我拍了拍他的肩膀，喊了一声喂，却不想村长被吓得啊了一声，我问他怎么了，他结结巴巴地说，诈尸了。

站在一旁观战的人这个时候都笑了。

谁都知道这是死人诈尸了，想不到村长这么少见多怪。哪知道再看村长的神情，倒像是真的被吓到一样，我甚至看到他的两条腿在发抖，便问他怎么样了。而他却不回答我，嘴里只是不停地嘟囔着："僵尸！僵尸！"

话说这村长一向是机关算尽，却想不到是一个害怕僵尸的主。我再次拍了拍他的肩膀，试图安慰他一下，却不想再次吓到了他。只听他大喝一声，跟着抱起一根又粗又长的竹子往那干尸戳去，四叔等人见村长疯狂地跑了过来，纷纷给他让道，而那干尸因为反应较慢，竟然被村长抱起的竹子戳中了小腹，浓浓的黑烟随即冒了起来。

看到这儿，众人不禁为村长叫好。可是尽管如此，村长的力气毕竟还是小得多，那干尸乍然被戳，还是嘶叫了一声，但很快便将村长连同火竹一起扔到了远处。村长被扔到一旁后，只见那干尸用袖子一拂，那刚刚燃起的火焰瞬间便熄了下去。

见这干尸如此厉害，众人不禁倒抽一口凉气。不过，令人惊诧的是，村长很快就站了起来，他像一只斗不败的公鸡，抱着已经熄灭了大半的竹子继续往干尸上撞去，而那干尸可能是因为被村长烧到了一次，竟然十分畏惧村长，见村长迎面撞来，自己竟躲到了一边。

这村长如此不顾性命地跟干尸缠斗，干尸竟然不敢靠近村长。眼见村长愈斗愈勇的时候，吴正突然跳了出来，他长竹一拦，竟将村长拦到了一旁。众人正暗自纳闷，却见吴正的两只眼睛红得似火，如那干尸一般无二。

第二十二章 三堆叠棺

且说众人看到吴正那如火一样的眼睛，不禁有些发憷。这干尸刚刚睁眼的时候，众人就发现了这具干尸的与众不同，它有着火一样的眼睛，而且目光直接定在了吴正的身上。现在吴正也是和它一样的眼睛，莫不是它还能摄魂，影响了吴正的心智不成?

村长固然疯狂，但是吴正平日经常锻炼，身体素质远比村长要好。

吴正跳出来后，不到两个回合，村长就被吴正压在了身下。就在众人以为村长肯定会认输的时候，村长一个鲤鱼打挺又站了起来，并将吴正压在了身下。

众人看到这里，一窝蜂地冲上去将吴正按在了地上。同时，村长抽出空隙，又和干尸斗了起来。不过，这次村长没有了竹子，这干尸就不怕他了，斗了几个回合后，村长的衣服便被干尸撕得破破烂烂，就像是个叫花子。

由于村长与干尸斗得过于激烈，以至于其他人都插不上手。

村长与干尸斗争了一阵之后，最终以村长落败而告终，干尸甚至还将自己的指甲和牙齿侵入了村长的肌肤。不过，趁着这个空当，大炮从干尸的侧面打了几枪，而四叔也用竹子点着了干尸身上的衣服和头发。由于这次着火的面积较大，干尸身上又有枪伤，它再也无力熄灭身上的大火，在干号声中慢慢死去了。

与此同时，吴正也在号叫中慢慢地消停下来，他双目的火焰慢慢变淡，并在干尸死后的十几分钟里最终消失。随后，吴正晕了过去，众人也才稍稍放心。

不过，干尸在死去之前将村长扔到了墓室的深处。众人当时只关心干尸，却没有注意到村长，等干尸被烧成一把灰的时候，众人才想起村长。大家聚着火把向墓室的深处走去，却见幽暗的墓室深处并没有村长的影子，只是在地上留下了一摊血迹。

莫不是村长也学会了陈道和的绝招——玩失踪。

众人当时只是这样想，却在血迹旁边发现了一处直径一米多的深洞，用手电往下照去，只见七八米深的洞底躺着一个缩蜷成一团的人，这人正是村长。

想到村长虽然害了我们一次，但是考虑最近一段时间表现较好，又有重大立功的表现，我们决定对其过往既往不咎，下去救他。不过，众人虽然同意下去救他，但并没有人真的愿意下去。可能是我比较年轻，心地比较善良的缘故，我摇晃着多次受到重击的身子，下了那个洞。

提起下洞，我不得不再次说起我们带的包裹。前文讲到，为了通过刀阵，我们不得不将包裹扔在了刀阵上，以免有人不慎掉下来，被刀割伤。但是走在最后一个的四叔非常明白装备对我们的重要性，于是他在通过刀阵的时候，又将包裹甩了过来。在这个包裹里，不仅有备用的手电筒、蜡烛等物，还有绳子，而在这里，这根绳子就发挥了作用。

因为材质较好的缘故，这根绳子并没有被刀子割伤多少。众人将绳子的一端拴在了一根石柱上，而我则顺着绳子往洞底滑了下去。到了洞下之后，我看到村长正在抽搐，我问村长：“你怎么了？”

哪知道村长并不搭话，只是自顾自地抽搐，我试着将村长拉起，村长却似乎并不愿站起，他嘴里不停地叨念着："僵尸！僵尸！"好像僵尸仍然在眼前一样。

我用力地拍着村长的脸，希望他能清醒一下，但并没有效果，他看了看我，很快又蹲到了地上。

这个时候，头顶的霍梓皓问道："一水，底下的村长怎么样了？"

"有点神志不清了。"我回答道。

"那你把绳子拴在他的腰上，我们把他拽上来。"

"好的。"

我让村长再次站起，可是村长却指着我的身后，喊道："有僵尸！有僵尸！"

我没有好气道："哪有僵尸啊，村长，咱们这就回去，再也不来了。"

可是村长似乎并没有听进去我的话，依然指着我的背后说有僵尸。无奈之下，我只好转头，用手电照给他看。哪知道这不看不知道，一看吓一跳，只见我的后背码着整整齐齐的三层棺材。

看到这些棺材，我大吃一惊，两条腿也有点站不稳了。想不到这里的空间如此大，刚才只顾着照看村长，却没有注意观察这个墓室如此之大。

这个墓室里，究竟摆放着多少棺材？又有多少死人？

我走到棺材前，看到这些棺材全部是由一个整木做成，心下惊奇这里的棺材原来是和僰王墓里面的一样，只不过这圆木比那些树木要大，棺材也大得多。

这三层棺材中，最下面一层由三个棺材组成，向上去，每层递减一个，形成一个小金字塔。看到这个墓葬结构，我才明白，原来僰王墓那个不是独创，而是早有先例。只是这里由于墓室比较低矮，所以只能放置三层。

可是为什么要将棺材放置在墓室里面，还在下面一层？既然别的棺材都位于崖洞口或者绝壁处，这些棺材应该也置放在洞口才对啊！

正当我疑惑的时候，我看到村长已经将绳子拴在了自己的腰上，他对我摆了摆手，说道："我先上去了，谢谢你来接我！"说完，上面的人就把村长提了上去。

见村长上去，我心里突然害怕起来。如果这个绳子被提上去，没有被放下来怎么办，抑或说，我也遇上了鬼打墙，这绳子根本就下不来了又怎么办。特别是这个村长，一会儿正常，一会儿像个疯子，根本号不准他的脉。

不过，我的担心是多余的，过了一两分钟，绳子再次被放了下来，我刚要上去，却见舒珊和霍梓皓下来了，我问他们怎么也下来了。舒珊说："我听村长说，下面有棺材，一时好奇就下来了。我舅舅是下来保护我的。"

"这个村长怎么一会儿正常，一会儿神经兮兮的？"我问道。

"这很正常，第一次进入这种地方，谁晚上都会多做几个噩梦，更何况是村长这种嘴大心不大、心大胆不大的人。"霍梓皓说道，"我担心他离开这里以后，会把咱们的一言一行说出去，特别是他疯疯癫癫的时候。"

"我更担心他还能活多久。"我哀叹道。如果人的精神出了问题，身体功能也会受到破坏，人的寿命就会大幅度缩短。村长表现出这样的不正常，令人很是担忧。

这时，舒珊绕过三层棺，嘴里"哎哟"一声，然后走向远处，只听她说道："这里这么多的棺材！"

我一听，心里大惊，赶快向舒珊所走的方向看去，只见远处还堆放着三处这样的棺材。我走向舒珊看到堆放棺材的地方，只见这些金字塔竟然是围绕着一个直径约有 10 米的圆摆放，每一堆都是 6 个，棺材的头部全部对着中间的位置。

再向棺材堆的中间看去，只见地下有个巨大的圆圈，为人工凿制。舒珊说道："咦，我怎么看着这像是一个太极。"果然，我向圆圈看去，只见里面打着一条"S"形的太极黑线，一黑一白，只是因为这太极图案太大，自己一时间没有看到。

难道这些古越人很早之前就已经知道了这个太极了？

相传伏羲画八卦，文王演周易，并将八卦推演到六十四卦，使得我国的占卜学达到了相当高的水平。虽然文王写《周易》的时间比这时间要早几百年，可是看到这里会出现太极图，还是难以相信。我走到太极的黑色极点处，只见这里放着一个白色的物什，因为不知道作何用处，所以并没有敢去动。

突然舒珊"啊"地叫了一声，说道："飞蛾。"

受到舒珊的惊吓，我转身看了过去，果然在舒珊的面前看到有一只红色的飞蛾，这飞蛾趴在了棺材上，久久不动。我又看了看远处的洞口处，只见那里又飘来了一只这样的飞蛾。这些飞蛾飞进棺材后，直接贴在了棺材上，待过了一会儿，身上又黯淡下来，像是血已经被棺材吸去了。

我看着这场景，不禁感到十分可怖，心道：难道这棺材里面还有尸体可以吸血？当下我拉着舒珊向太极图外退去，只见进来的飞蛾越来越多，已经有几十只飞了进来。想不到外面的干尸吸食了这么多的飞蛾，这洞底竟然还有这么多的飞蛾。

这些飞蛾贴到棺材上后，它们的身体慢慢变暗，不多时便掉到了地上，身体干得像一个个标本。等上面不再飞进飞蛾的时候，我们看到这些棺材隐隐地也像是有了血色一样。

看到眼前的场景，霍梓皓惊叹道："想不到这底下还有这样的一番死亡之地，咱们还是快点离开这里吧！我担心这些棺材里的死尸可能和上面的干尸一样没有腐化，也会站起来！"

听霍梓皓如此一说，我和舒珊都萌生了退意。哪知道我们三人到了洞口后，发现往上去的绳子竟然不见了，顿时，不良的预感涌上了心头。

我大声叫道："有没有人？"

舒珊也叫道："师叔！在吗？"

我和舒珊叫了一阵之后，见顶层无人回应，觉得这次怕是要遭难了。

果然，随着时间的推移，我见远处的棺材越发红亮起来，虽然只飞进来几只飞蛾，但是却唤醒了这三堆棺材。

这时候，霍梓皓说道："快找别的出口吧，否则咱们肯定会死在这里。"

我和舒珊听到霍梓皓如此说，赶紧分头散开了。我去的方向是棺材远处的墓室，这里毕竟是悬棺，悬棺的下葬方式就是靠近悬崖的洞口或者绝壁上，既然这里能堆放棺材，旁边就应该会有出口。

当我经过那三堆棺材的时候，我看到除了三堆棺材闪闪发亮，在那个太极图中间的两个黑白极点也不断地发着明亮的光。如果我没有猜错，这个太极图很有可能就是镇压三具棺材的符。

在古代，墓葬崇尚全尸，古人不喜火葬，也不喜欢肢体不全，故而虽有尸变，也没有将先人的尸体焚烧，只是请上道士作法修符以作镇压。显然，这三堆棺材堆放在这里，是经过特殊考虑的，甚至还是本地的人特意将其放在这里，并请符镇压，只是是否和上一层的越王墓有关就难以确定了。

过了约有两分钟，舒珊喊道："快到这边来，这里有一个洞口！"

我和霍梓皓听舒珊说有洞口，都十分欣喜，心道，果然是天无绝人之路。当下，我和霍梓皓向舒珊的方向狂奔而去。

哪知道，我刚刚离开太极图的位置，就听到身后传来了吱吱的声音，那声音就像是木床年久失修一样，让人听了十分不舒服，直想把墙抓破。跟着那声音越来越多，我回头看去，只见棺材前面挡板全部已经打开，里面露出许多的头来。

我不敢再看，一口气跑到了舒珊所在的那个洞口。却不想前路虽然有洞口，但是这洞口距离悬崖还有一段距离，我们三人依次入洞，而那前路却是越走越窄，竟像是走上了绝路。幸运的是，穿过那段最窄的洞口，那洞又再宽了起来。不过，在这个时候，我已经听到身后有着粗重的喘气声了，这粗重的喘气声像是随时可以吸了我们的血一样。我们三人谁也不敢回头，生怕因为这次回头而丢掉了性命。

我们很快就跑到了这条通道的尽头，这条通道的尽头处是一处崖洞口，洞口外月明星稀，凉风习习。这时，我看这洞外耷拉着一根长绳，心下大喜，对舒珊说道："你快爬上去，爬到上面的洞去。"舒珊自然是不愿意，嘴里说她先上去有点不仗义。我被她的话气到了，急道："你再不上去，我们三个都得死。"

舒珊见我急了，这才明白不是我照顾她，而是形势只得如此。她拉着绳子上了七八米，到了上面一层的洞口后，我让霍梓皓赶快跟上去。霍梓皓犹豫了一下，但随即也上去了，不过，霍梓皓的身手十分灵活，那七八米的攀岩对他来说实在是小意思，很快就爬了上去。

与此同时，那些刚从棺材里爬出来的干尸也追到了洞口。它们的速度并不快，但是架不住"尸多势众"，一旦它们追上我们，我们便会命丧九泉。当霍梓皓爬上顶层的洞口，那些穿着麻衣、面色干瘪、手上长着白毛的干尸已经到了距离我不到两米的近处了。

面对这样的场景，我有三种选择：第一种是直接一对十八，将这些老家伙干倒；第二种是直接爬着绳子上去；第三就是离开这个洞口。由于实力悬殊太大，第一种选择直接排除，否则我也不用逃跑了。第二种选择也同样不可取，因为我一旦爬上绳子，这些干尸只消拽住绳子，轻轻一拉，我就会连人带绳子就都下来了。而且，就算这个绳子拴得结实，干尸在下面随意甩几下，我在上面可能就会像离线的风筝一样被甩到崖下。

能做的选择就只有第三种了，可是如果想要让自己离开洞口，就必须像荡秋千一样将自己荡出去，但在这样几百米的高崖上荡秋千的危险性实在是大，且不说这下面河水的水深水浅，就算是弹簧垫也会摔得不轻。而且在这样一个月色朦胧的夜晚，崖下漆黑一片，更是增加了我内心的恐惧。

不过，对我来说，这已经是唯一的办法了，自己只能咬住牙，握住绳子，别松手。当下，我拉住绳子，像荡千秋一样把自己荡出去。由于借力荡出去后，自己还会再回来，我便借着力量又继续荡了回来，两只脚瞄准一个干尸踢了过去。不过别说，这力道还很大，一脚还真的踹飞了个干尸。

踹掉一个后，我信心大增，试图如法炮制，再干掉几个。可是当我第二次再荡回来的时候，干尸就不敢站在洞口了，而是向里站着。没有了借助物体，我的身体冲到了洞里，待我再要出去的时候，几个干尸竟然一起扑了过来，好在我反应迅速，及时退了出去。这几个干尸并没有扑到我，而是掉到了山崖下。

如此飘荡了五六个来回，我觉得这个绳子不太对劲了，在我头顶某处的绳子似乎发出了崩裂声，看上去像是要断了。我赶紧沿着绳子向上爬去，但这个时候已经晚了，这绳子上方的某个地方已经断掉，最终这个绳子因为过多地承受我的折磨，而彻底崩断。而我则像是断了线的风筝，随着绳子掉了下去。

这样意外是猝不及防的，我突然感到自己的命运自己掌控不了了。不过，由于山石横生，矮树较多，我被挂在了一处凸起的岩石上。这块山石距离我掉落的地方大约有四五米高，因此我受的伤并不算重，但由于山石上的枝条横生，撞得我后背酸痛不止。

这块山石很大，不仅能够容纳我的身体，还有很大的活动空间。我从山石上站起，注意观察了周遭的情景，只见在这周边的山崖峭壁上还有很多这样凸起的岩石，只是这样的岩石在山崖下和山顶上都看得不太明显，所以之前并没有被发现。

凉风习习，月光清冽，我站在这凸起的岩石上，竟然有了高山仰止之感，只觉天地之无穷，生灵之弱小。此刻，当真是上天无路，入地无门，我甚至觉得自己随时会因为跌落悬崖而死掉，抑或幸运地成为崖洞口向下俯视的干尸中的一员，但在我看来，这一切好像都不由自己掌控。

我将双目向四周横扫一下，哪知道这不看不知道，一看吓一跳，在这众多的凸起的岩石之上，竟然躺着许多的棺材。这些棺材有的是直接摆在一块大的上面，有的是堆落在两个相近的岩石之间。这些岩石被人事先凿了棺槽，故而棺材像是被卡在两个相近的岩石上。

我狠狠地敲了一下自己的脑门，心想：自己怎么这么不走运，无论走到哪里，都能遇见这些东西，真是邪了。

就在我感到彻底绝望的时候，有个绳子碰了碰我的鼻子，我看了看这根绳子，原来是高处的舒珊把另一根绳子递了过来。由于腰部太疼，我身上的力气并不大，我拉住绳子，凭借绳子的力量，站直了身子。我抬头向上看去，却见这绳子是霍梓皓丢下来的。

“一水，你怎么样了?”霍梓皓在高处喊道。

“我还好。”我强自忍着背上的酸痛，对霍梓皓说道。

“你把绳子拴在你的腰上，我和珊珊把你拉上来。”霍梓皓喊道。

“是啊，快拴上。”舒珊也在高处喊道。

见舒珊和霍梓皓对我如此关切，我便鼓起一股劲，将绳子拴在腰上，然后狠狠地吸了几口气，开始向高处爬去。为了避免遇到干尸，我故意偏离原有的路径，从别处登山。哪知道正当我向上爬着的时候，我看到山崖的绝壁处趴满了墓室里飞出的飞蛾，这些飞蛾一个挨着一个，遍布山崖，不仔细看，根本看不出来。

第二十三章　崖壁求生

没有想到刚才的大火并没有烧死所有的飞蛾，竟然跑出来这么多。不过这可以理解，毕竟不能所有的飞蛾都傻到直接扑到火里，而那些不想扑火和因为不愿排队的飞蛾却也因此得以活了下来。

看到这些飞蛾，我十分紧张，生怕惊动了它们，可是我身上的鲜血还是把它们吸引了过来。这些飞蛾开始是一个，跟着是一群，纷纷飞向我的伤口。我心道不好，赶紧找了一个可以稍微立足的地方，并用打火机扑烧这些飞蛾。可是打火机毕竟太小，起不到多大的作用，这些飞蛾还是没命地飞了过来。自己身前还好，背后可就惨了，那些飞到我背后的飞蛾，慢慢地开始吸我的血来，我感到像是蚂蟥贴在了背上。

我转过身去，把背部贴在崖壁，来回地摩擦，跟着这些飞蛾便掉落了很多。但是源源不断的飞蛾快把我包围了，我感到自己马上就要成为第二个阿帝了。

为了活命，我当时做了一个极度危险的动作，那就是用绳子继续向山崖外荡去，并将身子落在了右侧的一个比较大的岩石上。这个动作之所以极度危险，并不是说我可能落不到那块巨石上，而是这个动作的力度过大，很有可能会将上面拉着绳子的舒珊和霍梓皓一并带出山崖，但是这两人好像也是有过准备，他们已经将绳子的一端拴在了一个巨大石缝上，这才避免了因为我在下面的动作幅度过大而被甩将出去的糟糕局面。

由于我落脚的山石地方较大，我能够比较趁手地驱赶飞蛾。

总结顶层墓室的战斗经验——自己可以被飞蛾咬到，但是绝对不能让其在自己的身上孵卵，因此，我不断地扭动身子，将后背在墙上不断地摩擦，就像是黄牛驱赶蝇虫一样。但是，即便是这样，依然不能避免被飞蛾吸到我的鲜血。这些飞蛾吸到鲜血之后，身体慢慢变红，被我驱赶之后，也不再围了上来，而是向脚下的一处山崖飞去，而且方向都特别地一致。

当时我十分好奇，这么多的飞蛾为什么要往山崖下飞呢？

脑袋转过了好几个弯，就是想不明白。不过，我已经没有时间去思考这样的具有高度悬疑推理的问题了。因为我的身上的飞蛾已经越来越多，刚刚因为改变位置而减少的飞蛾很快就补充了上来。

危急时刻，我看到这些飞蛾向上飞去了一部分，经过我的一阵拍打，身上的飞蛾少了起来。我心道：这是什么情况？抬头看去，原来是上面烧起了大火。

我长出一口气，瘫坐在了地上，心道：这倒霉的事怎么一桩接上一桩呢？我看了看自己身上，庆幸只有红斑，没有白点，否则自己真的就惨死山崖了。

不过，这一切并没有结束。当我刚要休息一下，却听见脚下的山石上发出了窸窣的声音，一种不良的预感涌上心头。我趴在岩石上，往下看去，却见许多的飞蛾不断地飞向一个钉帽大的洞孔里。

如果我没有记错，脚下的那块岩石上停放着一具棺材，这具棺材被埋在许多盘根错节的枝条中，难道说，这副棺材里的尸体还没有腐化？

答案很快得到了揭晓。

事实上，这些暴露在空气之外的棺材没有一副尸体是保存完整的，它们大多数已经腐烂成了一堆骨头。但不知道是什么原因，在这具棺材之上躺着一具尸体，而且这具尸体竟然没有腐烂。

突然，脚下的岩石上亮起了两个红点，这两个红点看上去竟然如此地熟悉。我这才明白，这具尸体应该是和墓室里的干尸一样，也是通过吸食带血的飞蛾苏醒的。

想到这具是通过我的鲜血复活的，我不禁有些恼火，可是我的身上没有枪，不能打它几枪，否则我一定将其锉骨扬灰。

过了一小会，这具尸体慢慢站了起来，它不断地看着我的这个方向，而我却不敢和它对视。我偷偷地往下瞄了一眼，看到它不断地在棺材上蹦来蹦去，但是却不能离开岩石半步。我心中暗喜，当下抱起石块、石头，向脚下的干尸砸去，多砸几次之后，竟然也能砸中两下。

那干尸被砸之后，虽然恼火，却也无可奈何。

不过，我身边的石头有限，很快就把石头扔完了。扔完石头之后，我试图再找别的东西，却发现没有东西可砸。

正暗自恼火之际，我身上的绳子又被头顶的舒珊向上提了一下，她示意我快点上去。哪知道，我却因为这一提，突然来了灵感。我用星宿刀将剩余的绳子割断，然后将割下的绳子一端拴在枝条上，一端扔向脚下的那块岩石上。

这绳子扔下去后，却不想这干尸竟也聪灵，知道来寻它。干尸两只手挽着绳子，笨拙地往上爬，动作十分不灵活。我两只手拉着绳子，感觉力量的重心不断上移，就在干尸快到岩石的时候，我两手一松，斩断了拴着绳子的枝条，整个绳子便连同干尸一起掉了下去。只是这干尸并没有我那么幸运，它跌落到下面的岩石之后，连蹦带跳地又跌了下去，直掉到崖下的河水中，不知摔成了何样。

看到这具干尸从岩石上摔下去，我稍喘一口气。不过，这次我没有做过多的休息，而是继续向山上攀爬，希望一口气爬到舒珊和霍梓皓所在的洞口。好在山石虽然陡峭，这段悬崖却也不是那么难爬。但是这一路的风景也并不美好，在绝壁的石缝中到处是各式的棺材，这些棺材样式不一，有的是方形，有的是圆形，还有的是多边形，令人目不暇接。而墓葬的方式也有所不同，它们有的是夹缝式，有的是崖洞式，有的是木桩式，基本上没有超出我们在僰人悬棺所见到的悬棺墓葬形式。尽管这些棺材样式不一，但是它们有一点是共同的，那就是大部分看上去比较破旧，显示出了它们特有的年份和岁月痕迹。

虽然是对所见的情景比较震惊，但是我还是努力地爬到了舒珊所在的洞口。对我来说，攀爬这段十几米高的悬崖可真是费尽了我九牛二虎之力，看到霍梓皓和舒珊由紧张到放松的神情，我感到十分地愧疚，再看到快要熄灭的那堆篝火旁遍布着许多的箭头，心下十分吃惊，想不到舒珊和霍梓皓会去搬木箭来烧，不禁长叹。

突然，舒珊大叫了一声，我转头一看，发现她的两只眼睛竟然盯着我的胳膊。我见她目光异样，也低头看了眼自己的胳膊，赫然发现自己的胳膊上有着两个白点。

这对我来说，无异于晴天霹雳，难道说，我真的会成为第二个阿帝吗？我长叹一声，说道："想不到我也中了六合彩。"

"一水，可咋办？都是我们连累了你，要不是珊珊执意要去看棺材，你也不会受累。"霍梓皓说道。

我一脸苦笑，说道："在哪儿都有危险，不管是不是看棺材。"

舒珊带着哭声道："一水，快治伤吧！"

听舒珊如此一说，我也想到这才是万急之事。当下我将星宿刀掷于火中，然后用力将白头挤掉，直到挤出鲜血方才罢休，跟着我捡起滚烫的星宿刀，便对着伤口烫去，钻心的疼痛直达所有的神经，我的额头顿时大汗淋漓。

舒珊和霍梓皓目不转睛地看着我做的一切，见我烫死伤口，又赶忙帮我翻看衣服的其他地方，见身上没有其他的白头才放下心来。不过白头虽然没有了，但是红斑却是遍布全身。我现在的身体当真是没有一处完整之处了，甚至连脸上都是红斑密布。

“刚才在底层的洞里，绳子突然不见了，你们说会不会是大炮他们出意外了?”霍梓皓说道。

“有这个可能。”我说道。

“那咱们快进去吧，咱们早一点进去，师叔他们就少一分危险。”舒珊道。

我们三人商量之后，便决定尽快返回墓室。当下，我们重新走过箭阵和刀阵，来到了原有的墓道之中。哪知道，我们费尽力气回到墓道之后，却发现墓道里的墓室全部墓门紧闭，根本找不到大炮等人的踪迹。

前文已经讲到，这座古墓的所有墓室是没有墓门的，现在这些墓室里突然出现了许多墓门，怎么不让人感到奇怪。

“舅舅，怎么办?是不是师叔他们被困在墓室里了?”舒珊看着紧闭的墓门，一脸迷茫地看着霍梓皓。

“我也不知道，咱们再看看。”霍梓皓说道，“大家注意检查是不是所有的墓门都是紧闭的，还有注意听一听哪间墓室里有异动。”

听霍梓皓如此一说，我和舒珊便有了方向。果然，在最深处的一间墓室中，我们看到了一个墓室的门是半开合的。我们三人用力地掰开墓门，发现这间墓室里别有天地，墓室里有一个巨大的棺椁，这个棺椁被做过精细的处理，它纹理别致，质地特别，很是大气。凭借我现有的经验和直觉，这个棺椁很有可能就是墓主。

我们三人小心翼翼地走进墓室，却在不经意间发现，在这个墓室的墙角上还摆放着 8 个小棺材。这 8 个小棺材比起这副巨大的棺椁，倒是比较小的了，它长不足一米半，高不足半米，是由一棵完整的老树做成的。

“舅舅，这里怎么会有树啊？”舒珊低声说道。

“那些不是树，是棺材。”霍梓皓说道。

说完，霍梓皓便将我和舒珊拉出了墓室之外。

“怎么了舅舅？”舒珊惊讶地问道。

“我觉得刚才的那间墓室阵型十分奇怪。如果你们刚才仔细看，就会发现那间墓室是由八边形组成，每个边角设这样一个棺材，看上去倒像是失传已久的八角阵。”霍梓皓说道。

我见霍梓皓说得邪乎，便问道：“什么是八角阵？”

“八角阵顾名思义就是有八个角的阵法，它源于八卦阵，但与八卦阵又有所不同。八卦阵是用于阳间筑房与军事等方面，八角阵却多用于阴间，专门构筑阴宅。”霍梓皓说道，“不过，在这里又有所不同，这里的阵法像是更多用于守护墓主的棺椁。”

“听你这么一说，倒是和阴八卦有些相像。”我说道。

“咦，你也知道阴八卦，有见识。”霍梓皓不知道我曾经和霍刚一起去了学校西北角的那个元代将军墓，并亲眼见到了那个阴八卦，但我并没有做进一步的解释，只听霍梓皓继续说道，“这八角阵就是阴八卦的前身，后来又几经变化，才成了后来的阴八卦。但是明清时期的阴八卦已经没有了煞气，只是单纯地专门用于修筑阴宅，为墓主稳固风水。”

“听你的话，八角阵有着很重的煞气。”我说道。

“何止很重，简直是煞气逼人。你是去过僰人悬棺的，你应该知道僰人王夫人的那层墓室所设的四鬼迷魂阵吧。”霍梓皓说道。

我听霍梓皓提起四鬼迷魂阵，不禁有些紧张。回想起二十几日前的那天，我们在芙蓉山见到的那 4 个棺材的情景，当真是恐慌至极。那 4 个棺材中的干尸只是围着我们绕了几圈，我们便晕倒在地，并莫名到了九层山崖之下的崖洞里，险些丧命。

由于我陷入沉思，并没有回答霍梓皓的话，只听霍梓皓继续说道：“有关僰人悬棺的盗墓经历，师叔陈道和曾经召集他的 7 个弟子和我做过专门的讨论和解说。他说四鬼迷魂阵和失传已久的八角阵十分相像，只是棺材的数量少了一半而已。师叔认为，僰人族人丁较少，僰人王下葬的时候，为了保存现有人丁，就减少了布阵的人数，因此，八角也就变成了四角。”

“那有没有破解之法呢？”我问道。

霍梓皓长叹一声，说道：“要是放在从前，那是没有破解之法的。可是因为四鬼迷魂阵的缘故，师叔查阅了典籍，不仅找到了八角阵，还找到了相应破解之法，因此，这是有破解之法的。只是八角阵需要一个人守两个阵脚，至少要四个人才能破解，如果有力气弱的或者女的，还需要再相应增加一人，所以我们当前破不了阵，还要找到大炮他们，大家一起动手方能破解。”

“那可怎么办？”舒珊问道。

“我也不知道该怎么办。我觉得咱们眼前要做的不是破解八角阵，而是找到你师叔他们。眼下他们生死未卜，别说凭借我们三人之力，我们破解不了八角阵，就算是我们破了八角阵，又有什么用！”霍梓皓说道。

听霍梓皓如此一说，我才发现自己似乎也同舒珊一样迷失了心智，一心只想着破阵取宝，完全忘记了四叔、大炮等人的安危。

正当我们计划一个个打开墓门的时候，我们听到墓道尽头处有嚓嚓的响动声。凭借我们丰富的经验，这是一道墓门开启的声音。由于不知道这是何征兆，舒珊和霍梓皓不约而同地架起了冲锋枪，只待墓门打开。

果然，过了短短几秒，在墓道的尽头处，原本凹凸不平的黑色山墙的地平线上闪出了一道亮光。伴随着嚓嚓声的持续响动，这道亮光慢慢增强，一道宽约两米的石门随之由下而上地被提了起来。

我们三人都没有想到这里也有一处墓门，一直以来，我们都以为这里就是墓道的尽头，谁曾想，这里也会被打开。

那墓门被提起之后，受到对面强光的直射，我们看不到对面的情形。但是墓门后的人显然也看到了我们，那人站在墓门之后怔了一下，久久未动。我本想问问来者何人，但是舒珊性子比较急，开口就问道："是不是师叔?"

舒珊问了第一遍，那人没有回答，问到第二遍的时候，那人干咳了一声，我们这才知道，这人竟然是村长。舒珊和霍梓皓放下枪，问他是否知道大炮等人去了哪里。那村长久久未说话，过了好长时间才说道："大炮他们已经到了上面去了。"

"哪个上面?"舒珊奇怪道。

"哎呀，你们不知道，这道墓门的后门也有一条墓道，不过这条墓道是通往地面上的。大炮兄弟说的是对的，咱们刚才进的那个门是墓室的后门，而我们刚才无意间找到的这个墓室才是正门。"村长眉飞色舞地说道。

我看他说得高兴，便问他吊在摆放竹筏的那间墓室下面的绳子哪里去了。村长见我问及绳子，脸上的笑容顿时消失，然后做出正在回忆的表情，过了半晌，他才说道："舒珊和霍梓皓下去之后，吴正慢慢醒了过来，大炮说他想继续看看其他的墓室，由我和颜羽微看守绳子。颜羽微见大炮安排得十分妥当，就同意了。之后我和颜羽微就留了下来，其余的人就出去了。过了几分钟后，颜羽微被大炮叫了出去，又过了几分钟，我也被叫了出去，之后我们就发现了现在的这个正门。当时大炮以为这是通往其他墓室的墓道，所以我们就跟了过去，可是走了一段路后我们才发现这是墓室的入口。于是我们又返回我们刚才所在的墓室，但是回来以后才发现，墓室里的绳子不见了。开始我们还以为你们上来了，把绳子带走了，可是到处也找不到你们。于是我们就继续往上走，一直出了洞口。到了洞外，众人见天快亮了，生怕自己的行踪会被别人发现而被报警，所以就派我进来再找找你们。现在好了，终于找到了你们，咱们快走吧！"村长脸上随即再次绽放出热情洋溢的笑容。

听村长这话，好像是众人已经寻到了出口，只是因为这里没有什么值钱的宝贝，而天又即将亮了，所以不得不尽快撤出。但是这又如何解释那消失的绳子，莫非是我们又碰到了鬼？

"快走吧，天亮了就来不及了。"村长催促着我们说道。

"刚才我们还能看见月亮，现在怎么就天亮了？"舒珊好奇地问道。

"今天是农历七月二十，月亮在晚上九点左右出来，早晨九点左右落山，所以只要天没有亮，我们就是能看到月亮的。"村长解释道。

"那外面出太阳了吗？"舒珊问道。

"没有。"

"既然没有，你怎么知道天快亮了？"舒珊有些不讲道理地问道。

我实在是受不了舒珊那无知的问话，说道："不是有手表嘛！"

"哦，那咱们别急。"舒珊喜道，"舅舅，你不是说破八角阵需要四个人吗？咱们现在有四个人了，快破阵吧。”

霍梓皓听舒珊说要破阵，脸上露出为难之情，他说道：“虽说是一个小时，但是也难保时间就一定够，再说咱们体力这么弱，只怕一个人守不住两个阵脚。”

“不碍事，试试看嘛！”舒珊说道。

霍梓皓被舒珊如此一说，就真的动心了。他说道：“只要人够了，其实要破八角阵还是很容易的，咱们四个人只需要分别站在两个棺材中间，然后撕掉自己衣服的两个拐角挂在两个棺材的红色钉子上即可。”

“为什么要挂在红钉子上？”舒珊插嘴问道。

“这红钉子不是普通的钉子，它名叫阴阳钉。被钉住的人，阴魂永远也得不到超生。相传，这些钉子本来不是红的，只是因为它钉在棺材里的孩子的身上，所以才被染成了红色。这些孩子全部是赤身裸体地被钉死在棺材里的，他们并不会诈尸，但是他们的阴魂却因为这钉子而变得凶狠无比。”霍梓皓说道。

“难道说只要撕两块衣角就行了吗？”舒珊问道。

“当然不行。要想破这八角阵，就要帮助这些阴魂引路，咱们撕了这衣角，只是告诉这些阴魂，有人来解救他们了。”霍梓皓说道。

“原来如此。”舒珊道。

“挂稳衣角之后，我们就坐在两个棺材之间。过了一会儿，这些阴魂就会爬到我们的肩上，咱们把这些阴魂引到墓道的出口，这个八角阵就算是破了。”

第二十四章 诡 计

“还要爬到我们的肩上，实在是太可怕了。”舒珊面色慌张地说道。

有过引路经历的我是亲自见证过引路的可怕性的，因此我并不愿意引路，于是我便对舒珊说道：“要不这路咱们不引了，八角阵咱们不破了。”

“那可不行，我得看看这个越王棺材里究竟放的是什么。”舒珊说道，“舅舅，难道咱们不能直接打开越王棺吗?”

“书上说，直接打开的话，咱们会被八角阵所布下的阴魂所吞噬。所以不怕一万，就怕万一，还是小心为上，真弄个七窍流血，不好。”霍梓皓说道。

眼见天就要亮了，既然舒珊执意要破这八角阵，众人还不得不去配合她。哪知道，众人刚走到棺材旁边，就发现这棺材两头的红钉上早已经挂上了衣角，难道说之前已经有人来过了。

看到这里，众人再次会合到一处，我说道：“想来这是大炮等人刚才破的。”

“有这个可能。”霍梓皓说道，“陈道和师叔授课的时候，我和大炮都是在场的，既然这里的手法如此相像，应该就是他做的。”

“咦，既然是师叔做的，村长，你应该也在场的呀?”舒珊说道。

“我……我当时的确在场，只是我不明白他们叫我干吗。”村长结结巴巴地说道。

“那他们都让你干什么了?”我问道。

“他们让我和颜羽微站在一起，说颜羽微是一个女的，阳气太弱，让我帮着她。”村长说道。

“你当时引路了吗?”我问道。

“什么是引路?我不知道，我只知道我站在棺材旁边之后，我的耳朵两边就哇哇地响，又像是孩子叫，又像是孩子笑，我看大家都往门口走，我也就往门口走了，出了这间墓室就什么事都没有了。”

“那你刚才为什么不说?”我怒道。

“我这不是听不懂你们的意思嘛!你看你们都是有文化的，我是嘴笨的，不一样啊!”

“你可不笨。”霍梓皓长叹道，“这里就属你聪明了。”

那村长听了霍梓皓的话后，干笑了两声，就不说话了。

我问村长道：“那大炮他们后来开了棺材了吗?”

“开……开了。”村长再次结结巴巴地说道，“你们看，这里什么都没有。”说完，村长一路小跑到了那个棺椁面前，并利落地推掉了那个巨大的棺椁盖。当我们走近的时候，村长又打开了棺材盖，只见这棺材里除却一副穿着不知道什么材料做的衣服的白骨，再也没有了什么别的物什。

在我这么多的盗墓经历中，只怕这一次是唯一遇到的一个装着白骨的王侯棺材了。我奇怪地说道：“这副棺材里怎么只有白骨，难道说这副棺材里什么都没有吗?”

“不……不……不，这里是有东西的。里面有一个一尺来长的玉如意，还有一个金质的王冠，其他的还有一些玉器、青铜器、酒器，但都是些小件，摆放在棺材与棺椁之间。”村长解释道，“大炮兄弟说，这个越王很有可能是勾践后面的几个越王之一，实力比不上前面的越王，所以这个棺材里装得并不是特别多。”

其实村长说的是有一定道理的，越王勾践灭吴之后，勾践每日便饮酒作乐，不思国政，越国便自此日渐衰落，到了春秋末年，很快又被楚国所灭，国力之衰可见一斑。加之这座悬棺越王墓经常被人光顾，能找到这些东西，已经算是有了重大收获。

既然现在众人已经出去了，我们也该出去好好休息了。经过了一夜的折腾，现在我们已经是身心疲惫，加之伤情严重，只怕要休息一两个月了。

哪知道就在我们走出墓室的时候，主墓室对面的一间墓室竟然自动开了。我们四人都是十分好奇，心想这古代的人竟然也能设计出感应门了。既然这墓室的石门无人自开，我们也不好不进去。当下，众人便鱼贯而入。

这间墓室还算宽敞，它宽约 5 米，长约 6 米，是一处被精心凿刻的墓室。这间墓室没有其他墓室里的凹凸不平的天然石壁，看上去像是完全出自人工之力而开凿。在这间墓室深处，摆放着一副棺材，这副棺材所用的石材也是十分地好，它的棺椁为巨型石英石打制，光彩夺目，雕龙纹虎，十分精致美观。除此之外，在墓室的右侧墙边还摆放着屏风、梳妆台、铜镜等物品，其中铜镜已经布满铜锈，难以照出人形，但却能从现有的物品中看出两千年前的风采。

从现有的物品来看，这是一个女性的墓室，但奇怪的是，在这些陪葬品旁边，还摆放着一两柄铁戟。

舒珊看到这墓室中摆放着这么多的陪葬品，口中欢呼不已：“哇，好漂亮呀!”她用手抚摸着这些陈旧物品，似乎感叹着历史的沧桑。

“珊珊，别碰这些东西，很容易坏的。”霍梓皓说道。

“哦。”带着遗憾，舒珊离开了这些堆放着陪葬品的地方，去了棺材处。她刚要用手摸一下那巨大的棺椁，却被霍梓皓叫住了，霍梓皓说道：“别动，当心有机关！”

“舅舅，您多心了。”舒珊说道。说完，她又用手摸了摸那石英石制作的棺椁。可是也不知道她碰到了棺椁的什么位置，只听到墓室的石门“砰”的一声落了下来，跟着墓室陷入了一片漆黑。

之前在墓道的时候，我便觉得这墓道格外地黑。可是当我被关在了这间墓室，我觉得墓道里犹如白昼般明亮。我们用手电往四周照了一照，却始终觉得这间墓室比其他墓室暗得多，就像是手电没有了电池一样。

“咦，村长哪里去了？”舒珊疑惑道。

经舒珊那么一说，我和霍梓皓也发现村长不见了，难道说这家伙被石门关在了外面？

“太好了，有村长在外面，他就能找到机关将我们救出去了。”说完，舒珊便跑到了石门面前，她用力拍打着石门，叫道，“村长，快找机关救我们出去。”

我大嘴一撇，说道：“小妹妹，你还是别叫了！以我的经验，可能是村长这个老家伙出卖了我们，将我们关在了这间墓室。”

舒珊露出吃惊的表情，说道：“不可能啊！他也是第一次来，他不可能知道哪里有机关啊！”

我质问道：“你怎么知道他第一次来？你又怎么知道他不知道哪里有机关？假如不是村长开的机关，他现在应该拍着石门叫我们，抑或上去叫人来救我们。但无论如何，我们都应该听到他的呼叫才对，现在我们没有听到，那说明村长有古怪。”

“我……”

舒珊无言以对了。

过了半晌，霍梓皓说道："一水说得有道理，这个村长一向精于算计，就算是我们中了他的圈套，也不是没有可能。现在我担心的是，大炮他们可能也中了村长的圈套。"

"可该怎么办啊?"舒珊急道。

听到舒珊如此说，我不禁有些恼火，这舒珊好奇心过强，不管是遇到什么都要一探究竟，当下说道："你还好意思说怎么办，我以为你无敌呢，无论什么都要看一看，现在好了，沦陷了吧。"

舒珊被我如此一说，更是一声不吭，像是一个做错事的孩子。我见她如此模样，心中有些不忍，便也不说话了。

见舒珊不说话，我就到了墓门旁边，在墓门周边摸索了一阵后，见没有机关就去了棺材处，以期能够寻找到突破口。

在棺椁周边摸索了好长一段时间后，我还是没有什么发现。尽管没有什么发现，但是却通过这段时间证明了一个事实，那就是村长这个家伙害了我们，因为就算是他被转到异次元空间（平行宇宙），过了这么久，也该被转回来了。

郁闷之下，无所事事，我便和霍梓皓一起摸索着如何开棺，心中想道：最好能碰上一两个僵尸帮我们把墓门推倒，要不就把她的窝给占了，让她爱睡哪儿睡哪儿!

我心中如此想着，却也和霍梓皓使出最后一丝力气去开棺，不过，由于棺椁自身过于沉重，我们二人并不能挪动分毫。我喘着粗气，对着舒珊喊道："还站着干什么，快过来帮忙呀。"

哪知道舒珊一扭头，哼道："我现在没有好奇心!"

我急道："你没有，我有!"

我本以为舒珊会和我继续顶嘴下去，可舒珊似是也对棺材里的东西比较好奇。她走到了我旁边，和我们两个人一起向上掀去，可是任由我们如何使力，那棺材盖就是纹丝不动。我心道，看来凭借我们三个人的力量是打不开棺材了。我回头向四周看去，寻找可用的工具，眼睛却还是落在了两把铁戟上。

我将这两把铁戟取了过来，并递给霍梓皓一把，一起将其插在了棺椁盖上。这铁戟虽然是两千多年的制品，但是毕竟也是铁器，而且制作精良，并没有像铜镜一样因为岁月的侵蚀而变得脆弱不堪。我们三人握住手柄，用力下压，在三人的共同合力之下，那个棺椁盖竟然微微地动了一下。我们两个也不指望一次就把棺盖掀起，只是想通过杠杆原理，一点一点地挪动。果然，过了一会儿，那棺材便闪出了很大的缝隙。

这棺盖闪开十几厘米后，我们三个就有了信心，而且棺盖自松动之后，也变得轻了许多，当下，我们三人合力之下，一口气推开了这棺椁上的巨石。

推开棺椁盖后，我们脸上露出了少有的笑容，兴奋得都忘了自己是被关在了一处封闭的墓室之中。再看棺椁内部，却是一处木制的棺材，这棺材也不知道是由什么木材所制，颜色仍然显得很新鲜，像是刚刚做成的一样。

我从两把长戟中挑了一个保存比较好的，然后站在棺椁的边缘，对着棺椁用力地撬去，只觉下面竟然坚固无比。舒珊笑道："你也不看看，这棺材上面还有铁钉呢!"我低头看去，果然棺材上面镶满了铁钉，想来是封住棺材用的。

我记得以前老家的棺材下葬前都是要用铁钉封住，至于为什么封住就不清楚了。我想这既可以理解为防止棺材里的人诈尸，也可以说是保证棺材稳固，防止棺材在下葬途中棺材盖滑落。不过，我记得村里那些负责下葬、钉棺材、择选风水的人总是命不久长，平均寿命都不到 50 岁，也不知道是不是和钉棺材有关。

当下我拿出星宿刀，开始开启长钉。这种长钉很像我们老家的耙钉，为弓形状，主干部分长直，两头向前弯曲，可以将两个不同的物体固定在一起。不过这长钉钉在木头里年岁太久，和这棺材已经融为了一体，很难开启。我见如此，便干脆将钉子割断，好在这钉子并不是特别坚硬，没有多久，棺材尾部的 8 根长钉便被割断了。

割掉钉子，我来到棺材前面，看到棺材上面有着奇怪的字符，这字符像是绘画一样，也不晓得写的是什么。在春秋时期，文字已经发展到了相当高的水平，秦国使用的是小篆，其他各国也都有自己的文字，或者几个国家共用一种文字，这就使得文字的多元化。再看这个字，造型古怪，也不知道说些什么，我让舒珊来看，她也不识得。

既然不认得上面的字迹，我也就不再计较，便和霍梓皓一起打开了棺材。可是我们刚刚放下棺盖，就听到墓室里发生了异动，我们二人心道不好，连忙跑向四周。但是那时候已经迟了，墓室的顶层也发出了嚓嚓的声响。我抬头向上看去，只见上面露出许多的尖刀，星罗棋布，竟然缓缓下沉。由于这间墓室是人工墓室，上下垂直，不留死角，刀板会扎到每一个角落。按照这样下去，只要几秒的工夫，我们身上就会被戳上几十个窟窿。

见此情形，我心里慌了神，再看霍梓皓的表情，心里也像是失了方寸。我心想，刀板落下来后，肯定会有棺材挡着，只要棺材挡着，刀板肯定就落不到地上。想到这儿，我便向棺材上方看去，哪知道抬头看去，只见那个棺材上方是空的，并没有刀。我心里一下子懵了，那里没有刀，也就是说这个刀板一定会全部落下。

这时，舒珊突然跳进了棺材里，对我喊道："快跳进来!"

听舒珊喊我，我才想起来，既然棺材上面没有棺材板，那么棺材里就是安全的。这时候刀板距离我头顶不到20厘米了，我看这情景，立即低下头，向棺材里跳去。同时，霍梓皓也想到了这个问题，他与我一起跳进了棺材，我们三人就这样站在棺材里，直到刀片全部落地。

那刀片落得很稳，像是完全有信心扎死人一样。待刀板完全落地，我才想到，现在还是要想办法出去。

这时，舒珊说道："你先看看咱们下面是什么吧！"说完，我又记起还没有来得及看一眼这棺材里面是什么！

当下，我把手电照向了棺材。只见棺材里摆着一副人骨，这人穿着秀丽的衣衫，显得华丽无比，再看她所戴的头饰，也是精雕细琢，纯金打制，从衣着来看，倒确实是一个女人的棺椁。只是这脚下的夫人承受我们三人的重力，很多的骨头已经被我们踩断，整个尸体也被我们破坏得凌乱不堪。看到棺材里有着许多的陪葬品，我对舒珊说道："咱们要不要带上点什么再走？"

舒珊瞥了我一眼，一边捡拾棺材里面的陪葬品，一边说道："理论上说，我们是不能带走的。但是如果我们不带走，这座古墓说不定就会毁于自然灾害，这些人类共同拥有的财产就会彻底消失。把手电往这里照，对，还有这里。"

舒珊装满了自己的裤兜，又开始往我的裤兜里面装，也不知道她究竟装了什么东西。我说道："你都装了什么？"

舒珊满不在乎道："不管是装了什么，那都是为了挽救古墓，你哪来这么多的话！"说完，她将死人身上的玛瑙项链挂在了自己的脖子上，又把夫人的王冠安在了自己的头上，10个手指带上了12个戒指，浑身珠光宝气，不知道的还以为是诈尸了。

见她如此，我长叹道："你挽救得太彻底了。"

"都说了要千方百计了。"舒珊说完，又往我口袋里塞了一样东西。

我问道："你往我口袋里面装的什么？"

舒珊回答说道："一个金丝手帕。"

"带那个回去干什么？"

"拿给文物局，证明我们国家纺丝的历史已经推到2600年的春秋战国时期。"舒珊说道。

我撇着嘴，说道："得了吧！喂，别捡了，还是想办法出去吧！你看你这身装扮，就像是刚从坟圈里蹦出来的。"

舒珊听我如此说，似是也想起现在还在墓室里，她扔下那些不值钱的物什，只留了戒指、项链和王冠，然后对着霍梓皓说道："舅舅，咱们现在该怎么办？"

霍梓皓愁眉苦脸地看着舒珊，除了无奈就是苦笑，好像是告诉舒珊，他也没有什么办法。在他看来，自从他有了这个外甥女，自己是没有安生过。

正在这时，墓室里发出了沉闷的一声轰响，跟着墓室里巨石飞落，墓墙崩裂，吓得我们三人急忙蹲在了棺材之中。不过，这一次变故并没有持续太久，墓室里很快再次安静下来。我们拍了拍身上的尘土，惊喜地发现，墓室正门已经被震塌，出口已经被打通。

舒珊高兴地拍着手，说道："太好了，太好了，你们看，墓门被打通了。舅舅，你快看，舅舅……舅舅你怎么了？"

我见舒珊神情异常，便立即低头向霍梓皓看去，只见他口吐鲜血，痛苦难当。我问他怎么了，他艰难地回答道："没事，刚才被一块石头击中了前胸。"

我和舒珊听霍梓皓如此说，不禁有些担心。这里是古墓，他受了如此重伤，如果不能及时救治，很有可能会就此死去。

与此同时，外面也响起了喧哗声，听这声音，竟像是四叔他们。

四叔等人情绪高涨，口中不停地叫骂村长，说这人忘恩负义，是一个不折不扣的小人。过了一会儿，四叔他们也发现了我们。他们见到霍梓皓受伤，很是惊诧，接着一起将霍梓皓扶出了墓门，并让吴正给霍梓皓的伤口处抹了一些药膏。

我将我们三人到了地下一层的经历说与众人，惊得众人目瞪口呆，他们都说这个绳子就是村长给拉上来的。

原来，大炮等人发现了八角阵之后，脸上都露出了惊诧之色，但因为在师父陈道和那里得到了专门的讲授，知道这破解之法，所以也很兴奋，一起合计着如何破这八角阵。当时，大炮这有四叔、斗爷、颜羽微、吴正五人。因为吴正还在昏迷，所以只能找颜羽微破阵，颜羽微担心村长会害了吴正，所以叫上四叔，将吴正一起抬了出去。但颜羽微是女的，破阵太弱，所以又把村长叫了过去。

众人当时想，既然绳子是拴在这巨石上，就肯定不会断了，所以也就放心地让村长过来了。

依照霍梓皓之前所说，这五人先撕破自己的衣角挂在了棺材首尾的阴阳钉上，跟着便在原地打起坐来。见两耳之侧风起，五人一同向墓道引路。这引路虽然危险，但是由于计划周全，倒是没有出现什么意外。

第二十五章　我们被包围了

引路结束后，众人便打开了棺椁，只见这棺椁殓着一具早已化作白骨的尸首，而且里面的金丝玉带等物一应俱全。欣喜之下，众人连忙用包裹装点起来。哪知道装点完毕之后，众人在墓室中还发现了别的物什——在墓室的一个墙角下，摆放着 9 个一米多高的方鼎。这不禁令人欣喜若狂，大家均道，这次是交了好运了。

这九鼎乃是王权的象征，想不到越国也曾经有过九鼎，只是不知道这九鼎是自己私造的还是从周王室手中抢夺来的。但是无论如何，这九鼎对于大家来说都是一笔巨大的收获。

众人将这九鼎抬出墓室，村长便道："吴正挡在这墓道中，咱们把他抬到隔壁的墓室吧。"大家当时想也没想，觉得十分合理，竟然同意了。

于是大炮和四叔便动手将吴正抬进了另外一间墓室，这间墓室就是我们被关的那间墓室的隔壁。吴正被抬进去后，村长主动要求照料吴正，说同一个村，应该照顾一下。哪知道过了一会儿，村长大叫说吴正出事了，众人一听，赶紧放下手中的活计，围了过来。可众人刚进得墓室，这墓门就被关了起来，众人回头再一看，这村长早已没有了踪影。

听了众人的讲述，我才知道，我们的那根绳子很有可能就是村长给提上来的，而他所说返回寻找我们的事情，也是子虚乌有，众人还没来得及寻找我们，便被他设计关了起来。

众人被关起来之后，心下十分恼火，在墓室里待了有半个多小时，依然没有找到打开墓门的方法。同时，在这段时间里，吴正也苏醒了，但是这并没有给形势带来多少逆转，众人依然无计可施。最后四叔从自己的身上找到了一颗拇指大的自制炸药，说这是自己制作的一个劣质产品，平时不用，刚才下了山崖的时候，四婶临行前放在他身上的，说是留着备用。众人见他拿出这么小的一颗炸药，都笑他不要异想天开，但是四叔却说，他担心会将整个墓室炸塌。大家见四叔说得认真，便都找了一个棺材，躲了进去。

令人惊奇的是，四叔的炸弹虽然很小，但是威力的确很大，甚至还炸倒了大半个墓墙，连我们都一道解救了。

这墓墙炸倒之后，四叔脸上扬扬自得，他手叉着腰，既像是展示自己，又好像是展示自己的战果，而众人也十分配合四叔，不断地对四叔进行称赞。但是他们也没有想到我们会被关在隔壁，更没有想到那九鼎早已被村长搬出墓道。

当他们听说这个墓室还有正门的时候，所有的人都惊呆了。他们露出难以置信的表情，表示自己根本不知道有这么一回事。我告诉他们，我们在回到墓道的时候，村长恰巧打开了墓门，他高举着手电，款款走来，泰然自若。

四叔一听，气得直拍大腿，说道："都说陈道和奸诈，没有想到这个村长更狠。"

哪知道四叔大骂陈道和，大炮不乐意了，他两眼一翻，说道："老四，你嘴下积些口德。"

"你是他的弟子，你当然护着他，我们可是深受其害。"四叔说道。

这回大炮不吱声了。在今晚十几个小时的相处中，大家已经慢慢了解，他知道四叔说的是真话，不会欺骗他。他也知道陈道和的确心狠手辣，精于算计。

几个人不再说话，而是看着通道。大炮走到霍梓皓身边，轻声问道：“师兄的伤势如何？”

霍梓皓有气无力地回应道：“不碍事，咱们还是快点出去吧。”

“既然有正门，咱们也走正门。”大炮说道。

吴正叹道：“这只怕不妥，既然村长知道这正门，说明他从前进来过。从刚才大家的言谈中，咱们也知道村长压根就没有进过主墓室，究其原因，我猜想就是他没有能力破得了那个八角阵。想不到村长平时傻呵呵的，关键的时候，竟然如此有心计。”

“谁像你这么笨，祖祖辈辈在村子里待了快一百年，竟然连这个村子的底细都没有摸清。”斗爷揶揄地说道。

四叔也叹道：“这个村长真是聪明。之前他还低声下气地告诉我们，只要我们不杀他，他就告诉我们另外一个越王墓，实际上，他是找我们做他的敢死队，为他开路。他胆子小，又没有什么真本事，自然是要靠我们的，可是一旦破阵，他就落井下石，将我们关在了那个封闭的墓室之中，当真是心狠手辣。”

众人议论到此处，都是义愤填膺。只见大炮一拳打在墙上，狠狠地说道：“老子一辈子耍鹰，反被鹰啄了眼，我咽不下这口气。是条汉子就跟我从正门冲出去，咱们的弟兄可都外面呢！”

听大炮如此一说，众人不禁来了精神，是的，唐勇、四婶、邱涵、大熊可都在上面。既然村长能在这么短的时间将九鼎搬出墓室之外，说明村长已经制伏了他们，而且很有可能外面还埋伏着大批人马。现在我们对他已经没有了用处，那么唐勇等人随时都可能会有生命危险。

当下，众人重新填充子弹，准备开始战斗。

话说众人到了正门处，众人本以为这正门的石门需要什么机关才能开启，哪知道它和后门一样，也是一推即开。

这是一段经过开凿而打通的墓道，依照四叔的讲述，这段墓道没有龟山汉墓打磨得那么平整。龟山汉墓的墓道高约两米，宽约一米，墓道入口处填满了从云南运来的塞石，它通体平整光滑，几无下手之处，所以陈道和才选择从墓道中间处入手。而这段墓道虽然也很平直，但是它的墙壁并没有经过打磨，所以看上去并不是特别美观。

众人行走了约100米，来到了阶梯处。通常一个埋葬较深的墓葬都会设置一个长梯，这个梯子是为了方便后人下葬用的。众人上了这梯子，很快便来到了梯子的尽头，发现尽头处是一个巨大的石板。吴正与大炮合力推开石板，就见梯子顶端之上竟然是一处天然的石洞。

大家快速跳出入口，并占据石洞的每个重要的位置。经过侦察，确定没有了村长的人，众人才放松下来。不过，虽然没有见到人，众人却在洞口处见到了9个一米多高的青铜鼎，一时间，众人脸上再次露出了秋收的笑容。

“想不到这么快就完璧归赵了。”斗爷喜道。

“先别高兴得这么早，解决了这个村长才是胜利。”大炮冷言道。

“你想怎么解决?”我问道。

“按照咱们行内的规矩，盗墓人是不能杀盗墓人的。但是缴了他们的械，将他们打成残废还是可以的。”大炮道。

“对，将他们打成残废，否则难消我心头之恨。”斗爷也附和道。

“咱们先出去看看，避免被村长等人发现了。”大炮道。

当下，一行人众悄悄潜出洞外。哪知道到了洞外，众人果见洞外早已天亮。此时，红霞洒满了东方，晨露洒湿了草地，倒是美不胜收。只是众人无暇欣赏美景，只想尽快找到村长等人的踪迹。

不过，村长等人的踪迹并不难寻，我们离开洞口之后，很快就看到了村长那高大的身影。这村长十分有趣，他将自己的几个村民安排在几个山丘顶端，这些村民就像是哨兵一样，手里抱着枪，双目四处张望。与此同时，在一处不高的山岗上，村长伟岸的身影异常突出，众人很快就找到了他。

通过观察，众人发现唐勇等人全部倒在了村长脚下的右侧山坳里，但是唐勇等人的身上没有血，不知道是被打死了，还是晕倒了。

为了不尽快暴露目标，我们几人潜伏在一处低洼的树丛里。只听一个人对着村长说道：“村长，我看咱们还是把他们杀了吧。”

“杀了作甚？咱们是盗墓的，祖上也是有头有脸的，咱要遵守规矩，要不还费劲将大炮这一票人关在古墓做什么。”众人听村长说话，不禁吃了一惊，想不到这村长也懂得盗墓行业不杀同行的规矩。更为震惊的是，这村长也在守着盗墓贼恪守不变的行业规矩。

却听另外一个村民说道：“不杀他们，这些人以后也会找我们报仇的。”

“不碍事。咱们这里地震了，等会儿公安局一定会来人。咱们就把这些人交上去，只要这些人落在公安的手里，他们这一辈子怕是都出不来了。”说完，村长哈哈大笑。

“村长真是高明。”另一个人拍着马屁道。

村长与那村民的对话，令我们一行数人深感可笑，却听斗爷低声说道：“这个村长真是个呆子，唐勇等人如果进了公安局，第一个检举揭发的就是这个傻帽。”

哪知道斗爷的话虽然声音小，却被站在高处的村长听到了。只见村长长枪一晃，对着我们这树丛打了两枪，跟着他喊道：“是谁？”

可能是被村长的举动激怒了，压抑得太久，斗爷举起枪来，喊道：

"是你斗爷。"跟着他对着村长打出了一梭子。不过，这没有经过瞄准而打出的子弹没有准头，斗爷虽然打了几枪，但是并没有打中村长，反而打中了村长旁边的那个跟班的。

与此同时，山岗上的几个村民也都往这儿打来。但是由于距离远，这些村民又没有经过专业的射击训练，所以没有一发子弹打到我们身上。这些村民一发不中，又见我们的子弹从他们两耳飞过，不禁又紧张起来，一个个干脆趴到了地上。他们能放一枪的就放一枪，放不了枪的，直接抱着头不动了。

这时，村长也趴在了地上，他对着下面喊道："大炮、李一水，你们的人都在我下面躺着呢，你们要是再开枪，我就打死他们。"

大炮怒道："你敢威胁我。"说完，对着上面又要开枪。好在大炮的冲动举动被四叔及时拦住了，只听四叔说道："村长同志，你是一个有爱心、有同情心的好干部。在这次战斗中，我们失败了，你胜了。但是作为一个胜利者，面对投降的敌人，你应该加以优待，不应该刀枪相见。我提议，你放了我们的人，然后我们立即撤走，所有出土的水货，我们一概不要，你看如何?"

四叔刚说完，就小声告诉我，让我从背后包抄村长的那个山岗，同时，也派出其他人包抄山上比较频繁的几个火力点，别让山岗上的人发现。

四叔的这个缓兵之计是有效的，只听村长说道："嗯，你这个同志还讲些道理。既然你们认输，我也是盗亦有道，自然会放了你们。不过，你们要有诚意。"

"你想要什么样的诚意呢?"四叔大声喊道。

"把枪全部丢了。"村长也是高声喊道。

"那可不行，枪丢了就等于命丢了，所谓枪在人在，枪亡人死。"

四叔说道。

“既然你们不愿意缴枪，那可就怪不得我了。”村长道。

“九鼎都归你们了，你还不相信我们的诚意吗？村长同志，我们这些人向来是言而有信，说一不二。再说你虽然骗了我们，但在你被俘期间，我们可有虐待过你、做过对不起你的事吗?”四叔说道。

四叔说完这话，村长就不吭声了，甚至连我都有些佩服四叔的口才。

面对别人的不信任，对方大都喜欢说：“我骗过你吗?”其实大部分都是骗过的，只是被对方这么一问，一时间想不起来而已。这个村长就是陷入了这样的一个思维圈套中。在村长被俘期间，几乎没有人拿他当过人，只是他一再检举揭发自己，众人才迫不得已不再虐待他。

就在四叔和村长周旋的期间，我和其他几个人已经悄悄从山沟里绕了出来，可能是由于山岗上的那些村民的注意力一直集中在村长和四叔那里，所以并没有人发现我们的行踪。

我很快就来到了村长的背后，而且由于一夜下来体力缺乏的缘故，还发出了很大的动静。但可能是村长没有想到我会从后面绕上来的缘故，村长并没有回头。

就在我打算将枪管抵在村长后脑的时候，我看到了一个惊人的景象：在远处的山下，停了几辆警车，而且在更远处还有警车源源不断地往这里开来。

“村长，不好了，有警察。”一个村民大声喊道。

经这个村民一说，我才发现在100米远的山头上，几个穿着警服的警察正不断地向我们包围过来。而在其他方向，也有大批的装备齐全的警察不断向这里靠拢。以我对警察的了解来看，这肯定是出动了当地大批的特警。

“这是怎么回事？”村长道。

村长显然也被眼前的景象惊到了，他突然站起，后脑瓜子刚好顶在了我的枪杆上。

“谁？”村长喊道。

“是我。”我说道。说完，我一把下了他手中的枪。

“一水兄弟呀！”村长道。

“谁是你兄弟，这些警察是你招来的吗？”我问道。

村长脸上摆出一副苦相，说道：“一水老弟，你看这架势能像是我招来的吗？我躲都躲不及。”

“我的四婶他们是怎么回事，你把他们怎么样了？”我问道。

“他们只是中了我的迷香。我们出发之前，我给村民的香烟里加了迷香，紧急的时候点着，可以熏到没有服解药的人。”

村长说完，四叔在底下喊道：“一水，快下来跑吧，警察已经上来了。”

哪知道四叔话音未落，远处的喇叭就响了：“前面的犯罪分子，你们已经被包围了，快点放下武器，投降才是你们现在的唯一生路。”

这个喇叭一响，这些村民就全部乱了，他们连枪都不要了，撒腿就跑。而我顶着村长的后脑，让村长赶快把四婶、唐勇等人救醒，可是村长却告诉我，这迷香没有解药，三四个小时以后药力散了，自动就醒。

这可把我急坏了，我把村长一丢，直接就到了沟里，叫大家快点上来救人。众人见这形势，只怕也走不掉了，就赶紧过来背人。但徒步行走已然艰难，更何况还要背一个晕倒的活人。

大家还没有离开山坳，就听这喇叭声已经离我们不足 30 米远了，那喇叭喊道：“古墓是国家的财产，任何人未经允许，不得擅自挪动、偷窃。保护古墓文化，人人有责!”

那些吓得失了魂的村民毕竟胆小，他们面对全副武装的警察，在惊慌失措中，很快就被抓捕了。而我们背着那些被迷倒的同伴，只能往悬崖边走去，那里是唯一没有布置警力的地方。

我继续押着村长，不断地踢他屁股，埋怨他不该不断地给我们下套。而村长也是不断求饶，将自己如何偷偷将绳子提起、如何释放机关表述得特别清楚，他一边检举揭发自己的恶劣行为，一边哀求我们，到了监狱千万别集体虐待他。

我们听了村长的话，更是怒不可遏，想不到他已经开始规划自己的监狱生活了，于是众人又对他开始一阵暴打。

当我们快到悬崖边上的时候，唐勇醒了。当他看到警察之后，脸上也露出了吃惊的表情，他告诉我们，快点扔掉枪支和子弹，否则我们还会在盗窃文物罪上加一条携带枪支弹药罪。

听到唐勇的话，众人都犹豫了。如果丢掉枪，那就意味着真的就此被捕，以后我们都将面临十几年的牢狱生活。可是如果不丢掉，我们就会背着抗拒执法的罪名，当再次被捕的时候，我们就会多好几种罪名。

在犹豫中，我们最终还是来到了悬崖边上，大家将背上的人放在低洼的小沟里，自己则躲在巨石后面，和警察形成了对峙状态。同时，在30米远的山沟里，成排的特警将我们包围在了一堵悬崖峭壁上。一个穿着白色衬衣的中年警察不断地用喇叭对我们高喊“投降才是唯一出路，负隅顽抗最终是死路一条”的口号，我们知道，那就是他们的上级。

这时，颜羽微指着远处的一个穿着道袍的人喊道：“你们看，那不是一个道士吗?”

众人探出头来，看见那个穿着白色衬衣的警察的旁边果然站着一个道士。这个道士不是别人，正是我们在越王峰下操作室里殴打的那个小道士。邱涵曾经告诉我，说这个越王峰倒塌之后，老观主打算解散了道观，但是没有想到这个老观主没有报警，被我们殴打的那个小道士竟然报警了。

这还真的难为这位小道士了，道观里没有电话，这小道士还要走不远几十里的山路，连夜奔走，才能联系到派出所。派出所再联系市局，市局再调动警力，还真的需要好几个小时的时间。

不过，我猜想，如果鹰潭也有地震局的话，也许鹰潭的地震局也会报警。看来，我们是真的误会村长了，的确不是他报的警。

喇叭还在持续地响着，它不断地叫唤我们投降，这种叫唤给我们带来了无穷的压力。最终大炮还是没有承受住压力，当喇叭声再次响起的时候，他对着特警开了几枪。特警对大炮的反抗行为作出的回应是所有的特警都对着他一个人开枪，其结果就是大炮身重数十枪而倒地身亡。

大炮的死亡对我们的打击是巨大的，在今晚的两次盗墓活动中，大炮都是我们行动的总指挥。虽然大炮性格冲动一些，但是和他师父相比，他还是一个比较厚道的人。现在大炮死了，我们也像是无头的苍蝇，连四叔和唐勇的脸上都表现出了恐慌。特别是斗爷，他还是一个越狱的犯罪分子，一旦入狱，他的刑期将会比我们长很多。

第二十六章　落魄生活

“舅舅，怎么办?”舒珊绝望地看着霍梓皓说道。

“看来只能投降了。”霍梓皓长叹一声说道。

“投降？老子绝不投降。”斗爷说道。说完，斗爷就要学大炮一样，抱着枪冲出去，好在被四叔和唐勇及时拦住了。

哪知道，就在这个时候，我感到一把尖刀顶在了我的后腰。我回头一看，竟然是村长不知道什么时候溜到了我的身后，他嘿嘿一笑，说道：“我要从现在开始争取立功了，能减两年就少坐两年，一水兄弟，我只有借你来立功了。”说完，他将我手上的枪一把夺去，扔到了山崖之下。

我见村长如此反复，胸口的火气直往上蹿。刚才我见警察围了上来，以为村长定然会和我站在同一条战线，共同应付警察，便放了他，谁知道他竟然用刀顶着我的后背，想借此向警察邀功。村长这人看着非常安全，实则时刻可能会出卖自己。

众人见村长如此，都气得咬牙切齿，并告诫村长不要乱来。但村长似乎是铁了心要叛变，他将我带出乱石区，将我的整个身体暴露在了警察的火力点之下，而他则一直躲在我的身后，生怕警察的子弹走火伤到自己。

眼见自己就要被押送到囚车中，我故意往前滑了一跤，将整个身子脱离了村长的控制。村长想要扑上来，我一脚将其蹬倒在地。村长还要站起，却被身后的斗爷打了一枪。不过这枪没有打中村长的要害部位，只是从村长的掌心穿了过去，打在了一个特警身上。这些特警也没有看清是谁打的枪，还以为是村长打的，顿时子弹如雨点一般打在了村长身上。

我一直躺着村长身后的草丛上，村长身上汩汩的鲜血全部溅在了我的身上，使得我也像是受了重伤一般。众人看到这般场景，无不颤抖，只觉得下一个就是自己。而我因为亲自见到了这一幕，更是觉得这子弹的威力之大，心中的惊恐一瞬间快速提升，好像这子弹不是打在村长身上，而是打在了自己身上。

"剩余的匪徒不要再负隅顽抗了，请你们立即放下武器。我给你们3分钟的时间离开那堆乱石区，否则我们就要强攻了。"

喇叭还在继续喊着，可我感觉自己就要死掉了。我掀起村长的尸首，颤巍巍地站起，往乱石区走去。

"前面的歹徒请注意，请不要再往回走了，举起你的双手，向我们走来！再往后退，我们就要开枪了。"

由于受到惊吓，当时我已经有些神志不清了，我的眼睛里总是出现村长惨叫的一幕，所以我并没有听到喇叭喊的内容。当我站起之后，我开始往乱石区狂奔，因为我知道我所有的伙伴都在那里，只有那里才会给我带来安全感。

"砰！砰！砰!"

我听到了身后发出的枪响，这些子弹大部分打在了我脚下的石头上，个别不长眼的打在了我的腿上，这说明这些警察并没有真的想置我于死地。但是我真的非常恐慌，这是前所未有的恐慌，当子弹打到我小腿的时候，我没有站稳。由于重心倾斜，我滑倒在地，而且竟然滑出了悬崖。

就在滑出的那一刻，我听到众人的尖叫，有四叔，有斗爷，也有舒珊。

下落的瞬间，我以为自己与整个尘世就此别过，我觉得整个人都不再属于自己，好像我又回到了自然。

但山崖下有河水，我掉在了河水中。

时值清晨，河水冰凉刺骨，我感到头晕目眩。虽然知道自己还活着，但是我不知道自己还能支撑多久，加上身上负伤严重，已经游不了泳，我只能用胳膊慢滑，勉强让自己保持不会下沉。

鲜血染红了河水，我不断地告诫自己，不能死在这里，如果我不能游到对岸，自己就会沉到水底。

我忍住因为河水浸湿伤口而产生的巨痛，不断往对岸游去。虽然这河不宽，但是对于我这将死之人来说，就真是千里迢迢了。我越游越感到身体乏力，待我感到已经可以踩到泥土的时候，已经再也没有了任何力气，没过多久，我便昏倒在了河边的滩地上。

人在死前想起的会是什么呢？很少人会有这种机会去思考，但是我却有了。躺在沙滩处，我迷迷糊糊的，不知道是做梦，还是幻觉，只感觉自己回到了家里，回到了从前的小河边。在村前的那条小河畔，我悠闲地钓着鱼。这时，我大学里认识的女朋友柳歌来了，她说她想和我一起去看橘子洲。这个时候，我在僰人悬棺认识的胡松杉突然出现了，她拿着刀放在自己的脖子上，要我跟她走，否则就要自杀。柳歌看到这里，也拿着刀子放在自己的脖子上，我被逼得急了，自己跳到了一处河里，心想，死了一了百了，什么都不用想，也不用放在心上。

醒来的时候，也不知道是什么时候了，只感到大腿一阵酸痛。我向上看去，只见自己身处一处道观当中，自己躺在床榻上，腿上绑着绷带，床边还有着刚刚擦拭的血迹。很明显，腿上的子弹已经被取出来了。我想起身看看自己究竟身在何处，却发现背上也上了夹板。看到我醒来，一个小道士跑了过来，说道："师父、师父，这个人醒了。"

这时候，我就看到一个白发苍苍的老头走了过来，他留着短发，下巴处有一道白须，穿着一身古旧的道袍，一副仙风道骨的样子，竟是有些眼熟。如果是从前，我看到这副打扮一定会觉得好笑，可是此刻，我身处道观庙宇，腿上带有新伤，刚刚死里逃生，对这眼前的白发老头，竟然心生好感。他看我想要坐起，立即说道："后生人，快快躺下，快快躺下！"

我想说话，嘴里却说不出，待他让我躺下我才想起，此人正是我来到龙虎山时进入天师府所见的那个老道士。此时，我心里竟有一种释然感，对盗墓的热情突然消失了。我静静地平躺在板床之上，心想，自己终于可以安心静养了。

在这张床上，我待了近10天才下床。是啊，我太累了，出事的那天晚上，我受了很多的伤，劳累了一个晚上，上蹿下跳，东奔西跑，早已是撑不住了。

不过，与以往出事后不同的是，这几天我睡得特别好，并没有梦见那些乱七八糟的东西，不知道是不是环境的缘故。

在这期间，我才知道，原来这里是正一观，就在天师府不远的地方。小道士告诉我，让我好好休养，不要有顾虑。

下床后的那几天，我每天都跟这个老道士一起上山下山。老道士说腿部的伤要通过活动才能恢复，否则就算好了，那也是个瘸子。听到这道士的话，我十分震惊，我记得从前的医生遇到这种情况都是说要静养，防止肌肉再次拉伤，难以愈合。可是这个老道士却和医生说的相反，一时间，我也分不出谁对谁错。不过，通过那几天的登山，身体真的恢复不少。老头说他给我吃的都是山上采的草药，专门治疗外伤和肌肉破损，只要加强锻炼，很快就可以痊愈了。

我问老道士今年高寿，他说九十有三，我又问他如何活得这么大的年纪，有没有什么秘诀。那老头听我如此问，哈哈大笑。他说这秘诀就是自己懂得顺天应时，无欲无求。跟着他又领我到一处山崖之处，说道："你看这山川之景，凡山高者，仰而望之，有若苍穹。再看这河川，东去大海，周而复始。这世间万物，都有自己的道，所谓天道者，即为自然，自然者而谓之无穷。后生人，你要想长生，还是要顺其自然，莫要强求。"

我听他话中隐有暗意，似是话中有话，说道："道长这是什么意思?"

那老头说道："你为什么会受伤，自然是取非己之物。我早就跟你说过，盗墓者乃损人阴德之勾当，年轻人眉心太暗，实乃出入古墓过于频繁之故。所以莫取非己之物，莫取死人之物。"

听老道士一席话，我羞愧得恨不得钻入地缝中。

老头看我低头不说话，说道："后生，你可知道我叫什么名字吗?"

我摇摇头，心道：你这么一大把年龄，我怎么会知道你的名字?我们家也没有因想不开而出家的亲戚。哪知道这老道士说道："我俗家的名字叫做刘玄，想必你听说过吧。"

我听他如此一说，顿觉有如天雷在头顶打转，想不到我们苦苦寻找的刘玄竟然还活着。刘玄说道："我知道你们早晚会找到这里，因为有一个秘密还等我和大家去揭开。可是我已经老了，没有了力气，已经无心于明争暗斗、你争我夺了，我只想颐养天年。"

说完，他从自己的裤兜里拿出一块古玉和一块金色令牌，交到我的手中，说道："这是我祖上的东西，我没有后人，只能交给你了。你不像是坏人，可是你也记住，无论拿到这块玉得到什么东西，不要据为己有，你无力保护它，记得要交给国家，那是国家的东西。”

我没有想到刘玄竟然会对我说出这种话来，看来刘玄真是一个古怪的人。不过再看到他那真诚的眼神，我点头答应了。不过想一想，刘玄说的也不无道理，我们偷走别人的东西，还来炫耀自己的本事，是多么可耻。而盗取这些水货，我们只能卖到海外，得到的只是小钱，失去的却是国家的财产。想到这里，我才明白，有时候人生的意义不是得到什么，而是能做出些什么。刘玄就是悟到了这上层境界才不再盗墓，而是认真修道。

当下我问道：“你怎么知道我是密探的后代?”

刘玄苦笑道：“很简单。”

说完，他拿出了我的随身匕首星宿刀，继续说道：“这柄刀来历不简单。星宿刀，大清慈禧皇太后贴身匕首，由兵部亲自命人督造，长七寸，宽一寸一，刀刃为生铁淬炼七次锻造而成，刀柄为纯金打制，上面刻有‘兵部府库，大清皇帝御赐’字样。后由慈禧皇太后赐予鼠字辈密探李乘风，以奖赏其为太后立下的功劳。”

说完，他看着我，又说道：“其实十几天前，你们夜闯入越王墓我就知道是你们到了。可是我已年迈，无力阻挡你们了。那天你从悬崖上掉下来，是我救的你。后来警察也来河里找过你的尸体，不过没有找到，所以就回去了。”说完，他又把匕首还给了我。

我这才明白刘玄为什么知道我的身份，原本我还想再问一些问题，可是刘玄已经下山了。

养完伤以后，我就离开了正一观。回到家中后，我才发现家里每天都挤满了警察，害得我不敢回家，一直在外飘着。

我后来才知道，当我掉进悬崖后，四叔等人就全部投降了。经过半个月的调查和证据搜集，很快就定案了，以盗窃文物罪对大家进行定罪。

这件事发生以后，对我的影响很大。首先是四叔、斗爷等人全部入狱了，四叔、吴正、蒋乾坤、霍梓皓都被判处有期徒刑13年；斗爷因为是累犯被判处无期徒刑；唐勇被开除党籍，主任的职务也被免去，判处有期徒刑5年；霍刚被判处有期徒刑5年；四婶因为一直没有进入古墓，而被判处1年有期徒刑，并缓期执行；邱涵、大熊因为一直没有直接进入古墓，也被判处缓期执行；颜羽微和舒珊因为是女子，在陈道和的力保之下，也被判处了缓期执行；而我则因为众人对好了口供，一致陈述说，掉下河里的是一个村民，使我免于牢狱之灾。

对于这样一场震惊全国的盗墓大案，判决书以及法院公告上如是写着：首犯王化成（绰号村长）和黄大龙（绰号大炮）被当场击毙。

此案了结以后，我很久都没敢出门。直到过了半年，确定警察不来逮捕我，我才敢上街。不过，从龙虎山回来，我的脸上起了很多颗粒大的斑点，这些斑点很有可能就是那些飞蛾咬后留下的后遗症，使我每次上街都是低头走路。

由于躲避警察，我也半年没有去学校。当我去学校的时候，学校的领导竟然劝我退学，说是本该开除的，但是看在唐勇的面子。不想做得太绝。我说我并没有犯罪，这是已经下了定论的。但学校的领导说，就算没有犯罪，未经请假，半年不来上课，完全符合开除的条件了。

好像这一切都只是不顺的开始，由于我的退学，直接导致了柳歌和我的分手。这似乎都不用寻找理由，既然我已经被开除，脸上又起了斑，我已经没有了任何能够和她继续相处的条件。尽管柳歌一再表示自己不介意，但是我知道这种不介意只是嘴上说说。果然，当我卷着铺盖回家后的几个月里，柳歌再也没有给过我一次电话，当我再打到她宿舍的时候，她宿舍的号码竟然换了。

再说说邱涵，邱涵自此事之后，也是非常地不顺，他的父母托了很多的关系，才让邱涵成功注册去了大学报到。但是因为有案底，在学校里很少有朋友，一直孤单了好几年，没有加入任何校园社团。

颜羽微回到师父陈道和身边后，一直没有进一步的动作，而舒珊则因为陈道和的关系得以继续读大学。她和邱涵一样，都是一年考上的大学，虽然舒珊不是陈道和的嫡系弟子，但是陈道和十分喜欢舒珊，所以他找遍了关系，才让舒珊这个徒刑犯读了大学。

如此一说，就我最悲惨了，现在给胡松杉打电话都不敢提自己的现状。如果她知道了我的惨剧，还会答理我这个李麻子吗？

生活就是如此戏剧，它让我越来越怨恨盗墓。因为盗墓，我失去了太多。特别是四叔被抓的那年，奶奶竟然痼疾重犯，一命呜呼走了，使我又失去了一个亲人。

退学后，我在家又闲了半年。这中间，胡松杉来过大陆一次，当她看到我的脸时，她泣不成声，说自己不该离开大陆。当她得知我和柳歌已经无疾而终的时候，脸上竟然露出了开心的笑容，她说她会经常来看我的。

那段日子是我退学后最快乐的日子，在我一无所有的时候，我还能苛求什么呢？有一个爱自己的人，这就是最幸福的。可是即便是这样的幸福，那也是非常短暂的。在胡松杉一次下了飞机后打车的过程中，因为路面湿滑，出租车翻进沟里，司机当场死亡，胡松杉被送进医院后，因抢救无效死亡。

胡松杉死的时候，我是在她身边的。我看到她已经变形的脸上到处是泪水，我也泣不成声。她说，其实我们本该在一起的，我们也不该盗墓，但是阴差阳错导致了这样的结果，她让我答应她，损人阴德的事，今生切莫再做了。

送走了胡松杉，我学会了喝酒，也学会了抽烟，总觉得人生再也没有比这更糟糕的事了。爸爸、妈妈看到我这样，直摇头，有时候爸爸也骂我两句，可是每次他骂我的时候，我总是满嘴酒气地给他递一根烟，让他消消气。

这样的日子又过了一年。有一天，我爸说带我去看看四叔，我当时也不知道怎么了，当时就精神一抖，丢掉酒瓶，换了件新衣服，就和我爸去了。监狱的警察人很好，我们说一次接见好几个，结果人家都给带来了。看着穿着囚服的四叔、吴正、蒋乾坤、斗爷，我的眼泪在眼眶里打转，竟然说不出话来。

倒是四叔比较放得开，他笑呵呵地拿起电话，说自己在这里干得挺好，吃得好，睡得好，每天还有犯人给按摩。我问他："人家凭什么给你按摩?"他说不白按，按摩结束是要给他讲故事的。我长叹一口气，说道，是金子在哪儿都能发光，这句话真是一点儿都没错。

从监狱出来，我的心情变得好了很多，因为我看到四叔他们几个人的日子并不是特别难过。吴正说，在哪儿都是生活，懂得生活的人在哪儿都是快乐的。

吴正的话很有道理，不懂得生活的人，即便是家财千万又如何，还不是你争我夺。

舒珊在假期的时候也来找过我，那个时候，我正在家里钓鱼。当时，我正哼着歌，而她则远远地抛出一块石头丢在了我的鱼漂之下。我们聊了很多，我很奇怪为什么同样是被飞蛾咬了，她没有起斑，而我则愁云惨淡万里凝。她安慰我说，人总有不顺，过去了就好。

自从那次去看过四叔后，我以后就经常去看他们。虽然要从老家赶往江西，但是还是觉得和他们亲切。而且我也很感谢他们，如果不是他们帮我，我也得进去待个七八年的。

从龙虎山回来后，我发誓再也不去盗墓，而且因为四叔等人入狱的缘故，也没有人再来找我盗墓。唐勇和霍刚出狱后，也没有与我联系，往事就像一阵风一样，成了过眼烟云，而这段往事也成了影响我人生的重要经历。

但是，关于十二密探，仍然有一派人没有找到，而依照唐勇所说的十二密探的联络人也仍然杳无音信。